높은 곳에 오르다
登高
바람 세고 하늘 높은데 원숭이 울음소리 애절하고
강가 물 맑고 모래 흰데 새 맴돌며 난다
끝없이 나무들에선 낙엽이 우수수 떨어지고
그치지 않는 강물은 출렁출렁 밀려온다
風急天高猿嘯哀
渚清沙白鳥飛廻
無邊落木蕭蕭下
不盡長江滾滾來
KB251766

쾌검왕

쾌검왕 6

임영기 新무협 소설

초판 1쇄 찍은 날 § 2005년 10월 7일
초판 1쇄 펴낸 날 § 2005년 10월 17일

지은이 § 임영기
펴낸이 § 서경석

편집장 § 문혜영
편집 § 장상수 · 서지현 · 최하나

펴낸곳 § 도서출판 청어람
등록번호 § 제1081-1-89호
등록일자 § 1999. 5. 31
어람번호 § 제2-0711호

주소 § 경기도 부천시 원미구 심곡1동 350-1 남성B/D 3F (우) 420-011
전화 § 032-656-4452 팩스 § 032-656-4453
http://www.chungeoram.com
E-mail § eoram99@chollian.net

ISBN 89-5831-768-X 04810
ISBN 89-5831-553-9 (세트)

Fantastic Oriental Heroes
임영기 新무협 판타지 소설
쾌검왕
6
완결
파천쾌(破天快)
도서출판
청어람

목차

◆제64장◆
무심쾌(無心快)

무심쾌(無心快)

펙!

육안으로는 결코 보이지 않는 극쾌검기가 아름드리 거목의 사람 목 높이를 여지없이 관통했다. 그런데 어찌 된 일인지 구멍은 동전 두 배의 크기였다.

또 거목에는 구멍이 여러 개 뚫려 있었다. 아니, 그 나무뿐 아니라 주위의 나무라는 나무에는 벌집처럼 무수한 구멍들이 뚫려 있었는데 그 구멍들은 모조리 동전보다 더 큰 크기였다. 동전보다 작은 구멍은 단 하나도 없었다.

검기를 무심코 발출할 때에는 열 개 중 하나 꼴로 작은 구멍을 만들 수 있었다. 그런데 정작 작은 구멍을 만들자고 덤비니까 단 한 번도 성공시키지 못했을 뿐 아니라 오히려 더 큰 구멍을 만드는 어이없는 상황이 벌어지고 있었다.

현악이 식사를 하다가 떠올린 방법은 이랬다.

우선 국수 가닥을 뽑듯이 단전에 뭉쳐 있는 내공에서 한 가닥의 가느다란 내공을 뽑아낸다. 그것을 검을 통해서 발출하는 순간, 거의 동시에 나머지 내공들을 모조리 뽑아내 그것에 포함시킨다.

그것을 성공시키자면 최초의 가느다란 내공과 직후의 모든 내공이 발출되는 시점이 거의 동시에 이루어져야만 한다.

그런데 번번이 가느다란 내공은 흔적도 없이 소멸돼 버리고, 거의 동시에 발출한 모든 공력만 쏟아져 나가 계속 큰 구멍을 만들어내고 있는 것이었다.

'이것은 아니다.'

현악은 크게 실망하여 착잡한 얼굴로 세차게 고개를 가로저었다.

'거의 동시에' 라는 것은 엄밀히 보면 분명한 순서가 있는 것이다.

가느다란 검기, 즉 세검기(細劍氣)를 발출하자면 가느다란 내공과 큰 내공간의 순서가 구분되지 않을 정도의 순서 아닌 순서라는 이상한 원리로 검기를 발출해야만 한다.

바로 그것이 이론으로만 가능하고 실제로는 불가능한 일이다.

잠시 서 있던 현악은 이번에는 단전에서 내공을 쪼개어 세검기만을 발출해 보았다.

원래의 극쾌검기보다 속도가 훨씬 느려서 흐릿한 혈선이 쏘아가는 광경이 육안으로도 보였다.

팍!

세검기는 간명한 음향과 함께 이 장 전면의 나무에 적중되며 격타음을 터뜨렸다.

그가 즉시 다가가서 자세히 살펴보니 나무에 바늘구멍만한 홈이 생겨 있었다.

깊이는 손가락 한 마디 정도.

하지만 빠르기도, 위력도 극쾌검기에는 비교할 수 없을 정도로 현저히 떨어졌다. 그래서는 이류고수조차 죽일 수 없을 것이다.

가늘기는 그 정도면 만족할 정도였다.

문제는 위력이었다.

최소한 거목 한 그루를 완전히 관통시켜야만 실전에서 사용할 수 있을 것이다.

그때 상쾌한 한줄기 바람 같은 느낌이 들면서 한 구절의 말이 현악의 귀를 스쳤다.

"적을 빛이라고 생각하라. 그 빛을 자르되, 검을 통해서 공력을 발출하지 말고, 마음을 통해서 뿜어내라."

최초에 비검문 뇌옥 안에서 진검을 오른손에 잡은 이후 오늘날까지 현악의 정신적인 지주 역할을 해준 쾌검마의 말이었다.

현악이 무공을 더 이상 진전시키지 못하고 좌절할 때마다 언제나 돌파구가 되어준 말이기도 했다.

어쩌면 그 말이 지금 이 순간에도 적용될 것 같다는 예감에 현악은 가슴을 설레었다.

"검을 통해서 공력을 발출하지 말고, 마음을 통해서 뿜어내라."

'마음을 통해서……'

현악은 한 그루의 거목을 마주한 채 내심 중얼거리면서 한차례 길게 심호흡한 뒤 조용히 눈을 감았다.

쾌검마의 그 말은 매번 달리 해석되어졌다. 초보 시절에는 초보에 맞는 깨달음을 주었다.

그리고 그보다 조금 더 나아졌을 때에는 거기에 적절한 깨달음을 전해주었다.

늘 그랬듯이, 과연 그 말은 지금 이 순간에도 가장 알맞은 깨달음을 주어 현악을 가일층 발전시켜 줄는지는 미지수였다.

현악은 운공을 하지 않았다.

굳이 운공을 하지 않더라도 단전에는 칠십 년에 달하는 내공이 응집되어 있기 때문에 언제라도 온몸 어느 곳을 통해서든 발출할 수 있었다.

원래 쾌검마의 말뜻은 '단전의 공력을 인위적으로 끌어올려 발출하지 말고 마음으로 이끌어 뿜어내라' 는 뜻이었다.

현악도 여태 그렇게 이해하고 몇 차례에 걸쳐서 어려운 난관을 넘어 그것을 실현시켰다.

그러나 현악이 모르는 것이 있었다. 쾌검마가 했던 그 말은 '섬쾌검식' 에만 적용되는 것이었다.

쾌검마는 스승으로부터 세 가지 검법을 전수받았는데, 그 첫째가 섬쾌검식이고 둘째가 쾌검마류이다. 세 번째이며 마지막 절초는 그로서도 아직 완성하지 못했다.

쾌검마류는 섬쾌검식보다 훨씬 월등하지만, 그것을 전개하려면 '마음을 통해서 공력을 뿜어내라' 라는 식으로는 불가능했다.

그러나 현악은 들은 말이 그것뿐이고, 알고 있는 것도 그 말뿐이라

서 우직할 정도로 고집스럽게 그 말에서 무언가를 끄집어내려고만 했
다.

그것이 현악으로 하여금 '극쾌'를 창안하게 했으며, 지금 또 다른
것을 창조하려고 모진 산고를 겪고 있었다.

'마음을 통해서…….'

현악은 다시 한 번 속으로 중얼거렸다. 아무리 생각해도 그 말에 무
언가 심오한 뜻이 함축되어 있는 것만 같았다.

그러나 아무리 생각해 봐도 그 심오한 뜻이 무언지 알아낼 수가 없
었다.

그도 그럴 것이, 섬쾌검식에만 국한된 충고의 말이어서 그 이상은
쾌검마 자신도 해석하지 못한 말뜻을 어떻게 현악이 끄집어낼 수 있겠
는가.

그것은 애초에 술을 담지 않은 술항아리에서 술을 꺼내려는 것처럼
무모한 짓이었다.

하지만 현악은 포기하지 않고 눈을 감은 채 계속 숙고에 장고를 거
듭했다.

그렇지만 거듭된 숙고와 장고는 그가 원하는 해답을 이끌어내기는
커녕 오히려 그를 점점 더 알 수 없는 깊은 수렁 속으로 밀어넣었으며,
다시 되돌아 나오지 못할 것만 같은 미로(迷路) 속으로 빠뜨렸다.

그러면서 그는 자신도 모르게 점차 몰아(沒我)의 상태로 빠져들고
있었다.

몰아.

나도 없고, 너도 없으매, 삼라만상도 없고, 존재도 없으며, 아무것도
없음인 '무(無)' 자체가 없음이라.

현악은 생전 처음 경험해 보는 기이한 상태에 빠져들었는데 전혀 나쁜 기분이 아니었다. 아니, 오히려 몸도 마음도 더없이 편안했다. 그런 느낌은 생전 처음 느껴보는 것이었다.

그는 모든 잡념을 불사르듯이 없애 버리고 자신은 물론, 자신이 갖고 있던 모든 것들, 자신과 터럭만큼이라도 연관이 있던 모든 것마저 깡그리 잊어버렸다.

즉, 몰아를 넘어선 몰각(沒却)이었다.

그가 지금 처한 상태는 불가에서도 불심 높은 고승이나 이룰 수 있는 무념무상(無念無想)의 지고한 경지였다.

그러나 원래 백정이었던 그는 절은커녕 절 문턱도 넘어본 적이 없었으니, 불심이라는 것이 있을 리 없었고, 불각(佛覺)은 더 더욱 언감생심일 터였다.

하지만 불덕 높은 절의 고승이든, 불계지주(不繫之舟) 같은 거지라고 한들 진정으로 각성하면 해탈의 경지에 들 수 있다고 옛 어느 성현이 설파했었다.

현악은 모든 것을 버렸고, 모든 것을 비웠다.

그러자 잠시 후 서서히 마음[心]이 일어났다.

불가에서는 말하고 있다. 불제자가 무념무상의 경지에 이르면 저절로 진리에 도달할 수 있노라고.

현악이 비록 고승은 아니지만, 그 역시 무념무상의 경지에 이르렀기에 그 나름의 진리를 깨우치고 있었다.

그의 진리는 마음이었고, 마음속에 존재하고 있었다.

그의 마음이 계속 일어나고, 깨어나고 있었다. 그러더니 종국에는 자신은 없고 마음만 남게 되었다.

그 상태는 이른바 방(房)을 비우면 빛이 그 틈새로 들어와 환해진다
는, 즉 마음을 비워야 득도할 수 있다는 허실생백(虛室生白)의 진리라
고 할 수 있었다.

'마음!'

순간 현악은 마음속으로 낮게 외치며 번쩍 눈을 뜨고 전면의 거목을
쏘아보았다.

마침내 현악의 육신은 간데없고, 그 자신이 마음이 되어 마음의 검
을 잡아 마음을 발출했다.

언제나 그랬지만, 이번의 발검과 착검 역시 소리가 나지 않았고, 격
타음마저도 들리지 않았다.

그는 천천히 눈을 뜨고 전면의 거목을 쳐다보았다.

그는 자신의 검에서 무엇이 발출됐는지 알지 못했다. 하지만 그것은
분명히 공력은 아니었다.

지금 그의 눈을 강초련이 보았다면 크게 놀라고 감탄했을 것이다.
무념무상의 눈.

가장 맑은 호수보다 더 깊고, 가장 청명한 하늘보다 더 맑은 눈이 거
기에 있었으므로…….

문득, 현악의 얼굴에 실망의 기색이 엷게 떠올랐다. 표적으로 삼았
던 거목에 아무런 이상이 없는 것을 발견했기 때문이었다. 바늘구멍은
커녕 동전만한 구멍도 없었다. 비록 밤이지만 내가고수인 그에겐 대낮
이나 다름없었기에 나무를 살피는 것쯤은 문제도 아니었다.

그가 표적으로 삼았던 거목은 아무런 이상이 없었다. 바늘구멍은커
녕 동전만한 구멍도 없었다.

현악은 거목 앞에까지 다가가서 확인하고 좀 더 실망스런 표정을 지

으며 몸을 돌렸다.

방금 전 이상한 기분에 휩싸였던 것은 그저 잠시 잠깐 선 채로 악몽을 꾸었던 것인가?

'뭔가 될 것 같은 기분이었거늘.'

그는 쓸쓸하게 웃으며 몸을 돌렸다.

스스스─

그때 그의 등 뒤에서 괴이한 음향이 들려왔다.

"……!"

현악은 무심코 뒤돌아보다가 안색이 돌변했다.

스으으스스─

너무나 놀랍고도 어이없는 광경이 그의 눈앞에서 진행되고 있었던 것이다.

방금 전까지만 해도 멀쩡하던 거목이 빠르게 말라가고 있지 않은가. 아니, 말라서 제멋대로 마구 비틀어지고 있었다.

두 명의 어른이 두 팔을 활짝 벌려야지만 겨우 맞닿을 수 있을 정도의 거목이 물기가 완전히 증발하는 것 같은 광경을 연출하더니 잠시 후에는 껍질만 남아 그 자리에 폭삭 스러져 내렸다.

"……!"

현악은 크게 놀라는 표정을 얼굴에서 지우지 못한 채 수북하게 쌓여 있는 나무껍질을 주시했다.

그는 혹시 자신이 꿈을 꾸고 있는 게 아닌가 싶어서 눈을 껌벅거려 보았지만 꿈은 아니었다.

"이것은 설마 심검(心劍)인가……?"

현악은 한참이 지나서야 겨우 마음을 진정시킨 후 자신이 어떻게 했었는지를 기억해 내고서야 중얼거렸다.

무념무상의 지경에서 마음을 일으켜 발출한 검.

그는 방금 자신의 말을 번복했다.

"아니, 무심검(無心劍)이었어."

무심의 상태에서 신건을 발출했으니 무심검이라고 해야 옳았다.

"가공할 위력이다."

그는 허리를 굽히고 나무껍질에 손을 뻗으며 중얼거렸다. 자신이 그렇게 했다고는 도무지 믿어지지 않았다.

푸스스─

그의 손이 나무껍질에 닿는 순간 그것은 먼지가 되더니 순식간에 스러졌다가 때마침 불어온 미풍에 허공으로 흩날렸다.

조금 전까지만 해도 그 자리에 서서 수백 년 세월의 위용을 자랑하던 거목이 지금은 먼지가 되어 사라지고 없었다.

현악은 허공으로 사라지는 나무 먼지를 망연히 바라보다가 퍼뜩 정신을 수습했다.

'다시 해보자!'

그는 다시 한 그루 거목을 마주한 채 우뚝 서서 눈을 감았다.

"마음을 통해서……."

그는 조금 전처럼 중얼거리며 천천히 무념무상의 경지 속으로 함몰해 들어갔다.

한순간 그의 오른손이 혈인검을 잡았다.

검은 뽑힌 것 같지도 않은데 어느새 뽑혔다가 착검됐다. 누가 보더라도 그가 그저 검의 손잡이를 잡았다가 놓았다고만 여길 것이 분명했다.

그는 눈앞의 거목이 아까처럼 말라비틀어져서 껍질만 남기고 허물어지기를 기대하면서 기다렸다.

그러나 아무리 기다려도 거목은 요지부동 그대로였다.

더 이상 기다리지 못하게 된 현악은 거목을 주시하며 천천히 다가갔다.

"……!"

다가가던 그는 문득 거목에 바늘구멍보다 약간 큰 구멍 하나가 뚫려 있는 것을 발견하고 눈을 크게 떴다.

그는 조심스럽게 나무를 만져 보았다.

다른 나무들처럼 단단해서 도저히 껍질만 남은 말라비틀어진 나무라 할 수 없었다. 다시 말해서 이번에는 무심검이 발출되지 않았다는 뜻이었다.

그는 사람의 목 높이에 뚫려 있는 구멍을 살폈다.

대략 석 자 두께의 거목이 완전히 관통됐고, 불에 탄 듯한 냄새가 은은하게 퍼졌다. 자령신공으로 뿜어진 검기, 즉 극쾌검기의 뚜렷한 흔적이었다.

현악은 복잡한 표정을 지었다.

처음에는 가느다란 세검기를 발출하려고 몰아지경에 빠졌다가 마음의 검을 발출했는데 그게 놀랍게도 무심검이었다.

그래서 다시 무심검을 발출하려고 아까와 똑같은 방법을 시도했는데 이번에는 세검기가 발출됐다.

그는 아직 어떻게 해야 세검기가 발출되고, 또 어떻게 해야 무심검이 발출되는지 정립되지 않은 상태였다.

하지만 이 두 가지 결과는 그를 흥분시키기에 충분했다.

'다시 해보자!'

그는 흥분을 가라앉히고 다시 무아지경에 몰입하려다가 가볍게 눈살을 찌푸리며 어이없는 표정을 지었다.

'허헛! 세검기나 무심검을 발출하려고 매번 눈을 감고 무아지경에 빠져야 한다면 내 목숨이 열 개라도 모자라겠군!'

맞는 말이었다.

삶과 죽음이 치열하게 교차되는 상황에서 눈을 감고 무아지경에 빠질 틈이 어디 있겠는가.

'눈을 뜬 채 그 상황에 빠져드는 연습을 하는 것이 순서다.'

그때부터 그는 발검은 하지 않고 눈을 뜬 채 주변을 경계하면서 무아지경에 빠지는 연습을 하기 시작했다.

강초련은 현악이 돌아오기를 기다리다가 꼬박 밤을 지새웠다.

워낙 깊은 원시림이라서 해가 뜨고 지는 것을 볼 수는 없지만, 사위가 뿌옇게 밝아오는 것을 보니 동이 튼 것 같은데도 현악은 돌아오지 않고 있었다.

지난 석 달 동안 이런 경우는 한 번도 없었다. 그래서 강초련은 직접 현악을 찾아 나섰다. 그녀는 집을 나선 지 불과 일각 만에 현악을 찾아냈다.

그는 그리 멀지 않은 곳 뿌연 새벽의 여명 아래 천신마냥 늠름하게 서 있었다.

강초련은 그 모습을 홀린 듯한 표정으로 바라보았다. 지금 이 순간의 그녀는 현악의 제자가 아닌 그저 멋들어진 남자의 모습에 반한 한 명의 여자였다.

쪼로롱— 쫑쫑쫑—

그때 그녀의 바로 옆쪽에서 한 쌍의 새가 지저귀며 날아오르자 그녀는 퍼뜩 정신을 차렸다.

'내가 또…….'

그녀는 깜짝 놀라 자신을 책망했다. 저녁 식사 시간에도 그러더니 지금 또 사부를 보면서 이상하게 방심이 흔들리는 그녀였다.

'사부님은 하늘이셔. 헛된 망상은 그만둬, 초련아.'

그녀는 스스로를 일깨운 후 현악을 향해 달려가면서 막 소리쳐 부르려다가 뚝 멈추었다.

갑자기 현악이 춤을 추기 시작했기 때문이다.

너무나 우아하면서도 세련된, 그러면서도 어딘가 절도있는 동작의 춤이었다.

현악은 빙글빙글 몸을 회전하면서 오른손이 자신의 어깨를 매만지듯 쓰다듬으며 여러 방향을 향해 팔을 굽혔다 폈다를 반복하고, 상체를 뒤로 젖히기도 하고, 허리를 굽히기도 하면서 한바탕 춤사위를 펼쳤다.

그것은 검무(劍舞)였다.

방금 전에 헛된 망상은 그만두라고 자신을 질책했던 강초련은 또다시 넋을 잃은 표정으로 현악을 바라보고 있었다.

춤은 아주 짧았다. 현악은 몇 바퀴 회전하는 것으로 동작을 멈추고 그 자리에 우뚝 섰다.

그렇지만 강초련은 현악이 계속 춤을 추고 있다는 착각에 빠져 있었다.

뒤이어 그녀는 환상을 보아야만 했다.

스스스—

동작을 멈추고 우뚝 서 있는 현악 주변의 모든 나무들이 무너져 내리고 있었다.

마치 사막에 지은 모래성이 한순간에 무너지는 듯한 광경이었다.

"……."

그 순간의 강초련은 천지가 붕괴하는 듯한 환상을 빠졌다. 존재하는 모든 것들과 자신마저도 스러지는 환상이었다.

환상은 아주 잠깐 동안 펼쳐졌다가 끝났다.

강초련은 아무 일도 일어나지 않았던 것처럼 현재로 돌아와 있는 자신을 발견했다.

그리고 멀지 않은 곳에 현악이 여전히 천신 같은 늠연한 모습으로 우뚝 서 있었다.

"아……."

강초련은 현악 전면 부채꼴을 이룬 십여 장 이내의 모든 나무들이 깡그리 사라져 있는 것을 발견하고 경악을 금치 못했다. 방금 전에 그녀가 겪었던 환상은 실제로 벌어졌던 상황인 것이다.

스사사—

그녀가 바라보고 있는 중에 바닥에 무더기를 이루고 있던 나무껍질들이 가루로 화하더니 미풍에 실려서 한쪽 방향으로 날려가고 있었다.

그녀는 뭐라고 형언하기 어려운 정신 상태에 빠졌다. 방금 자신이 목격한 광경이 무엇인지 알 수가 없었다.

"초련아."

그때 현악이 강초련을 발견하고 다가왔다.

강초련은 아무것도 없는 전면을 바라보며 넋이 나간 얼굴로 중얼거렸다.

“사부님, 방금 그게 무엇이었나요?”

현악은 강초련의 어깨를 감싸고 통나무집을 향해 발걸음을 옮기며 미소를 띤 채 대답했다.

“무심쾌(無心快)라는 것이란다. 장차 너도 배우게 될 게야.”

“무심쾌…….”

◆제65장◆
쾌검마의 마지막 표적

　연못가에 모닥불이 크게 피워졌다.

　불가에는 넓게 현악과 강초련, 신표와 채엽, 강일조, 그리고 무적혈창대 사십구 명이 둘러서 있었다.

　넉 달이 지났다.

　넉 달 전, 이곳에 들어왔을 때처럼 오십사 인이라는 숫자에는 변함이 없지만, 그들 모두는 많이 변해 있었다.

　그들 모두는 무공을 처음 시작하여 이곳에 들어오기 직전까지보다, 이곳에서의 넉 달 동안 더 많은 발전을 이루었다.

　현악을 비롯하여 강초련, 신표와 채엽, 강일조, 그리고 무적혈창대 사십구 명을 일일이 열거하면서 그들이 얼마나 강해졌는지 설명하는 것은 무의미했다.

　그들 모두는 강해졌다.

그것으로 족했다.

오십삼 인의 시선은 현악의 얼굴에 집중되어 있었다.

그들 모두의 얼굴에는 한결같이 굳은 신뢰와 자신감, 충성심이 가득 떠올라 있었다.

현악은 오십삼 인 모두의 얼굴을 일일이 둘러본 후 이윽고 가라앉은 목소리로 입을 열었다.

"모두들 애썼다."

단지 짧은 그 한마디뿐이었지만 그 말을 들은 사람들은 울컥 하고 감동이 치미는 것을 느꼈다.

현악은 그들 모두의 주군이다.

그러나 그는 명령만 내리는 주군이 아니었다.

모두 이곳에서 생사의 경계를 넘나들면서 차라리 죽는 것이 낫다고 여길 정도로 혹독한 수련을 하는 동안, 현악도 그들과 함께 숨을 쉬고 함께 생사를 넘나들었던 것이다.

그랬기에 현악의 한마디는 모두의 가슴과 골수와 심금을 울릴 수 있는 것이다.

모두들 현악의 다음 말을 기다렸다. 현악이 무슨 말을 하더라도, 설사 지옥불로 뛰어들라고 명령하더라도 모두는 기꺼이 뛰어들 각오가 되어 있었다.

다시 현악의 입술이 열리며 나직하지만 또렷한 음성이 흘러나왔다.

"이후, 내가 있는 곳에 너희가 있을 것이고, 너희가 있는 곳에는 반드시 내가 있을 것이다."

더 이상 무슨 말이 필요하겠는가.

파도처럼, 해일처럼 걷잡을 수 없는 감동이 오십삼 인의 가슴과 머리를 휩쓸었다.

현악의 말은 곧 자신은 모두와 생사를 함께하겠다는 뜻이 아니겠는가.

그때 누가 시킨 것도 아닌데 강초련을 제외한 모든 사람들이 현악을 향해 무릎을 꿇고 이마를 땅에 댔다.

그리고 우렁차게 외쳤다.

"주군께 죽음으로 충성하겠습니다—!!"

강초련은 비록 현악의 제자라서 무릎을 꿇지 않았지만, 그녀의 마음은 이미 현악을 향해 무릎을 꿇고 저들과 똑같이 외치고 있었다.

그녀는 그 광경을 보면서 생전 처음 기이한 전율을 느끼고 있었다.

주군과 수하들의 완벽한 조화.

훌륭한 주군에 멋들어진 수하들.

그녀의 한 몸은 어디 끼어들 틈조차 없이 완벽한 충성심, 그것이 바로 사나이들의 세계인 것이다.

강초련은 이끌리듯 옆에 서 있는 현악을 바라보았다. 현악은 달리 설명이 필요없는, 말 그대로 '천신' 같은 모습이었다. 강초련은 눈이 부심을 느끼고 눈매를 좁혔다.

그녀는 현악이 자신의 손이 닿지 않는 지극히 높은 곳에 있음을 느꼈다.

이제 막 사내를 알아도 좋을 나이인 십육 세의 그녀는 아주 잠시 동안 자신의 사부를 이성으로 느꼈다가 그 마음을 다시 거두어야만 할 수밖에 없었다.

문득, 현악의 입가에 엷은 미소가 피어올랐다.

이들과 함께라면 당장이라도 천하를 발아래에 둘 수 있을 것만 같왔다.

그러나 이들과 함께라면, 굳이 천하를 발아래 두지 못해도 괜찮을 것 같다는 마음이 들었다.

예전 백정 소년이던 시절 현악의 꿈은 오직 천민이란 신분에서 벗어나는, 이른바 '신분 상승'이었다. 그것이 그의 변함없는 지상과제고 목표이다.

그러나 현악은 자신이 원래 목표하고 갈망하던 것보다 더 가치있고 소중한 것들이 세상에는 많다는 사실을 이 순간에 또다시 깨달았다.

그는 얼마 전까지 천하보다 더 소중한 것이 단우옥이라고 굳게 믿었다. 하지만 그것은 그것대로, 또한 이것은 이것대로 천하보다 더 소중한 가치가 있음을 깨달았다.

문득 현악은 아쉬운 표정을 지으며 중얼거렸다.

"오늘은 내 생애 가장 기분 좋은 날이다. 그런데 그것을 기념할 술이 없다는 것이 아쉽군."

그때 부복하고 있던 신표가 자신의 수하 몇 명에게 슬쩍 눈짓을 보냈다.

그러자 다섯 명이 즉시 일어나 자신들의 숙소인 큰 통나무집으로 달려갔다.

현악은 의아한 표정을 지으며 눈으로 그들을 좇았다.

잠시 후 숙소에서 나와 다시 이쪽으로 나는 듯이 달려오고 있는 그들을 본 현악은 가볍게 표정이 변했다.

그들 중 세 명의 양 어깨에는 커다란 항아리가 메어져 있었고, 나머지 두 명은 각각 커다란 사슴과 곰을 메고 있었기 때문이다.

"주군, 술입니다."

그들이 술과 짐승을 바닥에 내려놓자 신표가 현악에게 공손히 아뢰었다.

"사실 오늘 같은 날이 있을 것 같아서 수하들에게 술을 구해 오라고 지시했었습니다."

현악은 가볍게 눈살을 찌푸렸다.

"술 여섯 항아리라면 우리 모두가 겨우 목이나 축일 수 있을 정도인데, 자넨 뒷일을 어떻게 감당하려는가?"

신표는 이마를 땅에 댔다.

"어찌 술 여섯 항아리를 술이라고 내놓았겠습니까? 술은 얼마든지 있으니 염려 마십시오."

"그래?"

현악은 두 팔을 활짝 벌리며 외쳤다.

"뭣들 하나? 어서 고기를 굽고 술을 돌리지 않고!"

모두 큰 사발에 술을 가득 부어 머리 위로 치켜들었다.

현악이 진중하게 입을 열었다.

"우리 앞에 천하가 있다!"

그러자 모두 일제히 함성을 터뜨렸다.

"가자―!!"

주흥이 도도하게 무르익을 무렵, 좌중에서는 여태까지와는 다른 호칭들이 어지럽게 터져 나왔다.

"대형! 소제의 잔을 받으십시오!"

"하하! 표 아우! 자네 주량에 비해서 잔이 너무 작은 것 같지 않은가?"

"껄껄껄! 신표 형님! 대형은 원래 주선(酒仙)이시니까 항아리째 드리
십시오!"

"이봐, 엽 아우! 대형께 항아리는 너무하지 않은가?"

"이, 이봐, 강일조! 너, 누구더러 엽 아우라는 거야?"

"어허~! 신표 형님! 우리 서열 좀 가려주십시오!"

"이봐, 엽 아우, 여기서는 자네가 막내일세."

"그… 렇습니까? 끙~ 술 드십시오, 일조 형님."

*   *   *

왠지 불길한 느낌을 떨쳐 버릴 수가 없었다.

보이지 않는 수십, 수백 가닥의 거미줄 같은 것이 자신이 움직이는
행동반경에 치밀하게 얽혀 있는 듯한 느낌이었다.

그렇다고 미행이나 감시, 아니면 사람이든 진법이든 무언가의 낌새
를 감지했기 때문은 아니었다.

그저 막연하게 불길했다.

쾌검마는 경공을 전개하여 달리다가도 뚝 멈추었다가 공력을 끌어
올려 주위에 아무도 없다는 사실을 확인한 다음에야 비로소 다시 움직
였다.

그러나 불길함은 떨쳐지지 않았고 시간이 흐를수록, 집이 가까워질
수록 가중되었다.

그가 오래전에 스승으로부터 물려받은 사망부에 기록된 무림고수들
을 모두 죽이고 한 명만 남겨놓은 상태에서 자운이 기다리고 있는 집으
로 돌아오는 중에 불의의 습격을 당한 것이 벌써 반년 전의 일이었다.

그날부터 그는 지금까지 집으로 돌아가지 못했다. 그랬기에 물론 자운도 만나지 못했다.

반년 전에 그를 습격한 것은 단우옥과 혁련무룡, 그리고 유성보의 사백 고수였다.

예전 소림, 무당, 유성보 삼 파가 추적대를 결성하여 추적했던 것보다 더 강하고 집요한 합공이었다.

쾌검마는 죽이고 또 죽이면서 도주하고 또 도주했다.

하지만 끝내 포위망을 벗어날 수 없었으며, 그들을 모두 죽이는 것은 더욱 불가능했다.

그는 줄곧 허허벌판을 피해서 울창한 숲이나 험준한 산을 택해서만 도주했다.

그렇게 그는 너무나 보고 싶은 자운이 있는 집에서 점점 더 멀어졌다. 그녀를 보호하기 위해서 일부러 그렇게 한 것이었다.

도주한 지 한 달이 지났을 때, 그는 도주와 주살을 거듭하면서 이백여 명의 유성보 고수들을 죽인 상태였다.

그러자 처음보다 더 많은 유성보 고수들이 즉각 보충됐다.

그리고 얼마 지나지 않아서 소림과 무당, 화산파와 아미파 등 명문대파의 고수들까지 대거 쾌검마 사냥에 동참했다.

쾌검마는 도대체 얼마나 많은 고수들이 자신을 죽이려고 추적하고 있는지 짐작조차 하지 못했다.

언젠가 한 번은 방향을 잘못 들어서 그가 숲에서 벌판으로 나섰던 적이 있었다.

그때 그는 벌판에서 자신을 기다리고 있는 무림고수들을 발견하고는 너무 놀라서 한동안 그 자리에서 움직이지 못했었다.

그를 기다리고 있던 고수들의 숫자는 아무리 적게 잡아도 오백여 명은 넘어 보였기 때문이다.

그때 그는 뒤돌아보다가 자신이 방금 전에 튀어나온 숲에서도 이백여 명의 고수가 쏟아져 나오는 것을 발견했다. 그들은 그를 추적하던 고수들인 것이다.

그 순간 그는 몸을 돌려 숲을 향해 전력으로 쏘아갔다. 벌판의 오백여 명보다는 숲 쪽의 이백여 명을 뚫는 것이 조금이라도 가능성이 높았기 때문이다.

자신을 가로막는 자들을 무차별적으로 죽이고 또 죽였다.

벌 떼처럼, 정말 벌 떼처럼 수백 명의 고수들이 그를 향해 도검을 휘두르며 덮쳐 왔다.

그가 숲 쪽의 고수들과 접전하느라 잠시 주춤하는 사이 들판 쪽에 있던 오백여 명이 나는 듯이 쏘아오고 있었다.

처음에 쾌검마는 자신의 성명검법인 쾌검마류를 전개하여 무림고수들을 주살했으나 그들의 한복판을 뚫을 때에는 거의 진검으로 적들을 찌르고 또 베고 있는 자신을 발견했다.

초식도 뭣도 없었다. 그저 생존 본능에 따라 마구잡이로 검을 휘두를 뿐이었다.

그는 기필코 살아야만 했다.

그는 원래 죽음 따위를 두려워하지 않는 인물이다. 아니, 생에 대해서 눈곱만큼도 미련이 없는 인물이었다.

하지만 그는 목마르게 생존을 갈망하며 거의 광적으로 수중의 묵영검을 휘둘러 댔다.

그 이유가 사망부에 아직 죽이지 못한 한 명 때문이 아니었다.

부득이한 경우에는 사망부의 마지막 일인을 죽이지 못한다고 해도
어쩔 수 없었다.

그가 죽을 수 없는 이유는 달리 있었다. 자신을 기다리고 있을 자운
에게 돌아가야 하기 때문이었다.

그가 숲으로 돌아온 불과 반 각이라는 짧은 시간 동안에 그는 무려
백여 명의 무림고수를 주살했고, 열두 군데의 깊고 가벼운 상처를 입어
야만 했다.

그를 추적하는 고수들은 결코 어중이떠중이가 아니었다. 그들 각자
의 실력은 이 년 반 전에 그를 산서 땅으로 내몰았던 소위 쾌검마 추적
대보다 더 고강했다.

그는 무려 반년에 걸친 기나긴 싸움과 도주 때문에 지칠 대로 지쳐
있었다.

또한 그는 그 반년 동안 자운이 있는 산속의 오두막으로부터 점점
더 멀리 도주해 있는 상황이었다.

그러면서도 마음속으로는 간절하게 그녀와의 만남을 갈망했다.

그리고 마침내 보름 전, 그는 추적대로부터 완전하게 벗어났다.

최소한 그의 판단으로는 그랬다.

그래서 그는 자운이 기다리고 있을 집을 향해 달려갔다.

추적대로부터 자유로워졌으며, 이제부터 집으로 돌아간다고 생각한
순간부터 그는 아무것도 생각하지 않았다. 아니, 할 수가 없었다.

'집으로 돌아간다'는 것은, 마치 그것 하나만 생각할 수 있고 나머
지에 대해서는 결코 생각할 수 없는 독에라도 당한 것처럼, 그의 모든
사고를 마비시켜 버렸다.

그의 영특함도, 완벽에 가까운 조심성도 '집으로 돌아간다'라는 독

앞에서는 무용지물이었다.

그는 반년 동안 쫓기면서 집으로부터 무려 천삼백여 리나 멀어졌다는 사실을 그제야 깨달았다.

그의 머리 속에는 오직 자운 생각뿐이었다.

그녀가 아직도 자신을 기다리고 있을까?

식량은 늘 여분으로 넉넉하게 준비해 두었으므로 걱정이 없었다. 다만 자운이 그곳을 떠났거나, 쾌검마 자신을 찾으려고 어딘가를 헤매고 있을까 봐 그게 걱정이었다.

그렇게 쾌검마는 집으로 달려가고 있었다. 닷새 동안 잠도 자지 않았고 잠시도 쉬지 않았다. 오직 달리기만 했다.

평소 같았으면 전력 질주 사흘 정도에 기력이 고갈됐을 텐데 그는 닷새째인 지금까지 끄떡없이 달리고 있었다.

그는 지금 무엇이 자신을 지탱하고 있는지 잘 알고 있었다.

그것은 사랑의 힘이었다.

―나는 자운 소저를 사랑하고 있다!

그래서 그는 깨달았다, 그동안 자신이 자운에게 품고 있던 감정이 사랑이라는 사실을.

그리하여 그는 결심했다.

자신이 살아서 집에 도착할 수만 있다면 그리고 자운이 아직도 자신을 기다리고 있다면 자신의 마음을 고백하리라고 말이다.

그는 점점 집과 가까워졌다. 그럴수록 보이지 않는 불길함도 점점 가중되었다.

그리고 그 불길함은 오래지 않아 현실로 나타나게 될 것이다.

저 멀리 집이 보이는 곳에 도착한 쾌검마는 너무도 기뻤다. 이날까지 살아오면서 지금처럼 기뻤던 적은 단연코 한 번도 없었다. 기쁨이나 행복보다는 슬픔이나 불행, 증오 같은 것들과 더 친근했던 그의 생애였다. 지금의 이 기쁨은 추적대 때문에 마음 한 구석에서 스멀스멀 피어오르던 불길함마저도 잠시 잊게 해주었다.

그가 그토록 오고 싶어 했던 집에 도착했을 때, 자운이 초옥의 입구에 다소곳이 서 있는 모습을 발견한 것이었다.

그는 집을 떠날 때 언제나 자운에게 얼마가 걸릴 것이라고 미리 말을 했고, 그것을 꼭 지켰다.

그래서 그가 돌아올 때면 자운은 항상 문밖에 다소곳이 서서 그를 맞이해 주었다.

그것을 보고 쾌검마는 자신이 만약 사흘 일정이라고 말했다면 사흘째 되는 날에는 자운이 하루 종일 문밖에서 자신을 기다리고 있었을 것이라 추측할 수 있었다.

그때마다 그는 설명할 수 없는 행복과 희열을 맛보았었다.

그가 하는 일은 사망부에 기록된 사람을 죽이는 것이지만, 그 일을 계획하고 실행하는 동안에 종종 어서 빨리 일을 끝내고 자운이 기다리고 있는 집으로 달려가고 싶다는 생각을 할 정도로 그는 그 사실을 몹시 기꺼워했었다.

그가 반년 전에 마지막 집을 떠날 때 자운에게 남긴 말은 '이틀 정도 걸릴 것이오' 였다.

그렇다면 자운은 그가 집을 떠난 이틀째부터 지금껏 문밖에서 그를 기다리고 있었다는 얘기가 된다.

무려 반년이나. 그리고 그녀라면 하루도 빠짐없이 저렇게 서 있었을 것이다.

누가 들어도 믿지 않을 말이다. 하지만 쾌검마는 그 사실을 철석같이 믿었다.

자운이라면 그러고도 남을 여자였으므로.

그때 쾌검마는 집을 십여 장쯤 남겨놓은 곳에 멈춰 서서 한동안 자운을 주시하고 있었다.

그곳에서 그는 자운을 쳐다보며 생애 두 번째의 눈물을 흘려야만 했다.

부모님이 산적들에게 무참하게 죽임을 당했던 일곱 살 때 부모의 시신 앞에서 처음 울었고, 지금 두 번째로 울고 있었다.

쇠를 부수는 것은 그보다 더 강한 그 무엇이 아니라, 뜨거운 사랑이었다. 자운은 사랑으로 쇠를, 쾌검마라는 강철을 녹였다.

쾌검마는 자운이 자신을 바라보며 소리없이 기쁨과 안도의 눈물을 흘리고 있는 것을 지켜보았다.

그리고 그는 사선을 넘어 돌아오기를 정말 잘했다는 것과 자신이 지금부터 해야 할 일을 깨달았다.

쾌검마는 자운에게 눈물을 보이고 싶지 않았다. 그래서 비록 몇 방울의 눈물이지만, 그곳에 서서 눈물이 마르기를 기다렸다가 천천히 그녀에게 다가갔다.

그가 자운 앞에 멈춰 서자 그녀는 말없이 그의 품에 안겨 오랫동안 어깨를 들먹이며 작게 흐느꼈다.

쾌검마는 몇 번을 망설이던 끝에 용기를 내어 그녀를 부드럽게 안아주었다.

쾌검마가 간단한 행랑을 꾸리자 자운도 묵묵히 그를 따라 자신의 행랑을 꾸렸다.

쾌검마는 목숨을 위협할 정도는 아니지만, 그래도 가볍지 않은 상처를 여러 군데 입었다. 하지만 집에 도착하기 전에 지혈을 했고, 지니고 다니던 여벌의 새 옷으로 갈아입었기 때문에 자운은 그의 부상을 전혀 눈치채지 못했다.

여태껏 두 사람은 수없이 거처를 옮겨 다녔고, 그때마다 쾌검마는 아무 설명도 없었으며, 자운 역시 아무것도 묻지 않았다.

쾌검마가 짐을 꾸리면 자운도 묵묵히 짐을 꾸렸고, 그가 자운을 안고 훨훨 날다시피 하여 전혀 새로운 장소에 새 둥지를 틀면 자운은 묵묵히 그곳에서의 새 생활을 시작했었다.

쾌검마는 뭔가 조금만 불길함을 느끼면 즉시 그곳을 떠나 새 거처를 정했었다.

물론 그가 고르는 거처들은 사람들이 우글거리는 곳이 아니라 전부 깊은 심산은곡이었다.

여태껏 몇 차례나 옮겨 다녔는지 셀 수조차 없을 정도였지만 자운은 한 번도 얼굴을 찡그린 적이 없었다.

쾌검마는 그런 자운이 너무 고마웠다.

처음에 그는 현악에게서 혈인검을 돌려받기 위해서 자운을 납치했지만, 지금 그는 자신이 정말 자운을 담보로 현악에게서 혈인검을 돌려받는 행위를 할 수 있을지 의문이었다.

이제 그는 자운 없이는 살 수 없는 사람이 되어버렸다.

쾌검마는 지금의 거처를 또다시 버려야겠다는 결정을 내렸다.

그가 여태까지 거처를 버렸던 것은 단지 안전을 기하기 위해서였지만 이번은 달랐다.

그에게는 동물적인 본능이 있었다. 그것은 대기근이 닥치거나 홍수 같은 대재앙이 닥치기 전에 동물들이 미리 알고 몸을 피하는 것과 비슷한 것이었다.

두 사람은 간단한 행랑을 등에 메고 집을 나섰다. 자운은 지난 반년 넘게 자신들의 보금자리였던 초옥을 돌아보았다.

그녀는 아무것도 알고 싶지 않았고, 알려고 들지도 않았다. 그저 쾌검마와 함께 있다는 사실만으로도 행복해했다.

그녀는 쾌검마에 대해서 알고 있는 것이 전무했지만 그마저도 개의치 않았다.

쾌검마가 단우옥에게서 자운을 되찾아온 이후 다섯 달 동안 쾌검마는 스승으로부터 받은 유시를 거의 완수했다.

스승의 유시는 사망부에 이름이 적힌 자들을 모두 찾아내어 죽이는 일이었다.

이제 단 한 명만 죽이면 완벽하게 완수하게 된다.

그 한 명은 유성보주인 유성검협 혁련중도였다.

그는 원래 집에 돌아와 자운이 자신을 기다리고 있는 것을 확인하면 그녀에게 자신의 심경을 고백하겠다고 마음먹었다. 하지만 막상 그녀를 보게 되자 마음을 바꾸고 말았다.

마지막 한 명을 죽이고, 피비린내 나는 강호에서 깨끗이 손을 씻은 후에 고백하겠다고 말이다.

어쩌면 그 고백의 결과가 쾌검마를 혈살성으로 남겨두느냐, 무림에서 사라지게 하느냐를 결정하게 될 것이다.

자운이 정든 눈빛으로 초옥을 둘러보고 있을 때 허공을 응시하고 있
던 쾌검마가 나직한 음성을 흘러냈다.

"내 이름은 하동(河童)이오."

자운은 시선을 쾌검마의 얼굴로 향했다. 그녀의 입가에는 따스함이
떠올라 있었다.

동(童). 아이를 가리키는 말이다. 그것이 천하를 공포에 떨게 만드는
혈살성 쾌검마의 이름인 것이다.

자운은 쾌검마를 바라보며 진실로 따스한 미소를 지으면서 말했다.

"당신에게 어울리는 이름이에요."

쾌검마 하동은 이십오륙 년 전에 그런 말을 들은 기억을 새삼스럽게
떠올렸다.

"얘야, '동(童)'이라는 이름은 복스럽고 귀여운 너에게 정말 잘 어울리는
이름이란다. 그 이름은 아버님께서 몇 날 며칠 동안 심사숙고하신 끝에 지으
신 이름이라는 것을 알아주었으면 좋겠구나."

그렇게 말했던 사람은 하동의 어머니였다.

하동은 자운에게서 어머니를 느꼈다. 아니, 그는 자운과 함께 있는
동안만큼은 늘 그 옛날 어린 시절의 하동이었다.

그리고 인간이었다. 더 이상 혈살성 쾌검마가 아닌…….

그는 자운을 떠나 있을 때에는 혈살성이었다가 그녀에게 돌아와서
는 인간이 되었다.

"앞으로는……."

"동 가가."

"……."

하동은 할 말을 잃었다.

그는 방금 자운더러 자신의 이름을 불러달라고 말하려 했다.

그런데 자운은 한 걸음 더 나아가서 '가가'라고 불러준 것이다.

원래 '가가'라는 것은 친오빠 아니면 연인, 둘 중 하나를 친밀하게 부르는 호칭이다.

"자운 소저……."

폭풍이 휘몰아쳤다.

그 폭풍의 한복판에 쾌검마 하동이 서 있었다.

폭풍우 속에서는 그것에 휘말리기 때문에 정신을 차릴 수가 없는 법이다.

"소녀의 이름을 부르세요."

"……."

자운의 말에도 하동은 그럴 수가 없었다. 그는 사람을 죽이는 일 외에는 모든 것이 서툰 사람이었다, 특히 여자에게는. 게다가 상대는 자운이 아닌가.

자운은 그가 순진한 사람이라는 사실을 벌써부터 알고 있었다. 그래서 어떻게 부르라고 가르쳐 주는 수밖에 없었다.

"운아. 이렇게 부르세요. 그리고 하대를 하시구요."

"……."

마음속 폭풍이 몇 배나 더욱 거세져서 하동은 더욱 말을 하기가 힘들었다.

그때 하동은 손이 따스해지는 것을 느꼈다.

그가 내려다보니 자운의 곱고 여린 손이 자신의 손을 가만히 잡고 있는 것이 보였다.

그 순간 신기하게도 폭풍이 뚝 멎었다.

자운의 손은 하동 손에 비해서 절반 크기에도 못 미쳤다. 하지만 하동과는 다른 큰 능력을 지니고 있는 손이었다.

하동은 시선을 들어 자운의 얼굴을 쳐다보았다.

자운은 미소를 짓고 있었다. 그러나 평범한 미소가 아닌 하동의 마음을 녹여주고 편안하게 해주는 미소였다.

자운과 보낸 지난 이 년여의 세월 동안, 그녀가 하동의 단단했던 심성을 일깨우고 그의 얼어붙은 마음을 녹였다면, 지금의 미소는 그렇게 해서 드러난 하동의 마음을 밖으로 끌어내는 결정적인 역할을 했다.

이른바 화룡점정(畵龍點睛)인 것이다.

"우, 운아."

"네?"

"운아…….."

"말씀하세요. 동 가가의 말씀이라면 무엇이든 다 따를 준비가 되어 있어요."

하동은 자신의 어깨까지밖에 이르지 않는 키의 자운의 눈에서 진실을 발견했다.

원래 그녀의 눈은 보물 창고였다.

순수와 성결함, 그리고 순종, 해맑음과 고귀함, 진실 같은 것들이 죄다 담겨 있어서 지난 이 년여 동안 혈살성 쾌검마를 인간 하동으로 만들어 버리기에 이르렀다.

하동은 이 어린 소녀를 위해서라면 죽어도 좋다고 결심했다.

"운아."

“네?”

자운은 마알간 눈으로 하동으로서는 한 번도 본 적이 없는, 아니, 그 옛날 어머니의 눈빛과도 많이 닮은 눈빛을 하고 하동을 올려다보고 있었다.

“이번에는 먼 길이 될 거야.”

“괜찮아요.”

“무척 위험할 수도 있어.”

“상관없어요.”

“죽을지도 몰라.”

하동은 솔직하게 고백했다.

그러자 자운은 하동의 손을 잡은 손에 힘을 주면서 씩씩하게 대답했다.

“소녀가 가장 두려워하는 게 무언지 아세요?”

“뭔데?”

“동 가가 당신이 소녀 곁에 없다는 사실이에요.”

“우, 운아······.”

하동은 비로소 조금 전에 자운이 자신을 바라볼 때의 눈빛이 무엇인지 깨달았다.

그것은 사랑이었다.

하동은 성큼 자운을 안고 신형을 날렸다.

자운은 익숙하게 두 팔로 하동의 목을 안고 그의 어깨에 뺨을 댄 채 눈을 감았다.

하동은 천하를 다 얻은 것만 같았다.

지금의 감정은 스승을 만났을 때에도, 쾌검마류를 완성했을 때에도,

그 어느 때에도 느껴보지 못했던 감정이었다.

그래서 그의 가슴은 금방이라도 터져 버릴 듯이 벅찼다.

그때 그의 귀에 거의 닿을 듯이 놓여 있는 자운의 입술이 열리며 귓전을 스치는 거센 바람에 묻혀 들려왔다.

"동 가가와 소녀, 그리고 오라버님과 옥 언니, 이렇게 넷이서 한평생 오순도순 살았으면 소원이 없겠어요."

"……."

하동은, 아니, 쾌검마는 아무 말도 하지 못했다.

*　　　*　　　*

단우옥이 예상했던 대로 쾌검마는 자신의 원래 거처로 되돌아와 있었다.

혁련무룡은 쾌검마가 포위망을 뚫고 완벽하게 도주했으면서도 어째서 다시 자신의 거처인 산속의 초옥으로 돌아왔는지 이유를 알 수 없었다.

게다가 단우옥이 어떻게 쾌검마가 다시 초옥으로 돌아올 것이라는 사실을 알았는지도 몰랐다.

어쨌든 쾌검마는 단우옥이 예상한 대로 따랐고, 결국 이곳까지 오고 말았다.

단우옥과 혁련무룡이 총지휘하는 구백 명의 각 명문대파 고수들은 쾌검마의 거처 삼십 리 밖에서 실로 철통같은 포위망을 구축하고 있었다.

혁련무룡은 지금이야말로 쾌검마를 죽일 수 있는 절호의 기회라고 판단했지만, 단우옥은 고개를 가로저었다.

그 이유를 물었지만, 그녀는 내내 아직은 시기가 아니라고만 되풀이해서 말할 뿐이었다.

그런데 쾌검마는 초옥에 도착한 후 채 한 시진도 못 되어 다시 집을 떠났다.

이번에는 혼자가 아니라 품에 소녀를 안고 있었다.

단우옥은 여전히 아직은 때가 아니라고만 앵무새처럼 반복해서 말했다.

단우옥과 혁련무룡, 그리고 구백 명의 고수는 쾌검마 주위 삼십여 리 밖에서 큰 포위망을 형성한 상태로 은밀하게 미행을 계속하고 있었다.

쾌검마는 소녀를 두 팔로 꼭 안은 채 하루 중에 두 시진을 제외한 거의 모든 시간을 상상할 수 없을 정도로 빠르게 달렸고, 달리는 중에도 소녀를 자신에게서 결코 떼어놓지 않았다.

소녀 역시 두 팔로 쾌검마의 목을 안은 채 꼭 붙어 있었다.

아주 먼발치에서 그 광경을 아주 잠시 목격한 혁련무룡은 두 사람의 관계에 대해서 쉽사리 해답을 찾을 수가 없었다. 생각할수록 머리가 아팠고, 이해하려 들수록 가슴이 답답해졌다.

단지 혁련무룡은 쾌검마가 안고 있는 소녀가 단우옥이 말했던 그 소녀라는 사실을 알 수 있었다.

그래서 그의 궁금증은 더욱 증폭될 수밖에 없었다.

대체 저 소녀가 누구기에 단우옥은 쾌검마를 놓치는 한이 있더라도 소녀를 다치게 해서는 안 된다고 말하는 것인가?

그로서는 당연한 의문이었지만, 아무리 고심해 봐도 이유를 알 수 없었다.

하지만 혁련무룡이 쾌검마에게 그 정도로 가까이 접근한 것도 지나친 모험이었다.

더 가깝게 접근한다는 것은 자신의 존재를 쾌검마에게 드러내는 것이나 다름없었기 때문이다.

만약 쾌검마가 하루에 두 시진이라도 쉬지 않았다면 단우옥과 혁련무룡, 그리고 소림, 무당, 아미, 화산파의 몇몇 장로들만이 겨우 그를 따를 수 있었을 것이고, 나머지 구백 고수는 뒤처질 수밖에 없었을 것이다.

그러나 쾌검마가 자운을 안고 있지 않았다면 단우옥과 혁련무룡, 장로들이라고 해도 그를 추격하지 못했을 것이다.

쾌검마가 하루 중에 두 시진을 쉬는 이유는 자운 때문이었다. 그가 아무리 편하게 안고 달린다고 해도 편안한 장소에서 다리를 쭉 펴고 푹 쉬도록 해주는 것과는 달랐다.

하동은 시간이 지날수록 점차 알 수 없는 불길함이 가중되고 보이지 않는 거미줄이 더욱 옥죄어 오는 것을 느꼈으나, 그것 때문에 자운을 힘들게 만들고 싶지는 않았다.

혁련무룡은 전체 고수들을 두 개로 나누었다.

한 무리는 혁련무룡과 단우옥이 이끌며 유성보 고수들 삼백 명과 소림사 고수 백 명, 도합 사백여 명으로 이루어졌으며, 가장 근접한 거리에서 쾌검마를 감시, 미행했다.

근접한 거리라고는 하지만 여전히 쾌검마의 이목 때문에 이십여 리 안으로는 접근하지 못하는 실정이었다.

두 번째 무리 오백 명은 무당, 아미, 화산파의 세 명의 장로가 이끌고 있었으며, 첫째 무리를 뒤따랐다. 그러나 시간이 지날수록 점차 뒤처져서 쾌검마가 하루 중에 단 한 번 멈추는 시간이 되면 삼십여 리의 차이까지 벌어졌다.

그래서 쾌검마가 두 시진을 쉬는 동안에도 두 번째 무리는 휴식을 취하지 않고 계속 달려서 반 시진 만에야 첫 번째 무리가 있는 곳에 당도할 수 있었다.

그곳에서 쾌검마를 추적하는 전체 고수들이 각각 작은 포위망과 큰 포위망을 구축한 상태로 잠깐 동안의 휴식을 취했다.

"옥 매, 쾌검마 말이야… 이제 살행을 끝낸 것 같지 않아?"

울창한 숲 속, 찌는 듯한 무더위 속에서 바닥에 앉아 한차례의 운공을 끝낸 혁련무룡이 아직 운공을 하고 있는 단우옥을 보며 입을 열었다.

그는 단우옥의 호흡 소리를 듣고 그녀가 이미 운공을 끝냈다는 사실을 알고 있었다.

"그자의 여태까지의 행적을 되짚어본 결과 그자는 미리 정해놓은 사람들을 죽였던 것 같아요."

단우옥은 벼락으로 쓰러진 나무 위에 앉아서 운공을 끝낸 후 눈을 뜨면서 대답했다.

혁련무룡은 그저 던지듯이 가볍게 물었는데, 단우옥의 대답은 뜻밖이었다.

혁련무룡은 몸을 일으켜 그녀에게 다가왔다.

"정해 놓은 사람들?"

"네."

혁련무룡은 단우옥이 거의 확실한 사실이 아니면 아예 입 밖에 꺼내지도 않는다는 것을 잘 알고 있었다.

하지만 그렇다고 의구심이 사라지는 것은 아니었다.

"쾌검마가 여태까지 죽인 천여 명이 전부 미리 정해놓은 사람이란 말인가?"

"그게 아니라, 원래 정해져 있는 사람은 소수에 불과하지만 그들을 죽이는 과정이나 도주하는 과정에서 더 많은 사람들을 죽이게 된 것 같아요."

쾌검마가 죽인 천여 명이라는 숫자에 그가 이번에 도주하면서 죽인 사백여 명은 포함되지 않았다. 그들까지 합친다면 무려 천사백여 명을 죽였다는 것이다.

"그러니까 옥 매의 말은 쾌검마가 사망부라도 갖고 있다는 것인가?"

혁련무룡은 설마 하는 마음으로 말했으나 뜻밖에도 단우옥은 고개를 끄덕였다.

"그런 셈이죠. 이걸 보세요."

단우옥은 품속에서 돌돌 말린 하나의 종이 묶음을 꺼내 건넸다.

종이에는 수많은 이름들이 빼곡하게 적혀 있었다.

혁련무룡은 그 이름들에서 단우옥의 정성 어린 발자취를 느낄 수 있었다.

이름은 무려 구십구 명이었다. 혁련무룡은 그 이름들 중에서 모르는 사람이 한 명도 없었다. 그만큼 무림에서 내로라하는 쟁쟁한 고수들이라는 뜻이었다.

그들의 죽음이 무림에 알려진 것도 있었지만 알려지지 않은 죽음들이 더 많았다.

그 이유는 그들 중에 삼분의 일 정도가 이미 은거한 사람들이었고,
또 삼분의 일 정도는 명예나 위신 때문에 그들의 죽음을 무림에 밝히
지 않았기 때문이다.

"정말 이 사람들을 모두 죽였다는 건가?"

혁련무룡은 사실일 것이라는 걸 뻔히 알면서도 그렇게 물을 수밖에
없었다.

"아마 누락되거나 실수로 더해진 사람은 없을 거예요."

"음… 이 정도였다니……."

혁련무룡은 이 시린 신음을 흘려냈지만 더 놀랄 일이 하나 더 남아
있었다.

단우옥은 조심스럽게 입을 열었다.

"이것은 예상인데요……."

그녀가 잠시 뜸을 들이며 생각하는 표정을 짓자 혁련무룡은 문득 이
상하다는 생각이 들었다.

그녀는 말을 많이 하는 사람은 아니지만, 일단 말을 하려고 작정하
면 뜸을 들인다거나 회피하는 경우가 없었다. 오히려 듣는 사람이 무
안할 정도로 직설적이었다.

그런 그녀가 뜸을 들이고 있었다. 그만큼 하기 어려운 말일 것이다.
그래서 혁련무룡은 더 긴장했다.

"여태까지 쾌검마의 암살 행적이나 궤적, 습관 등을 모두 종합해 봤
을 때 그자가 죽여야 할 사람은 앞으로 한 명이 남아 있는 것 같아요."

"한 명?"

혁련무룡의 예상대로 과연 전혀 뜻밖의 말이었다. 그는 의아한 표정
으로 물었다.

단우옥의 계산이라면 정확할 것이다. 그녀는 정확하지 않으면 입 밖으로 꺼내지도 않는다.

그녀는 자운과 한동안 함께 지냈기 때문에 그녀의 성품을 잘 알고 있었다.

그리고 단우옥이 예전에 쾌검마와 그녀를 찾으러 초옥에 갔을 때, 자운의 말로 미루어 그녀와 쾌검마는 그때까지 서로 사랑하고 있지는 않더라도 각별한 사이인 것만은 분명하다고 판단했었다.

단우옥은 될 수 있으면 쾌검마에게서 자운을 떼어내고 싶었다. 아니, 할 수만 있다면 무슨 방법을 써서라도 자운을 혈살성에게서 구해내고 싶었다.

자운이 생판 모르는 사람이라고 해도 반드시 구해내야 할 터이지만, 그녀가 현악의 하나뿐인 누이동생인 다음에야 결사적으로 구하는 것이 당연하지 않겠는가.

그녀는 남녀 간의 애정에 대해서 꽉 막히거나 고지식한 사람은 아니지만, 백번 고쳐 생각해 봐도 쾌검마와 자운은 결코 어울리는 한 쌍이 아니었다.

아니, 백번 양보해서 두 사람이 어울린다고 해도, 또한 자운에게 무슨 원망을 듣더라도 기필코 뜯어 말려야만 했다.

"혹시… 그 한 명이 누군지 알겠어?"

혁련무룡은 단우옥이 아무리 총명하다고 해도 그것까지는 모를 것이라고 생각하면서도 입으로는 그렇게 물었다.

그러나 단우옥은 그 한 명이 누군지 짐작하고 있었다.

쾌검마가 자운을 안고 지난 며칠간 계속 도주하는 모습을 보지만 않았더라도 단우옥은 혁련무룡처럼 생각했을 것이다.

쾌검마가 단우옥에게서 자운을 탈취해 간 뒤 칠 개월이 흘렀다.

단우옥이 그동안 먼발치에서 지켜본 결과 그 두 사람은 서로 사랑하고 있는 것이 분명했다.

쾌검마는 지난 반년 동안 끈질긴 추적을 당하면서 여러 차례 죽을 고비를 넘기고 난 후 가까스로 포위망을 뚫고 자운이 있는 집에 도착했다.

그런데 그가 만약 모든 살행을 끝냈다면, 십중팔구 자운을 데리고 아무도 모르는 곳으로 숨어들었을 것이 분명했다.

또한 그럴 작정이었다면, 그는 지금처럼 하루 중에 두 시진씩 휴식하지 않고 곧장 은거지로 직행했어야 했다.

그런데 그가 지금 이러고 있는 것은?

아직 죽여야 할 표적이 남아 있기 때문이다, 라는 것이 단우옥의 날카로운 추리였다.

그리고 그녀의 계산대로라면 쾌검마의 마지막 표적은 그녀가 아주 잘 알고 있는 무림의 거목이었다.

단우옥은 거짓말을 못한다.

"알아요."

"안다고?"

그녀의 뜻하지 않은 대답에 혁련무룡은 적잖이 놀라면서도 약간 어이없다는 표정을 지었다.

혁련무룡은 이번만은 단우옥을 약간은 믿을 수 없다는 심정으로 물었다.

"누구지?"

"……."

"옥 매, 왜 그래?"

혁련무룡은 그녀가 머뭇거리자 이해할 수 없다는 표정을 지었다.

"쾌검마의 마지막 표적은 백부님인 것 같아요."

"……."

이번에는 혁련무룡이 할 말을 잃었다.

그녀는 자신의 예측이 틀렸기를 바라면서 여러 차례 분석을 거듭했지만 여전히 결과는 하나로 귀결됐다.

쾌검마의 최후의 표적은 유성보주인 유성검협이었다.

단우옥은 이곳에서는 보이지 않지만 쾌검마와 자운이 휴식을 취하고 있을 방향으로 눈길을 던지며 조용히 말했다.

"룡 가가, 죽은 사람들의 이름을 다시 보세요."

혁련무룡은 시선을 쥐고 있던 종이에 다시 주었지만 그것을 보지는 않았다. 그의 머리 속은 쾌검마의 마지막 표적이 자신의 부친이라는 충격적인 사실로 가득 차 있었다.

차츰 종이의 깨알 같은 글씨들이 그의 시야로 들어왔다.

"……!"

한순간, 그는 머리 속이 텅 빈 것 같은 느낌이었다가 눈을 잔뜩 부릅뜨며 경악했다.

얼마나 놀랐는지 그답지 않게 입만 크게 벌렸을 뿐 말조차 흘러나오지 않았다.

그는 한참 만에야 신음처럼 중얼거렸다.

"백무신……."

천하무림에서 가장 고강하다는 백 명의 절정고수를 백무신이라고 칭한다는 사실을 모르는 사람은 없었다.

종이에 적혀 있는 것은 바로 백무신이라고 할 수 있는 구십구 명의 이름이었던 것이다.

그리고 거기에 적혀 있지 않은 마지막 한 명의 이름이 바로 혁련무룡의 부친이었다.

단우옥은 굳은 표정으로 주시하고 있던 방향에 시선을 고정시킨 채 조용히 말했다.

"그리고 지금 쾌검마가 향하고 있는 방향은 서북쪽이에요."

이곳에서 서북쪽으로 곧장 가면 난봉이 나오고, 그곳에는 유성보가 있었다.

"빌어먹을!"

혁련무룡은 옆에 단우옥이 있음에도 개의치 않고 얼굴을 찌푸리면서 내뱉었다.

◈제66장◈
눈물의 해후(邂逅)

결정을 내려야 할 때였다.

쾌검왕의 수급을 베어서 개선장군처럼 돌아오겠다며 호언장담하고 비검문을 떠난 것이 이미 반년 전의 일이었다.

그런데 해가 바뀌도록 쾌검왕을 한 번이라도 마주치는 것은 고사하고 언제나 뒷북치기가 일쑤였다.

주루의 탁자에 마주 앉은 청라와 송세하는 음식을 앞에 놓고서도 젓가락을 들 생각은 하지도 못하고 착잡한 표정으로 각자의 생각에만 골몰해 있었다.

청라는 무엇보다도 아들 현백이 보고 싶었다.

그동안 얼마나 컸을까?

설마 너무 오래 떨어져 있어서 이제 엄마를 알아보지 못하는 것은 아닐까? 혹시 아픈 것은 아닐까?

별별 생각이 다 들었고, 숱한 걱정이 머리 속에 가득해서 도무지 아무 일도 손에 잡히지 않았으며, 아무 생각도 할 수가 없었다.

그녀는 오직 집에 돌아가고만 싶을 뿐이었다. 아들 현백이 그리울 뿐이었다.

게다가 비검문을 너무 오래 비워두었다. 처음에 데리고 출발했던 육백 명의 수하 중 오백 명을 이미 두 달 전에 비검문으로 돌려보냈다.

청라와 송세하는 반 시진 전에 쾌검왕에 대한 소문도 들을 겸 해서 이곳 시골의 작은 마을 주루에 들어왔었다.

그들의 수하 백 명은 마을 외곽 산속에서 장장 반년 동안의 기다림과 휴식을 계속하고 있었다.

"그만 돌아가요."

청라는 다 식어빠진 음식에서 시선을 들어 송세하를 바라보며 침묵을 깼다.

송세하는 가볍게 움찔했다.

"안 돼!"

이어서 그는 필요 이상으로 언성을 높여 외치듯이 말했다.

청라는 놀라지 않았다. 그의 그런 모습은 어느덧 익숙한 모습이 되어 있었으므로……

송세하는 더 이상 자상하고 부드러우며 사려 깊은 반년 전의 송세하가 아니었다.

그는 반년 전에 비검문주인 비검협웅 청대화에게 자신만만하게 피력했던 포부, 즉 쾌검왕의 수급을 베어 유성보에 가져다주면 비검문의 앞날이 탄탄대로일 것이라던 사실 따위는 아예 까맣게 잊은 것처럼 행동했다.

아니, 오히려 쾌검왕이 자신의 불공대천지수라도 되는 것처럼 무섭게 집착했다.

그는 때때로 청라를 두 번 다시 안 볼 사람처럼 막 대했으며, 백 명의 수하마저 자신의 개인적인 수하처럼 막 부렸다.

그의 그런 행동들은, 그가 다시는 비검문에 돌아갈 것 같지 않다는 생각을 청라로 하여금 품게 했다.

또한 쾌검왕을 만나기만 하면 그 다음은 어떻게 돼도 상관없다는 것처럼 비춰졌다.

청라는 그의 그런 급변한 행동 때문에 처음에는 언성도 높였고 다투기도 했었다.

비연검 청라 역시 성깔이 만만치 않은 여걸이지 않은가.

그러나 그녀는 언성을 높여봤자 소용이 없다는 것을 지난 반년 동안의 그와의 다툼으로 깨닫게 되었다.

한 번은 너무 심하게 다투다가 두 사람이 서로 칼부림까지 한 적이 있었다. 하지만 청라는 송세에 비해서 반수 정도 하수였다. 오십여 초 만에 그에게 패했던 것이다.

그러나 송세하는 몹시 분노해서 날뛰던 것에 반해 청라를 죽이지는 않았다.

아직까지는 그녀에게 이용 가치가 남아 있었기 때문이다.

송세하는 청라의 말에 대해서 반발이라도 하려는 듯 식은 음식을 신경질적으로 먹기 시작했다.

청라는 씁쓸히 말했다.

"누차 말하지만 우린 너무 오래 본 문을 떠나 있었어요. 게다가 쾌검왕은 처음에 우리가 생각했던 것보다 훨씬 고강해졌어요. 소문을 들었잖아요. 유성보 정예고수들 백오십 명조차 그의 상대가 되지 못했어요. 하물며 본 문의 백여 명으로는 어림도 없을 거예요.”

송세하는 못 들은 척 음식을 입속에 쑤셔 넣었다.

반년 전, 쾌검왕에 대한 유성보의 서찰을 받고 그것을 적극적인 행동으로 옮긴 방파와 문파는 비검문 하나가 아니었다.

무당파에서는 한 명의 장로가 이끄는 오십 명의 무당검수를 파견했었다.

산서 운몽산에서 무당사로 중 청송자와 무당검수들을 죽였던 인물이 쾌검마가 아닌 쾌검왕이었다는 사실이 나중에 밝혀지고 나서 무당파는 암암리에 쾌검왕을 수소문했다. 청송자의 복수를 하기 위해서였다.

그랬기에 유성보의 서찰을 받고 무당파가 청송자의 사형인 현현자(玄玄子)와 오십 명의 무당검수를 파견한 것은 지나친 반응이 아니었다.

무당파와 비검문 외에 다섯 방파가 고수들을 파견했다.

그것은 청라와 송세하로서는 예상 밖이었다.

그러나 그들은 더 이상 존재하지 않는다.

지난 반년 동안, 무당파를 필두로 도합 여섯 방파가 차례로 쾌검왕의 앞길을 막아섰다가는 막아선 순서대로 모조리 전멸해 버렸던 것이다.

소문에 의하면 무당장로 현현자는 싸움을 시작한 지 오 초식 만에 쾌검왕의 보이지 않는 검기에 당해서 그 자리에 쓰러져 마치 잠을 자듯이 편안한 모습으로 죽었다고 했다.

그리고 그 주위에는 오십 명의 무당검수가 어지럽게 흩어진 채 죽어 있었는데, 그중 삼십여 명의 목 한복판에는 바늘구멍만한 크기의 구멍이 뚫려 있었고, 나머지 이십여 명은 도검에 무참히 당한 몰골이었다고 한다.

그리고 나중에 그들의 시체를 수습하려던 사람들이 현현자의 몸에 손을 대자 시체가 그 자리에서 한 줌의 먼지가 되어 허공으로 흩어졌다는 것이다.

그러나 그런 모습으로 죽은 사람은 현현자 한 명뿐이었다.

다른 다섯 방파의 고수들 도합 칠백여 명은 절반 이상이 목 한복판에 바늘 크기의 구멍이 뚫린 채 죽었고, 나머지는 도검이나 창에 찔리고 베어져서 죽었다고 한다.

바야흐로 쾌검왕이라는 별호는 쾌검마 이후의 또 하나의 혈살성이 되어 삽시간에 무림 전역으로 퍼져 나갔다.

송세하는 지금 그런 쾌검왕을 백 명의 수하를 이끌고 대적하려는 것이다.

청라는 더 이상 송세하에게 끌려 다니지 않을 것이라고 결심했다. 그것 때문에 그를 잃는다고 해도 어쩔 수 없었다.

여태 그녀가 인내하면서 그를 따랐던 이유는 그가 자신의 은인이기 때문이었다.

그러나 그것도 이것으로 끝이었다. 그것이 아들을 보고 싶어하는 그녀의 모정(母情)을 막을 수는 없었다.

"나는 그만 돌아가겠어요. 막아도 소용없어요."

청라는 일어서서 송세하를 굽어보며 단호하게 말했다.

순간 청라는 눈살을 찌푸렸다. 송세하가 입 안에 들어 있던 음식을 그릇에 줄줄 뱉어내는 것을 목격했기 때문이었다.

송세하는 느릿하게 고개를 들어 청라를 보며 약간 일그러진 듯한 표정으로 말했다.

"앉아라."

청라는 오히려 허리를 폈다.

"가겠어요."

"움직이면 죽이겠다."

"……."

청라는 송세하의 두 눈에서 시퍼런 불길이 일렁이는 것을 발견하고 가볍게 움찔했다.

그러나 그녀는 곧 입술을 지그시 깨물었다. 싸워야 한다면 일전을 불사할 각오였다.

슥―

송세하는 시선을 청라의 얼굴에 고정시킨 채 오른손으로 어깨의 검을 잡아갔다.

청라 역시 빠르게 검을 잡았다.

일촉즉발의 순간.

주루 안에 몇 안 되는 손님들과 주루 주인, 그리고 점소이는 슬금슬금 자리를 피하고 있었다.

차륵―

바로 그때 주루 입구의 주렴이 젖혀지며 일단의 무리가 안으로 성큼 들어섰다.

모든 사람의 시선이 그쪽으로 집중됐다. 청라와 송세하 역시 마찬가지였다.

“……!”

“……!”

순간 청라와 송세하는 약속이나 한 것처럼 동시에 그 자리에 얼어붙고 말았다.

송세하는 자신이 언제 일어섰는지도 알지 못할 정도로 놀라, 아니, 충격을 받은 표정이었다.

두 사람의 커다랗게 부릅떠진 눈은 방금 들어선 무리 중 선두의 인물에게 고정되어 있었다.

그는 일신에 칠흑 같은 흑의단삼을 입었으며, 이마와 허리에는 백색 비단의 띠를, 오른쪽 어깨에는 한 자루 피처럼 붉은 검을 메고 있는데, 육 척이 조금 넘을 듯한 후리후리한 키에 딱 벌어진 어깨, 잘록한 허리를 지녔다.

그러나 무엇보다도 돋보이는 것은 그의 영준한 용모였다. 그런 용모는 여간해서는 쉽사리 찾아보기 힘들 정도였다.

그러나 흑의단삼인의 영준한 용모 때문에 청라와 송세하가 경악하고 있는 것은 아니었다.

흑의단삼인은 다름 아닌 현악이었다.

현악의 옆에는 강초련이, 뒤에는 강일조와 채엽, 그리고 가장 뒤에 신표가 지옥의 수문장처럼 우뚝 서 있었다.

‘저 사람…….’

청라는 현악의 얼굴에 시선을 고정시킨 채 격렬하게 부르르 몸을 떨었다.

그리고는 자신도 모르게 눈물이 핑 돌았다.

그 무엇보다도 가슴을 치밀어 오르는 감정은 반가움.

현악도 청라를 발견하고 적잖이 놀라는 표정이었다.

두 사람의 시선이 마주치고 잠시 동안 움직일 줄 몰랐다.

그 눈빛에서, 두 사람은 각각 다른 것을 느꼈다.

청라는 현악의 눈빛이 예전과는 판이하게 다름을 느꼈다. 예전에는 반항과 폭발할 듯한 원한과 억누르지 못하는 거칠음이 가득했었는데, 지금의 눈빛은 너무도 고요했다.

현악은 청라의 눈빛에서 오직 한 가지만을 느꼈다.

그것은 반가움이었다.

그는 자신이 많이 변했듯이 청라도 변했음을 깨달았다.

청라가 현악을 향해 막 한 걸음을 떼며 입을 열려고 했을 때 송세하가 그녀의 곁을 스쳐 지나며 흐릿한 미소를 흘렸다.

"후후후! 오랜만이구나, 쾌검왕."

"……?"

청라는 그 말이 무슨 뜻인지 금세 이해하지 못했다. 또한 누구를 지칭하는 것인지도 알지 못했다.

송세하는 현악의 이 장 앞에 우뚝 서서 흐릿한 미소를 지었다.

"후후후… 쾌검왕, 내가 누군지 모르겠느냐?"

송세하가 다시 한 번 현악을 쾌검왕이라고 칭하자 청라는 아연실색하는 표정으로 현악을 바라보았다.

현악은 송세하를 보며 담담히 고개를 끄덕였다.

"안다."

"후후후! 명성 높으신 쾌검왕께서 아직도 날 기억하고 있다니 눈물이 나도록 고맙군!"

청라는 다시 한 번 놀라서 현악과 송세하를 번갈아 쳐다보았다. 현악이 쾌검왕이었다는 사실도 놀랍지만, 그가 송세하를 알고 있다는 사실이 더 놀라웠다.

‘저 사람이 어떻게 하 가가를······.’

송세하는 현악과 이 장의 거리를 유지했다. 쾌검왕의 쟁쟁한 명성을 들었기 때문에 현악이 과거 이 년 전보다 무공이 꽤 증진됐을 것이라고 판단한 것이다.

이 년 전에 송세하는 현악의 검기가 일 장밖에 발출되지 못한다는 사실을 깨닫고는 현악과 줄곧 일 장의 거리를 유지한 채 그의 약을 올렸었다.

그런데 지금은 이 장의 거리, 즉 현악의 무공이 그때보다 두 배 정도 증진했을 것이라고 나름대로 높게 평가해 준 것이며, 이 장의 거리를 유지하고 있으면 안전할 것이라고 판단한 것이었다.

그가 이 장의 거리를 유지하고 있는 데에는 또 다른 이유가 있었다.

그가 새로 터득한 비탄검법은 비록 검풍이지만 적중되면 거의 검기와 다를 바가 없는 위력을 지녔으며 그것을 이 장 거리까지 발출할 수 있었기 때문이다.

하지만 그 사실을 청라는 전혀 모르고 있었다.

송세하는 이미 오른손으로 어깨의 검을 잡고 있었다. 입꼬리를 말아 올려 득의한 미소를 떠올린 채.

“후후… 나는 받은 것은 확실하게 돌려주는 사람이다.”

그는 자신의 왼뺨에 길고 희미하게 새겨진 검흔을 검지 끝으로 가볍게 문지르며 잔인한 미소를 흘렸다.

“후후후… 그리고 받아야 할 물건도 있고.”

그의 시선이 현악의 어깨에 메어져 있는 혈인검으로 향했다.

청라는 아직도 정신을 제대로 수습하지 못한 상황이었다.

현악이 쾌검왕이라니…….

꿈에서조차 상상하지 못한 일이었다.

그러므로 그 사실이 기쁜 일인지 불행한 일인지 조차도 구별하지 못하는 것은 당연했다.

그러나 그런 상황 중에서도 한 가지 사실만을 감지할 수 있었다.

송세하가 현악에게 좋지 않은 감정을 품고 있다는 것, 그래서 그를 죽이려 한다는 것이었다.

그대로 놔두어서는 안 될 일이었다.

청라는 즉시 송세하에게 다가갔다.

"하 가가! 저 사람과 싸우면 안 돼요!"

그것은 거의 명령에 가까웠다.

문득 청라는 현악의 얼굴에 어이없다는 표정이 떠오르는 것을 발견했다.

"너는 그자를 아느냐?"

현악의 그 물음이 청라의 귀에는 남편의 물음처럼 들려서, 반드시 대답해야만 하는 것으로 여겨졌다.

"이 사람은 제 생명의 은인이에요."

그녀는 자신도 모르는 사이에 현악에게 존어를 쓰고 있었다.

현악은 그 어투에서 분명히 그녀가 변했음을 깨달았다. 하지만 지금은 그것이 중요하지 않았다.

"그자에게서 물러서라, 라야!"

현악은 어떻게 된 일인지 즉시 간파하고 재빨리 낮게 외쳤다.

"아……!"

그러나 청라는 현악이 자신을 '라야'라고 불러준 기쁨 때문에 잠시 정신을 차리지 못했다.

"옥룡야풍 이놈! 아직도 정신을 못 차렸구나!"

순간 현악이 쩌렁한 노갈을 터뜨리며 혈인검을 잡아갔다.

'옥… 룡야풍……!'

청라는 머리 속이 하얗게 탈색되는 것을 느꼈다.

옥룡야풍이라는 별호는 그녀도 익히 알고 있었으며, 그 별호가 의미하는 좋지 않은 강호의 소문에 대해서도 알고 있었다. 다만 그 별호의 주인을 알지 못했을 뿐이었다.

"……!"

송세하는 현악의 검이 뽑히는 것을 발견했다.

그는 자신이 현악을 공격하기에는 이미 늦었음을 깨달았다. 또한 이 장의 거리를 두었지만, 그 역시 소용없을 것이라는 사실도 본능적으로 깨달았다.

간발의 차이로 그의 검이 뽑혔다. 그 검 끝이 향하고 있는 방향에는 청라가 경악하는 표정으로 송세하를 바라보며 서 있었다.

송세하와 청라의 거리는 불과 반 장 남짓. 검을 뻗으면 닿고도 남을 거리다.

교활한 송세하는 자신의 목숨이 경각에 처해 있는 상황에서도 꼼수를 발휘했다.

자신이 청라를 죽이려 하면 현악이 즉시 검을 거둘 것이고, 바로 그 순간 비탄검법을 발출하여 현악을 일검에 죽이겠다는 비열한 계책이었다.

청라는 송세하의 검이 자신의 심장을 향해 찔러올 때 피할 수 없다는 사실을 깨달았다.

그 순간 그녀의 얼굴은 현악을 향해 돌려졌고, 그녀의 시선은 현악의 얼굴에 박혔다.

그리고 그녀의 두 눈에 가득 담겨 있는 것은 기쁨의 눈물과 사랑이었다.

그녀는 자신의 목숨이 경각에 처해 있는 마지막 순간에 자신이 사랑하는 사람의 모습을 보기 원하는 것이다.

그녀의 눈빛은 기쁨으로 말했다.

―사랑해요.

쩡!

송세하의 검끝이 청라의 심장을 찌르기 직전, 검의 절반이 여지없이 부러져 나갔다.

현악이 발출한 극쾌검기가 검의 중간에 적중됐기 때문이다.

"이런 우라질!"

송세하의 얼굴이 벌레를 씹은 것처럼 일그러졌다.

현악은 아예 발검을 하지 않았던 것처럼 조용히 서서 청라에게 물었다.

"라야, 저자가 어째서 너의 은인이냐?"

청라는 최면에 걸린 것처럼 대답했다.

"예전에… 제가 하오배들에게 미혼향에 중독되어 욕을 당하기 직전에 이 사람이 저를 구해주었어요."

현악은 엷은 미소를 떠올렸다.

“저자는 목적이 없는 한 누군가를 구할 정도로 선한 성품이 아니다. 아무래도 너는 속은 것 같구나.”

“……!”

청라는 크게 놀라는 표정을 지었다가 정말 그러냐는 듯한 표정으로 송세하를 바라보았다.

그녀가 현악과 함께한 시간은 다 합쳐 봐야 며칠을 넘지 못하지만, 송세하와는 오랜 세월을 함께 보냈었다. 그렇지만 그녀는 현악의 말을 더 믿었다.

왜 그런지 설명할 수 없는 그 이유를 누군가 묻는다면, 그는 필경 사랑이라는 것을 한 번도 해본 적이 없는 사람일 것이다.

송세하는 현악을 보면서 교활한 웃음을 흘리며 이죽거렸다.

“호호호. 쾌검왕, 네 말대로 나는 자비로운 성품도 아니고 그렇게 한가한 사람도 아니다.”

그는 현악을 보면서 손으로는 청라를 가리키며 조금 더 짙은 웃음을 띠었다.

“호호호. 산서 안택현에서의 일이 벌써 삼 년 전이 되었군. 그때 나는 네놈이 이년과 그렇고 그런 사이라는 것을 알게 되었다. 그래서 언젠가는 네놈이 이년 앞에 나타날 것이라고 예상하고 이년 근처에 머물러 있어야겠다고 생각했었지.”

“……!”

청라는 놀라고 또 어이가 없는 표정을 지으며 할 말을 잃었다.

“크헤헤! 그래서 하오배놈들에게 돈을 주고 부탁했지, 이년을 겁탈하라고 말이다! 그 다음부터는 이년이 알고 있는 대로다!”

송세하는 아무래도 자신이 쾌검왕의 상대가 못 된다고 판단해서 다른 것으로 복수를 하려는 것 같았다.

청라의 얼굴이 새하얗게 질렸다. 만약 송세하가 나쁜 마음을 먹었더라면 그가 비검문에서 지내는 동안 청라 자신을 욕보일 수도 있었을 뿐더러 아들 현백에게도 해코지를 할 수 있었을 것이라고 생각하니 발밑이 꺼져 버리는 것만 같은 충격을 받았다.

"쓰레기 같은 놈."

현악이 눈살을 찌푸렸다.

송세하는 말하는 중에 누구도 눈치채지 못할 정도로 아주 조금씩 청라 쪽으로 이동해서 드디어 청라와의 거리가 석 자 정도로 가까워졌다.

절반으로 부러진 검이라고 해도 그저 뻗기만 하면 청라의 몸 어느 부위든 찌르고 벨 수 있는 지척 간이었다.

"흐흐흐. 내가 실력으로 네놈을 죽일 수 없을지는 모르지만, 네놈 눈에서 피눈물이 나오게는 해줄 수 있다."

송세하는 징그럽게 웃으면서 부러진 검을 쥐고 있는 오른손에 모든 공력을 주입시켰다.

그는 일검에 청라를 죽일 심산이었다. 조금 전에는 실패했지만, 지금은 그때보다 훨씬 가까웠고, 부러진 검으로 그녀를 급습하리라고는 누구도 의심하지 않을 것이다.

송세하가 의미심장한 말을 했지만 현악은 눈 하나 까딱하지 않았다.

"죽어라, 이년!"

쉬익!

"앗!"

순간 송세하는 청라의 목을 향해 번개같이 부러진 검을 휘둘렀다.

그는 자신의 검이 청라의 목을 자를 것이라는 사실을 추호도 의심하지
않았다.

아무런 음향도, 빛줄기도 발생하지 않았다.

그러나 어느새 송세하의 목 한복판에 바늘구멍만한 미세한 혈공(血
孔)이 하나 생겼고, 그의 오른팔이 팔꿈치 부위에서 매끈하게 잘려져
나가고 있었다.

송세하는 아무것도 느끼지 못했다. 추호의 고통도, 자신의 오른팔이
잘려져 나가고 있다는 사실마저도……

그랬기 때문에 지금쯤 자신의 부러진 검에 의해서 청라의 잘려 있어
야 한다고 여겼다.

하지만 현실은 그게 아니었다. 청라는 크게 놀라는 표정을 가득 떠
올린 채 송세하를 보고 있을 뿐 얼굴이 여전히 목 위에 얹혀져 있었다.

송세하는 그럴 리 없다는 표정으로 급히 자신의 부러진 검을 쳐다보
았다.

"……?"

그런데 어떻게 된 일인지 검이 좀 멀리 있었다. 아니, 그가 쳐다보고
있는 중에도 점점 더 멀어지고 있었다.

직후, 그는 자신의 오른팔이 매끈하게 베어져 있으며, 그곳에서 한
방울의 피도 흘러나오지 않는 것과 베어져 나간 팔꿈치 아랫부분이 주
루의 벽을 향해 튕겨져 날아가고 있다는 사실도 한꺼번에 깨달았다.

딱!

소리와 함께 부러진 검이 나무 벽에 꽂혔다. 그때까지도 검파를 잡
고 있는 팔꿈치까지의 오른팔이 그네를 타듯 흔들거렸다.

"……"

송세하는 일그러진 표정을 지으면서 무언가 말하려고 했는데 한마디도 입 밖으로 흘러나오지 않았다. 그저 온몸이 새털처럼 가벼워지는 느낌이 들었다.

그것은 더없이 안온하며 편안한 느낌이라서 그는 자신도 모르게 입가에 평화로운 미소를 떠올렸다. 아마도 그가 난생처음 지어보는 미소였을 것이다.

스르르—

송세하의 몸은 추호의 무게감도 없이 깃털이 바닥에 떨어지듯 아주 천천히 가볍게 눕혀졌다.

청라는 아직도 송세하의 잘린 팔과 그가 쓰러진 원인이 무엇인지 깨닫지 못했다.

그녀는 쓰러져 있는 송세하와 담담한 미소를 머금은 채 서 있는 현악을 번갈아 바라보고 난 후에야 비로소 어찌 된 영문인지 깨닫는 듯한 표정을 지었다.

현악은 검을 쥐고 있지 않았지만 미소를 짓고 있는 것을 보아 그가 방금 전에 출수했음을 짐작할 수 있었다.

"아……."

청라는 아련한 표정을 지으면서 현악에게 다가가려다가 무심코 발끝으로 송세하의 팔을 슬쩍 건드렸다.

스스스—

그러자 송세하의 몸이 모래로 만든 인형을 물속에 집어넣은 것처럼 순식간에 미세한 가루로 변해 버렸다.

그렇게 옥룡아풍 송세하는 그저 한 움큼의 먼지가 되어 바닥에 흩어지는 신세가 되었다.

그를 기억할 사람은 아무도 없을 것이다.

청라는 이 년여 만에 수많은 우여곡절을 겪은 끝에 마침내 현악 앞에 섰다.

역시 그녀의 예측은 맞았다.

현악을 만나면 많은 말을 하려고 수없이 준비하고 연습하지만 그 앞에 서면 아무 말도 하지 못할 것이라던 그녀의 예측이 말이다.

그러나 말이 필요없었다.

슥―

현악이 한 손을 뻗어 청라의 뺨에 흐르는 눈물을 부드럽게 닦아주었다.

청라가 바라보니 그녀로서는 한 번도 본 적이 없는 미청년이 부드러운 미소를 지으며 서 있었다.

그녀가 할 수 있는 일은, 현악의 가슴에 안겨 소리없이 눈물을 흘리는 것뿐이었다.

현악은 청라를 가슴에 안고 가볍게 등을 토닥였다. 그 역시 청라에 대한 증오 같은 것은 눈곱만큼도 남아 있지 않았다.

삼 년 가까운 세월이 흘렀다. 그 당시 상황이야 어쨌든, 현악이 자신의 동정을 바친 첫 여자를 그 삼 년 동안 한 번도 생각한 적이 없다면 거짓말일 것이다.

처음에는 아주 가끔 청라가 문득문득 떠올랐었다. 그때마다 그는 무슨 귀신이라도 본 것처럼 오만상을 찌푸리며 고개를 세차게 흔들어 그녀 생각을 떨쳐 버렸다.

이후, 피나는 무공 수련으로 점차 무위가 높아졌고, 틈나는 대로 학문을 닦아 학식과 함께 수양을 쌓았으며, 하나둘 수하들을 거두면서 그에 필요한 인덕도 키웠다.

그 즈음에 청라 생각이 나면 예전처럼 발작하듯이 떨쳐 버리려고 애쓰지 않고, 대신 담담한 마음으로 관조(觀照)하려고 노력하는 새로운 버릇이 생겼다.

그러면서 역지사지(易地思之), 즉 청라의 입장에서는 당시의 상황을, 그리고 그녀가 현악 자신을 어떻게 생각할지에 대해서 자연스럽게 염두해 볼 수 있게 되었다.

그런 일이 반복되고, 또한 현악의 인성이 점차 대인의 풍모를 갖추어가면서, 차츰 청라에 대한 원한이 엷어져 갔다. 아니, 오래지 않아서 원한 같은 것이 언제 있었나 싶을 정도로 깡그리 사라져 버렸다.

대신 언제부터인가는 아무렇지 않게 자의적으로도 청라를 떠올리고는 기묘한 느낌과 기분에 빠지기 일쑤였다. 그 느낌은 정체를 알 수 없는 것이었다.

그러던 현악에게 그의 삶 자체를 급변시킨 획기적인 전환기가 찾아왔다. 극쾌검기를 연마하던 중에 자신도 모르게 몰아지경에 빠지게 되어 무심쾌를 창안하게 된 것이었다.

무심쾌는 그저 단순히 검법을 한 단계 더 발전시켰다는 차원이 아니었다.

그것은 현악의 인생관과 가치관 자체를 완전히 바꿔 버렸다. 무심쾌를 전개하려면 반드시 거쳐야 하는 과정이 몰아지경이었다.

바로 그 '몰아'가 대변혁의 핵이었다. 몰아는 명상의 궁극이며 자아의 실현이다.

부단한 몰아의 훈련은 숭고한 자아를 만들어내기 마련이다. 그리고 그런 자아는 인격을 만들어내는 근원지 역할을 한다.

그러므로 무심쾌를 펼치느라 수천, 수만 번의 몰아지경에 빠져들었던 현악은, 지금에 이르러서는 자신도 모르는 사이에 고매한 인격을 지닌 고승과도 같은 자아를 갖게 된 것이다.

이제 그는 예전과는 달리 그 고매한 자아를 통해서 천하를, 사물을 보게 되었으므로 청라에 대한 생각이 크게 변한 것은 너무도 당연한 일이었다.

청라는 아직 아무 말도 하지 못했고, 또한 현악에게 아무 말도 듣지 못했지만 그런 것은 어쨌든 상관없었다.

현악의 품에 안겨서 지난 삼 년 동안 가슴속에 응어리로 맺혀 있던 것들을 원없이 펑펑 울면서 풀어내고 있으며, 게다가 사랑하는 사내가 그녀의 등을 토닥여 주고 있지 않은가? 더 이상 무엇이 필요하랴.

일행은 현악과 청라 사이의 사연을 모르지만, 그저 흐뭇한 미소를 지으며 바라보았다.

아니, 한 사람은 아니었다.

강초련의 표정은 몹시 복잡하면서도 깊은 곳에는 애잔함이 깔려 있었다.

◈제67장◈
거인의 풍모

"네에?"

청라는 크게 놀랐다. 아니, 혼비백산했다는 표현이 정확했다.

그녀는 자신의 귀를 의심했다.

"설마… 소녀가 잘못 들었겠지요?"

그녀는 자신이 잘못 들었기를 바라면서 탁자 맞은편에 앉아서 담담한 표정을 짓고 있는 현악을 바라보았다.

"네가 놀라는 걸 보니 제대로 들은 것 같구나."

"……."

청라는 현악이 북상하고 있는 이유가 궁금했었다. 반년 전, 유성보에서 보내온 협조를 청하는 서찰 한 통을 받았을 때에도, 송세하와 함께 수하들을 이끌고 쾌검왕을 찾아서 헤맬 때에도 크게 궁금하지 않았었다.

하지만 그 쾌검왕이 현악이었다는 사실을 안 이상 그가 북상하는 이 유가 궁금하지 않을 수 없었다.

그래서 벼르다가 물었더니, 현악이 숨기지 않고 별것 아니라는 듯 가볍게 해준 대답이 '유성보를 멸문시키러 간다' 라는 것이었다.

"황하 변에 개파를 했다고?"

청라는 지난 삼 년 동안 있었던 일들을 이미 현악에게 간략히 설명 한 후였다.

하지만 아들 현백에 대해서는 아직 밝히지 않았다. 굳이 비밀로 하 려는 것이 아니라, 말보다는 현악에게 아들을 직접 보여주고 싶어서였 다.

두 사람은 들판을 가로질러 흐르는 냇가의 야트막한 언덕 위에 나란 히 앉아 있었다. 투명하게 맑은 계류가 큼직한 바위들을 휘돌아 작은 폭포나 소용돌이를 만들기도 하고, 흰 포말을 뿌리면서 기운차게 흘러 내렸다.

"네."

청라는 짧게 대답한 후 계류를 묵묵히 응시하다가 약간 힘주어 말을 이었다.

"저도 악 가가를 돕겠어요."

그녀는 생전 처음 누군가를 진심에서 우러나 '가가' 라고 불렀는데, 그 대상이 현악이 됐다.

송세하에게도 '가가' 라는 호칭을 썼지만 그것은 예의상에 불과한 것이었다.

그렇게 부르면서도 그녀의 가슴은 심하게 콩콩거렸고 얼굴이 견딜 수 없을 만큼 화끈거렸다.

"고맙군."

현악이 담담하게 고개를 끄덕였다. 그는 청라가 '가가'라고 부른 것에 대해서 문제 삼지 않았다.

"본 문에는 육백 명의 수하가 있어요. 악 가가께서 언제든 말씀만 하시면 그들을 이끌고 무슨 일이든 하겠어요."

"라야."

"네?"

"내가 밉지 않으냐?"

"……."

현악의 느닷없는 말에 청라는 숨이 탁 멎는 것 같았다.

"예전에 내가 너에게 몹쓸 짓을 했었는데, 그래서 너의 인생을 망쳐놓았는데, 그런 내가 밉지 않으냐?"

현악은 계류를 응시하며 조용히 말했다.

그 말속에 어떠한 술수도 담겨 있지 않다는 것을 청라는 알 수 있었다.

그녀는 가슴이 콱 막히고 목이 메어서 아무 말도 할 수가 없었다. 그저 소리없이 뜨거운 눈물만 비 오듯이 흘렀다. 잠시가 지나도록 눈물은 그치지 않았다. 마치 강둑이 터진 것처럼 쉴 새 없이 펑펑 쏟아졌다.

"소… 녀는 당… 신 여자예요."

청라는 울음이 그치기를 기다리지 못하고 흐느낌 때문에 숨을 몰아쉬면서 겨우 말했다.

"소녀는… 당신 여… 자인가요?"

그녀는 방금 전과 똑같은 말을 대답과 질문으로 나누어 다시 말했다. 그녀에겐 목숨이 달린 것만큼 중요한 물음이었다.

슥—

현악은 팔을 뻗어 청라의 어깨를 감싸 안고 나직이 대답했다.

"너는 내 여자다."

"……."

청라는 조금 전보다 몇 배나 더 강한 감동에 휩싸였다. 그래서 눈물도 울음도 나오지 않았다.

현악은 청라의 어깨를 감싼 팔을 통해서 그녀의 몸이 가늘게 전율하고 있는 것을 느꼈다. 하지만 그것은 보통의 떨림이 아니었다. 무언가 이상했다. 그는 의아한 얼굴로 청라를 쳐다보다가 해연히 놀라고 말았다.

청라는 두 눈을 커다랗게 뜨고 입도 반쯤 벌리고 있는데, 안색이 밀랍처럼 창백했으며 입가에서는 가느다란 핏물이 흐르고 있었다.

'주화입마!'

현악은 놀라움과 충격을 한꺼번에 받았다. 주화입마란 운공이나 무공을 연마할 때만 실수하여 일어나는 현상이거늘, 지금 청라가 주화입마에 빠져들고 있는 것이다.

현악은 급히 장심을 청라의 등 명문혈에 대고 부드러운 진기를 주입시켜 주었다. 그러면서 그는 가슴이 꺼지는 듯한 자책을 느껴야 했다.

청라의 주화입마가 모든 것을 설명해 주고 있었다. 그녀가 얼마나 현악을 사랑하고 있는지, 얼마나 그리워했었는지, 얼마나 많은 나날들을 외로움에 몸부림쳤었는지, 그리고 방금 현악의 말 한마디에 도대체 얼마만한 감동을 받았는지를……

서서히 청라의 얼굴에 혈색이 돌기 시작하더니 이윽고 긴 한숨이 흘러나왔다.

“하아…….”

그녀는 커다란 눈망울로 현악을 바라보며 입술을 떨었다.

“악 가가…….”

현악은 청라를 가만히 품속으로 끌어안았다. 때로는 그런 한 동작이 수천 마디 말보다 더 좋을 때가 있었다.

청라 역시 수만 마디 하고 싶은 말들을 현악의 가슴에 안겨 어깨를 들먹이며 우는 것으로 대신했다.

“비연검이라는 별호는 무림에서 꽤나 유명하지. 게다가 정파인 비검문 소문주라는 신분이기도 하다.”

낮은 바위에 앉아서 창날을 갈던 신표가 잠시 손을 멈추고 십여 장쯤 떨어진 계류가 언덕 위에 나란히 앉아 있는 현악과 청라를 보면서 중얼거렸다.

“그럼, 저분이 주모(主母)님이십니까?”

나란히 서서 현악 쪽을 바라보고 있는 강일조와 강초련 중 강일조가 물었다.

“글쎄…….”

신표는 다시 하던 일을 계속하며 말을 흐렸다.

“형수님이 되실 분은 따로 계시다.”

그때 강일조와 강초련 뒤로 다가온 채엽이 엷은 미소를 지으며 말했다.

“대체 그분이 누굽니까?”

강일조가 물었지만 강초련과 신표 역시도 채엽을 쳐다보면서 몹시 궁금하다는 표정을 지었다.

채엽은 득의한 얼굴로 짧게 대꾸했다.

"봉황일미."

그 말을 들은 세 사람은 아무도 입을 열지 못했다. 그들은 주가구 촌 구석에 틀어박혀 있지만 '봉황일미'라는 별호가 '천하제일미'라는 사실을 듣지 못했을 정도로 귀를 막고 살진 않았다.

채엽이 다시 씨익 미소 지었다.

"오래전에 형님께서 중상을 입고 사경을 헤매신 적이 있었는데, 그때 봉황일미 형수님께서 얼마나 극진히 형님을 치료하고 또 걱정하셨는지 자네들이 봤어야 하는데 아쉽군."

채엽은 그 말을 끝으로 다른 쪽으로 휘적휘적 걸어갔다.

강초련은 부친은 그렇다 치고 평소에 거의 표정의 변화가 없는 신표까지도 봉황일미라는 말에 크게 놀라는 것을 보고 심란한 마음을 가눌 길이 없었다.

"아버님, 봉황일미가 누군가요?"

딸이 사부를 가슴속에 품고 있다는 사실을 꿈에도 모르는 강일조는 놀라움이 가시지 않은 표정으로 대답했다.

"무림이 천하제일미라고 인정한 분이란다."

"……."

청라는 지그시 입술을 깨물면서 굳게 닫혀 있는 객잔의 방문을 주시했다.

현악을 만났던 첫날 그녀는 마을 근처 숲에 머물고 있던 백 명의 비검문 수하를 모두 돌려보냈다.

그리고 현악 일행과 함께 북상한 지난 이틀은 그녀 생애 최고의 날들이었다.

그녀는 길을 갈 때에도, 식사를 하거나 잠시 쉴 때에도 언제나 현악 곁에 있었다.

그 이틀이 그녀에겐 이십 년 같았다. 지루했다는 뜻이 아니라, 너무 친밀해서, 그리고 그녀가 쉴 새 없이 종알거려서 마치 이십 년 동안 함께 살아온 부부처럼 되어버렸다는 뜻이다.

하지만 애석하게도 두 사람은 아직 진짜 부부가 아니었다. 그래서 진짜 부부가 되려고 청라는 지금 이 깊은 밤중에 현악의 방문 앞에 서 있는 것이다.

지난 이틀 동안 일행은 객잔에 머물렀는데, 청라와 현악은 각각 다른 방에서 잤다.

현악의 부인은 오직 봉황일미 한 사람뿐이라고 확신하는 채엽이 두 사람의 방을 각각 따로 잡았기 때문이다.

청라는 마른침을 삼켰다. 이미 두 차례나 사내를 경험한 적이 있는 그녀의 육체가 지난 삼 년 동안 독수공방하면서 애타게 현악의 손길을 그리워했던 것은 사실이었다.

하지만 지금 그녀가 현악의 방으로 들어가려는 이유는 그것 때문만이 아니었다. 확인하고 싶은 것이다. 자신이 정말 현악의 여자인지를, 그래야만 자신에게 찾아온 이 상황을 진정한 행복으로 받아들일 수 있을 것 같았기 때문이다.

"소녀예요."

예쁘게 말하려고 애써 노력하지는 않았지만, 청라의 약간 메마른 입술 사이로 갈라진 음성이 흘러나왔다.

"들어와라."

방 안에서 현악의 나직한 음성이 들려왔다.

슥—

청라가 방문을 열고 들어가자 탁자에 강초련과 마주 앉은 현악이 무언가를 설명하고 강초련은 진지한 표정으로 듣고 있는 모습이 보였다.

현악은 청라에게 가볍게 고개를 끄덕이며 아는 체를 했고, 아직 정식 인사를 못한 강초련은 당황하며 시선을 어디에 둬야 할지 모르고 있었다.

천성이 여리고 선한 데다, 마음에 사부에 대한 남모를 연정을 품고 있으니 이런 상황에서는 당연한 반응이었다.

현악은 강초련에게 자신이 터득한 섬쾌의 검해(劍解)에 대해서 설명하고 있던 중이었다. 청라가 들어왔지만 거의 끝나가고 있어서 조금 더 하려는데, 강초련이 정신을 차리지를 못하는 바람에 중단하고 말았다.

"내 제자야."

현악과 강초련이 사제지간이 된 것은 이미 반년이 훨씬 넘었기 때문에 두 사람이나 일행끼리는 많이 익숙하지만 다른 사람에게 소개하는 것은 아직도 조금 쑥스러운 일이었다.

"아, 안녕하세요?"

강초련이 얼굴이 홍시처럼 붉어져서 당황하며 청라에게 허리를 굽혔다.

"네, 반가워요."

청라는 강초련과는 다른 이유 때문에 극도로 긴장하고 있었기 때문에 어색하게 고개를 끄덕였다.

“웬일이지? 밤늦게.”

강초련이 나가고 탁자에 마주 앉은 두 사람. 현악이 궁금한 얼굴로 물었다.

하지만 청라는 굳게 각오를 하고 들어왔음에도 차마 자신의 입으로 말을 꺼내기가 무엇해서 얼굴을 붉히며 고개를 숙인 채 옷자락만 만지작거렸다.

청라의 모습을 그런 행동을 보며 현악은 본능적으로 그녀의 뜻을 알아차렸다. 순간 그의 얼굴에 가벼운 갈등이 잔물결처럼 일렁였다가 곧 사라졌다.

“나는 사랑하는 사람이 있다.”

“……!”

현악이 나직한 어조로 불쑥 말하자 청라는 크게 놀라 고개를 들고 현악을 바라보았다. 머리 속이 텅 빈 것 같았고, 온몸에서 힘이 쭉 빠져나갔다.

“그렇다고 너를 사랑하지 않는 것은 아니다.”

“…….”

그 말에 청라는 텅 빈 머리에 약간 정신이 돌아왔고, 빠져나갔던 기운이 조금은 보충되었지만 여전히 충격받은 얼굴로 현악을 바라보았다.

“다만, 너보다 그녀를 더 사랑할 뿐이다.”

현악은 돌려서 말하지 않았다. 그런 것은 그의 성격에도 맞지 않았고, 무수한 몰아와 자아실현을 통해서 새로운 가치관을 갖게 된 지금은 만사를 순리로서 해결해야 한다고 생각하기 때문에 거짓말을 하거나 감추려고도 하지 않았다.

청라는 착잡했다. 아니, 절망했다. 있을 수 있는 일인데도 불구하고, 그녀는 현악에게 다른 여자가 있을 줄은 단 한 번도 염두에 두지 않았기 때문이다.

삼 년 전, 현악은 청라에게 복수의 한 방법으로 겁탈을 택했기에 애정이 있을 리 만무했다.

이후 그녀의 심경이 어떻게 변했는지 여부에 상관없이, 현악이 누구든 다른 여자를 사랑할 수 있을 것이라는 사실을 왜 꿈에서조차 생각하지 못했을까?

지금 이 순간 청라는 비참함과 치욕을 느껴야 했지만 본심은 그렇지 않았다. 오히려 현악이 자신을 사랑한다고 해준 말에 더 큰 위안을 느끼고 있었다.

청라가 현악의 아들을 낳았으며, 그 아들이 얼마나 예쁘고 영특한지 그가 알게 된다면 그 사랑의 정도가 달라질 것이라고 청라는 생각했다.

하지만 그 사실을 말하지는 않았다.

"미안하구나."

'너를 사랑한다' 라는 말에 이어서 현악은 그렇게 말했다. 그의 얼굴에는 진심이 역력했다. 그래서 그 말이 또 청라의 마음을 크게 움직였다.

"소녀를… 버리지 않을 거지요?"

청라는 지독하리만치 현악을 사랑하고 있었다. 그녀가 품고 있는 너무도 큰 사랑 때문에, 그녀는 현악의 어떠한 잘못도, 행동도 이해하고 용서할 수 있었다. 그래서 그녀는 자신이 가장 두려워하던 말을 조심스럽게 꺼내놓았다.

"이리 오너라."

현악이 청라에게 손을 내밀었다.

청라는 그의 손을 잡고, 그가 이끄는 대로 그의 무릎 위에 앉았다. 그때부터 또 눈물이 쏟아지기 시작했다.

현악은 두 손을 뻗어 청라의 눈물을 닦고 그녀의 두 뺨을 부드럽게 감싼 후 측은한 표정으로 응시했다.

"마음 고생이 심했겠구나."

청라는 '흐윽!' 하고 목을 울리며 격한 신음을 토해냈다. 걷잡을 수 없는 감동과 파도 같은 희열에 그녀의 온몸이 휩싸였다.

그녀는 비 오듯이 눈물을 흘리며 현악을 바라보다가 와락 그의 목에 매달리며 입술을 덮쳤다. 그리고는 마치 사막을 헤매던 사람이 샘물을 발견한 것처럼 그의 입술을 빨고 또 빨았다.

그 밤, 청라는 강간이 아닌 제 스스로 몸을 활짝 열고 정인을 받아들였다.

그 대가는 최고의 기쁨과 환희였다.

갈림길에서 청라는 몸을 던져 현악의 가슴으로 뛰어들어 한동안 안겨 있었다.

"꼭 오실 거죠?"

그리고 현악의 귀에 뜨거운 숨결과 함께 속삭였다. 그녀는 현악이 비검문에 와줄 것을 간절하게 원하고 있었다.

"그래."

언제일는지는 모르지만, 현악은 그렇게 대답했다.

어젯밤 묵은 곳이 통허현(通許縣)이었다. 그곳을 떠나온 지 반 시진여, 두 갈래 길의 왼쪽 길은 비검문이 있는 광무현으로 가는 길이고, 오른쪽 길은 유성보가 있는 난봉으로 가는 길이었다.

일행이 모두 주시하고 있었지만 현악은 청라를 떼어내지 않았다.

그녀가 감내했을 고통의 무게에 비하면 자신이 해줄 수 있는 것이 오히려 보잘것없다고 여기는 그였기에 부드럽게 그녀의 등을 쓰다듬어 주는 것으로 미안함을 대신했다.

문득 현악은 지난밤의 폭풍과도 같이 격렬했던 청라와의 정사가 떠올랐다. 지난밤, 두 사람은 거의 이성을 잃고 서로의 육체를 미친 듯이 탐닉했었다.

혈기왕성한 이십 세의 남녀다. 더구나 서로를 사랑하고 있다. 정사는 밤을 지새워 동이 틀 무렵까지 이어졌다. 땀으로 목욕을 한듯 흠뻑 젖은 알몸으로 두 사람은 서로를 꼭 부둥켜안은 채 잠깐 동안 잠이 들었었다.

현악은 청라를 사랑하고 있지만, 그것은 육체적인 결합이 밑바탕이 된 사랑이었다. 그의 정신적인 사랑은 온전히 단우옥의 몫이었다.

"오시면, 깜짝 놀랄 만한 일이 기다리고 있을 거예요."

청라는 현악의 귀에 다시 한 번 속삭여 주고서야 품에서 살며시 빠져나왔다.

그녀는 몇 번이나 현악을 돌아보면서 왼쪽 길로 걸어갔다.

현악은 그녀의 모습이 사라지기 전까지 갈림길에 서서 부드럽게 미소 짓고 있었다.

그녀는 최대한 천천히 걸었지만 어느덧 모퉁이에 이르고 말았다. 그곳을 돌아서고 나면 현악이 보이지 않을 터이다.

그녀는 걸음을 멈추고 갈림길을 돌아보았다. 하지만 모퉁이를 조금 더 돌았기 때문에 나무에 가려서 갈림길이 보이지 않았다.

그녀는 몇 발자국 뒷걸음질쳤다. 그러자 현악이 보였다. 그는 청라가 모퉁이를 돌았음에도 계속 그 자리에 서서 청라가 사라진 방향을 바라보고 있었다.

울컥! 하고 청라의 감정선이 또 치밀어 올랐다.

'사랑해요!'

그녀는 눈물을 흘리면서 속으로 목이 터져라 외치고는 모퉁이를 돌아섰다.

이제는 슬프지 않았다. 그리고 앞으로는 현악을 기다리는 나날이 고통스럽지 않을 것이다. 사랑을 확인했고, 그가 돌아오리라는 사실을 믿기 때문이었다.

현악 일행은 전면의 관도 한복판을 가로막은 채 우뚝 서 있는 한 명의 고수 때문에 걸음을 멈추었다.

"네가 쾌검왕이냐?"

그 인물은 남의장삼을 입었으며 반 뼘 길이의 시커먼 흑염을 기른 위맹한 외모의 사십대 중년인이었다. 어깨에 메고 있는 장검의 검파가 대낮의 햇살을 받아 반짝였다.

"그렇다. 너는 누구냐?"

현악은 가볍게 고개를 끄덕였다. 그는 한눈에 남의장삼인이 평범한 인물이 아니라고 간파했다.

누가 고수와 하수를 구분하는 법을 가르쳐 준 것도 아니지만, 남의장삼인의 몸에서 흘러나오는 절제된 기도와 깊숙이 가라앉은 안광을 보고 그렇게 느꼈다.

"유성보 창룡전주(蒼龍殿主) 창룡일쾌(蒼龍一快)가 나다!"

남의장삼인 창룡일쾌는 늠연히 자신의 신분을 밝혔다. 추호의 흔들림도, 두려움도 없는 자신감 넘치는 모습이고 어조였다.

그의 말에도 현악은 표정에 변화가 없이 그저 담담했다.

하지만 신표와 채엽 등은 약간 긴장했다. 그들은 유성보의 서열에 대해서 잘 알고 있었기 때문이다.

유성보에는 보주와 소보주, 그리고 천일각주와 지황각주가 서열 일위부터 사위까지 버티고 있다.

그 아래가 바로 혈룡전, 무룡전, 철룡전, 창룡전 순서인 사전의 전주들이 오위부터 팔위까지였다.

그러나 창룡전주는 유성보 서열 팔위의 인물이지만, 사전주들의 실력이 대동소이하다는 사실로 봐서는 서열 오위나 다름없는 실력의 소유자였다.

그러므로 신표 등이 유성보 서열 오위의 실력을 지닌 창룡전주를 대면하고 아연 긴장하는 것은 당연했다.

일 개 전 휘하에는 네 개의 당이 있는데, 창룡전 휘하 세 개 당은 부구현 외곽 초원에서 현악과 신표, 채엽, 강일조 단 네 명에게 깨끗이 몰살당했기 때문에 현재는 이십 명의 본전고수와 하나의 당만 겨우 남아 있는 형편이었다.

창룡전주 창룡일쾌는 천일각주의 명령을 받고 쾌검왕을 죽이러 왔지만, 아마도 개인적인 원한이 더 깊을 터였다.

"한꺼번에 다 덤벼라."

창룡일쾌는 말의 내용과는 달리 차분하게 중얼거렸다.

"속하가 상대하겠습니다."

신표가 정중히 현악에게 허리를 굽혔다. 그는 하찮은 호승심 따위나 도에 지나친 자만심 때문에 상황을 제대로 판단하지 못할 사람이 아니었다.

다만 현악을 만난 이후 하루가 다르게 일취월장하는 자신의 실력을 이 자리에서 조심스럽게 시험해 보고 싶은 것이었다.

그러나 현악이 판단하기에 신표는 창룡일쾌의 상대로는 반 수 정도 부족했다.

자신의 실력을 시험해 보고 싶어 하는 신표의 심정을 모르는 바가 아니지만, 위험한 시험 때문에 수하를 잃거나 다치게 하고 싶지는 않은 것이 현악의 마음이었다.

"어~ 어~ 거기 있는 게 쾌검왕인가?"

그때 현악 일행 뒤쪽에서 약간 놀라는 듯한 걸쭉한 외침이 터졌다.

현악은 뒤돌아보다가 적잖이 놀랐다.

나타난 사람은 혈의경장에 마로 짠 피풍의를 걸쳤으며, 오른쪽 어깨에 한 자루 도를 메고 있는 칠 척의 거한이었다.

"우핫핫! 내가 제대로 봤군!"

칠 척 거한이 호탕한 웃음을 터뜨리며 현악에게 성큼성큼 걸어왔다.

그를 보는 현악의 얼굴에도 환한 웃음이 떠올랐다.

"악아!"

거한이 우뚝 서서 더할 수 없이 반가운 표정으로 바로 앞에 서 있는 현악을 굽어보았다.

"정아!"

현악은 자신보다 머리 하나는 더 큰 거한 곽정을 올려다보며 중원으로 온 이래 가장 환한 표정을 지었다.

와락!

두 사람은 서로를 힘차게 끌어안았다. 그리고는 한동안 아무 말도 하지 않았다.

많지 않은, 아니, 세상천지에 다섯 명밖에 없는 혈육 중에 한 명을 만났다.

다섯 명 중 한 명은 친누이동생인 자운이고, 세 명은 외조부와 이모, 이모부, 그리고 곽정이었다. 끌어안은 둘 사이에는 침묵 중에서 수많은 의미들이 오갔다.

두 사람은 끌어안은 팔에 힘을 주었고, 서로의 등을 부드럽게 쓰다듬고 가볍게 두드려 주었다.

"아아~! 악이 너, 소문이 쟁쟁하던데?"

한참 만에야 포옹을 풀고 떨어진 곽정이 현악의 어깨를 두드리며 탄성을 터뜨렸다.

현악은 빙그레 미소 지었다.

"네 소문도 들었다."

"무슨?"

곽정은 약간 긴장했다.

"하남 지역에서 꽤 명성을 날리고 있는 쾌도왕이 바로 너지?"

곽정의 얼굴이 환하게 밝아졌다.

"어… 핫핫! 들었어?"

사실 그는 현악이 자신을 반월살도라고 부를까 봐 내심 조마조마했었다.

삼 년 전, 쾌검왕이라는 별호를 현악 스스로 지었듯이, 사실 쾌도왕이라는 별호도 곽정 스스로 쾌검왕을 본떠서 지은 것이었다.

별호라는 것은 그 사람의 특성이나 수법 등을 고려해서 무림인들이 지어주는 것이 보통이다.

그런데 이들 두 사람은 제 스스로 쾌검왕이니, 쾌도왕 따위를 지어 놓고 그렇게 불러달라고 떠들어댔으니, 어찌 보면 낯 뜨거운 일이었으나 정작 본인들은 전혀 개의치 않았다.

현악은 하오문인 화룡문주 방강으로부터 수시로 유성보와 강호 정세에 대해 보고를 들었다.

그 와중에 반월살도라는 신진고수에 대한 보고를 접하고 방강에게 좀 더 상세히 알아보라고 지시했었다.

그래서 알게 된 것이 반월살도라는 인물의 외모와 무기, 수법 같은 것들이었으며, 또한 무림인들이 그에게 반월살도라는 으스스한 별호를 지어주었는데도 불구하고 본인이 부득부득 쾌도왕이라고 불러달라고 한다는 것 등이었다.

그 보고를 접하고 현악은 즉시 곽정을 떠올렸다. 보고 내용이 모두 곽정과 부합되었기 때문이다.

그래서 그는 조만간 곽정이 자신을 찾아올 것이라고 예상했으며, 두 사람은 마침내 만나고 말았다.

현악은 신표 등에게 곽정을 소개했다.

"이 친구는 내 사촌일세. 인사들 나누게."

현악의 인척을 처음 만나게 된 신표와 채엽, 강일조, 강초련은 크게 놀라고는 즉시 곽정에게 깊숙이 허리를 굽혔다.

"인사드립니다."

곽정은 마주 가볍게 고개를 숙이면서 포권을 한 뒤 껄껄 웃었다.

"핫핫핫! 반가우이! 앞으로 잘 지내보세!"

신표들은 한눈에도 곽정의 성격이 호탕하고 시원시원하다는 것을 간파했다.

창룡일쾌는 요사이 제법 명성을 떨치고 있는 쾌도왕이 출현하여 가세했으나 별로 신경 쓰지 않았다.

그는 자신의 실력을 믿었다. 게다가 주변에는 당주보다 세 배 이상 강한 본전고수 이십 명과 일 개 당 오십 명의 고수가 은밀하게 포진하고 있었다.

"그런데 저자는 뭐야?"

비로소 곽정이 창룡일쾌를 발견하고 의아한 표정을 지었다. 마치 서당의 한쪽 구석에서 벌을 서고 있는 말썽꾸러기 학동을 대하는 듯한 태도였다.

채엽이 즉시 곰살맞게 굴었다.

"유성보 창룡전의 전주라는 자입니다. 아마도 형님을 죽이겠다고 길을 가로막고 있는 것 같습니다."

"형님이라니, 저자가 악이를 죽이려 한다고?"

"그렇습니다."

곽정은 피식 실소를 흘리며 현악을 쳐다보았다.

"저런 위인에게 죽을 목숨이면 처음부터 칼을 잡지도 않았어. 안 그러냐, 악아?"

현악은 빙그레 미소 지었다.

"물론이지."

"저자, 널 만난 기념으로 내가 처리해도 되겠지?"

"그래."

현악은 창룡일쾌의 실력이 출중할 것이라고 생각했지만, 이 기회에 곽정의 솜씨를 보고 싶기도 해서 가볍게 승낙했다.

그의 생각으로는 곽정이 조금 열세일 것 같았다. 현악은 곽정에게 자신이 알고 있는 것을 모두 가르쳐 줬었다. 모두라고 해봤자 자령신공과 섬쾌검식이 전부였지만.

하지만 곽정은 섬쾌검식을 도법으로 익혔으니 섬쾌도식이라고 해야 옳을 것이다.

물론 그가 지난 삼 년 동안 피나는 연마를 해서 소기의 성취를 이루었기 때문에 강호에 출도했을 것이라고 짐작은 하지만, 창룡일쾌와 상대할 수 있을 정도는 아닐 터이다.

그러므로 곽정이 위기에 처하게 될라 치면 즉시 손을 써서 구하리라고 현악은 마음먹고 있었다.

곽정은 창룡일쾌에게 성큼성큼 걸어갔다. 그의 표정과 행동을 보면 겁을 먹기는커녕 자신감에 넘쳐 있었다.

"이봐! 내 친구이며 사촌인 쾌검왕을 죽이려면 그전에 나부터 죽여야 한다는 사실을 저승에 가게 되면 반드시 여러 사람들에게 알려주도록 하게!"

곽정은 창룡일쾌의 삼 장 앞에 서서 가슴을 활짝 펴며 훈계조로 늠름하게 말했다.

그의 말투와 내용이 우스워서 신표를 제외한 사람들이 키득거리면서 웃었다.

쉬잇!

그러나 창룡일쾌는 곽정을 향해 곧장 쏘아져 가는 것으로 대답을 대신했다.

그는 번쩍 신형을 날림과 동시에 순식간에 곽정의 일 장 전면까지 이르렀다.

빠른 정도가 아니라 쾌속절륜했다.

이르렀는가 싶은 순간 발검했으며, 육안으로 거의 분간할 수 없을 정도로 흐릿하며 쾌속한 세 개의 빛줄기가 곽정의 상중하 세 군데 요혈을 향해 뿜어졌다.

유성분광검법의 사 단계인 분광쾌였다. 과연 분광쾌가 빛을 나누며, 그 무엇보다도 빠르다는 무림의 소문대로 명불허전이었다.

현악은 움찔했다.

창룡일쾌의 무위가 현악이 예상했던 것보다 훨씬 고강했기 때문이었다. 그래서는 곽정이 일 초식조차 견뎌내지 못할 것이라고 현악은 순간적으로 판단했다.

현악의 오른손이 어깨의 혈인검을 잡았다. 그러나 그는 막 발검하려다가 뚝 멈추었다.

창룡일쾌가 발출한 세 줄기 흐릿한 검기가 곽정에게 도달하기 직전에 곽정의 모습이 흐릿해지면서 수직으로 상승하는 것을 발견했기 때문이었다.

과연 습관이란 무서운 것이다. 술 중독자가 어떤 술이든 일단 혀끝에 대어보기만 해도 그게 무슨 술인지 단번에 알아내듯이, 극쾌검에 이어서 무심쾌까지 수천 번을 연마했던 현악의 눈은 현존하는 그 어떤 쾌속한 움직임도 감지할 수 있을 정도가 된 것이다.

그런 그의 눈이 사람의 움직임이 아무리 빠르다고 한들 좇지 못할 리 없었다.

그는 곽정이 수직으로 솟구치는 것을 발견하고는 발검하려던 것을 잠시 보류했다.

창룡일쾌의 세 줄기 검기가 허공을 격타했다. 하지만 보통의 검기들이 목표를 맞히지 못했을 경우 앞으로 쭉 뻗어나가는 것에 반해서 그의 검기는 목표가 사라지자 그 즉시 정지했다.

그것은 창룡일쾌가 상대의 거리까지 정확하게 측정하여 검기를 발출했다는 것을 의미했다.

그저 적이 있는 방향만 겨냥한 채 검기를 발출하면, 적이 피하더라도 공력을 거두지 않는 한 계속 뻗어나갈 것이다.

공력이란 마르지 않는 샘물처럼 무한적이지 않다. 오십 년 공력은 그에 맞는 크기의 항아리이고, 백 년 공력은 또한 그에 맞는 크기의 항아리이다.

그러므로 자신의 항아리만큼의 공력을 모두 소진하고 나면 그 항아리가 다시 채워질 때까지 기다리며 운공을 해야만 하는 것이다.

목숨을 걸고 싸워야만 하는 상황에서는 공력을 조금이라도 낭비하지 말아야 한다.

같은 공력을 소유한 사람들이 일 대 일로 싸우게 되면 누가 공력을 많이 허비했느냐에 따라서 생사가 갈리는 경우가 비일비재하기 때문이다.

검기는 공력을 바탕으로 발출되는 것이므로 검기를 자로 재듯이 정확한 거리까지만 발출하는 것은 공력을 낭비하지 않는 일이었다.

창룡일쾌의 그런 절제된 발검 기술을 보고 현악은 그런 사실을 깨달았고, 또 새로운 사실을 배웠다.

곽정이 허공으로 솟구친 직후, 곽정과 창룡일쾌를 둘러싼 시간과 공간이 잠시 동안 정지해 버린 것 같았다.

곽정은 창룡일쾌의 머리 위 반 장 정도에 떠 있었다. 아니, 그는 솟구치기 무섭게 천근추의 수법을 발휘하여 번개같이 다시 내리 꽂히고 있었다.

체공 시간이 길수록 상대가 반격할 기회가 더 많고, 짧을수록 상대가 반격할 여유가 없는 것은 당연지사.

도는 검보다 크고 굵으며 도면이 넓기 때문에 더 빠를 수가 없는 것이다.

또한 제아무리 빠르게 기척을 감춰도 파공음까지 안 나게 할 수는 없는 일이다.

그러므로 도를 무기로 삼는 사람이 검을 상대할 경우 취해야 하는 방법은 오직 한 가지. 초식을 전개하거나 상대의 공격을 피하는 시간을 최소화시키는 것뿐이다.

그것으로 시간을 벌면 빠르기에서 검보다 약간 늦는 열세를 충분히 만회할 수 있는 것이다.

또한 발도(拔刀)의 극히 짧은 순간을 초, 중, 말의 세 단계로 나눌 때, 도는 검보다 한 배 반, 혹은 그 이상 무겁기 때문에 일단 탄력을 받으면 발도초에는 검보다 다소 늦지만, 중과 말로 접어들면 거의 같은 속도나 미세한 차이로 약간 더 빠를 수도 있다. 하지만 이 경우는 굉장한 빠르기의 발도를 할 수 있는 사람에 국한된다.

게다가 같은 이유로 일단 펼쳐진 초식의 위력은 도가 검보다 더 강할 수밖에 없다.

곽정은 이미 그런 사실들을 깨달았고, 그것에 대해서 부단한 연마를 해왔던 것 같았다. 그가 창룡일쾌의 공격을 단순히 피하는 것으로 그치지 않고, 피하는 것을 공격하는 동작으로 삼은 것을 보면 알 수 있었다.

곽정의 어깨에 메어져 있던 도가 뽑히는가 싶더니 일말의 기척도 없이 세로로 창룡일쾌의 정수리를 향해 그어져 내렸다. 동작이 너무 빨라서 파공음은 미처 터져 나오지도 않았다.

푸르스름한 반월의 도기가 세로로 창룡일쾌를 향해 무시무시하게 그어져 내렸다.

창룡일쾌는 피하기에는 늦은 상황이라는 것을 깨닫고 움찔 안색이 변했다.

그는 방금 아주 미미한 몇 가지 실수를 했는데, 그것은 자신이 펼친 회심의 일검을 곽정이 그토록 간단하게 피할 줄 미처 예상하지 못했다는 것과 곽정이 피하는 것과 공격을 한데 묶어서 전개할 줄은 더욱 예상치 못했다는 사실, 그리고 그의 도가 이처럼 빠를 줄은 꿈조차 꾸지 못했다는 것 등이었다.

쩌겅!

창룡일쾌는 한 걸음 뒤로 물러서는 동작을 취하면서 검을 들어 머리 위에서 가로로 눕혀 도를 막았다.

단지 도기(刀氣)를 막았을 뿐인데, 불꽃이 튀었으며 물러서던 창룡일쾌의 두 발이 땅속으로 반 자나 박혀 버렸다.

'도기!'

현악은 가볍게 놀라는 표정을 지었다. 곽정이 이미 도기를 발출할 수 있는 경지에 도달했을 줄은 예상하지 못했기 때문이다.

곽정은 겨우 삼 년 수련했을 뿐이다. 그 정도면 도풍을 발출해도 칭찬받을 정도인데 도기라니……

'저 녀석, 무슨 기연이 있었군!'

창룡일쾌는 무슨 수를 써서라도 피했어야 옳았다. 머리 위에서 쇄도

하는 곽정의 위력적인 일도를 막음으로써 자신의 두 발이 땅속에 박힐 줄은 전혀 예상하지 못했을 것이다.

하지만 그는 발을 빼내야 하는 간단한 동작마저도 마음대로 할 수 있는 상황이 아니었다.

쩡쩡쩡쩡!

기다렸다는 듯이 곽정의 도가 소나기처럼 창룡일쾌의 온몸 요혈로 쏟아졌기 때문에 그것을 막느라 눈을 깜빡일 여유마저 없었다. 눈 한 번 깜빡이는 순간에 무려 서너 번의 공격이 퍼부어지니, 발을 빼낼 여유가 없는 것은 당연했다.

두 발을 전혀 움직이지 못한 채 적의 공격을 막거나 피해야 한다는 사실은 치명적인 약점으로 작용할 수밖에 없었다. 더구나 곽정처럼 위력적인 쾌도식을 구사하는 상대에겐 더욱 그랬다.

팍!

"흑!"

창룡일쾌의 왼팔이 어깨에서부터 깨끗하게 잘린 채 분리됐다. 그 덕분(?)에 그는 휘청거리면서 마침내 두 발을 땅속에서 빼낼 수 있었다.

쩌쩌쩌쩌쩡!!

그렇다고 곽정의 도가 쉬고 있는 것은 아니었다. 그는 하나같이 위력적인 살초를 더욱 소나기처럼 퍼부었고, 창룡일쾌는 비틀거리면서도 간신히 막으며 연신 뒤로 물러섰다.

곽정은 직접 도로 공격하기도 했지만 대부분은 도기로 공격했다. 또한 도기의 전부가 베기였다.

그랬기 때문에 도기에 잘려진 창룡일쾌의 왼팔 어깨 부위에서는 한 방울의 피도 흘러나오지 않았다. 도기에 베었기 때문이기도 했고, 자령신공이 상처 부위를 태워 버렸기 때문이기도 했다.

곽정이 도를 한 번 그어댈 때마다 반월형의 새파란 도기가 섬광처럼 뿜어졌다. 그 반월도기 때문에 그는 반월살도라는 내키지 않는 별호를 얻은 것이었다.

한 팔을 잃고 궁지에 몰렸다고는 하지만 창룡일쾌는 그리 호락호락한 인물은 아니었다.

상대를 과소평가한 순간적인 실수 때문에 위험지경에 처했지만, 그는 대유성보의 전주다. 그것은 그가 소림사나 무당파의 장로급 이상의 무위를 지니고 있다는 의미이기도 했다.

그는 계속 물러나면서 전 공력을 끌어올려 오른팔에 모으고 기회를 기다렸다.

왼팔을 잃은 것은 치명적이며 앞으로 살아가는 데에도 많이 불편하겠지만, 죽어서 이승을 떠나는 것보다는 나을 터이다.

백전노장은 달리 있는 것이 아니었다. 그는 이미 위기를 완전히 극복하여 반전의 기회를 노리고 있었지만 연신 비틀거리면서 뒤로 물러서는 체했다.

곽정의 섬쾌도법은 지독하게 빨랐다. 그것은 이미 섬쾌의 수준을 능가하고 있었다. 정확히 말하자면 섬쾌와 극쾌의 중간 정도의 빠르기였다.

하지만 아직 창룡일쾌의 분광쾌 정도는 아니었다. 그 사실이 창룡일쾌의 유일한 위안이었다.

순간 창룡일쾌의 눈에서 흐릿한 기광이 번뜩였다. 곽정은 집요하게 다가들며 창룡일쾌의 머리와 양 어깨를 향해서 위에서 아래로 삼도를 그어 내리고 있었다. 도를 위로 쳐든 곽정의 온몸에 허점들이 무수히

드러났다. 그것이 그가 싸움 경험이 그리 많지 않다는 사실을 증명했
다.

슈욱!

창룡일쾌는 자신의 정수리와 양 어깨로 그어져 내리는 삼도를 무시
하고 곽정을 향해 튕겨져 쏘아갔다. 조금 전에 곽정이 그랬던 것처럼,
피하면서 공격을 병행하는 행동이었다. 상대가 하면, 나라고 못할 리
없는 것이다.

“……!”

그어져 내리던 곽정의 도가 주춤했다. 그와 동시에 그의 눈빛이 가
볍게 흔들렸다.

창룡일쾌의 검에서 단 한 줄기의 분광쾌가 뿜어진 것은 바로 그 순
간이었다.

일촉즉발. 자신의 결정 여하에 따라서 생사가 결정되는 순간이었다.
곽정은 어금니를 악물었고 눈빛이 독하게 변했다.

찰나 그의 도가 약간 방향을 바꾸어 창룡일쾌가 다가들게 될 두어
걸음 앞쪽을 향해 맹렬히 그어 내려졌다. 동시에 그는 상체를 급히 틀
었다.

곱게 당하고 있지는 않겠다는 독한 각오였다. 그는 싸움 경험이 부
족한 것을 투지로 대신했다.

자신이 죽거나 중상을 입게 되더라도 최소한 창룡일쾌를 그냥 두지
는 않겠다는 뜻이었다.

퍽!

한줄기 가느다란 빛줄기가 곽정의 왼쪽 어깨를 관통했다. 그의 왼쪽
등 뒤로 빛줄기가 빠져나갔고, 직후 피가 쭉 뿜어졌다.

쩍!

하지만 동귀어진을 하려던 곽정의 각오는 맞아떨어졌다. 그의 도가 창룡일쾌의 정수리를 세로로 쪼개고 있었다.

곽정은 도를 놓고 허공으로 붕 튕겨져 날아갔다가 땅바닥에 볼썽사납게 나뒹굴었다.

그의 도는 창룡일쾌의 가슴 한복판에 박혀 있었다. 칼날이 머리와 목을 쪼갰기 때문이다.

만약 곽정이 튕겨지지 않았다면 도는 창룡일쾌의 사타구니까지 일도양단했을 것이다.

찌어어—

듣기 거북한 소리를 내며 창룡일쾌의 머리와 목이 세로로 쪼개지면서 벌어졌다.

신표 등은 크게 놀란 얼굴로 창룡일쾌를 쳐다보았다. 그들은 곽정이 이 정도로 강할 줄은 조금도 예상하지 못했었다. 곽정의 실력은 그들의 예상을 여지없이 박살 냈다.

"정아!"

현악이 외치며 급히 곽정에게 달려가 부축했다.

"허어… 이것 참, 쑥스럽구만. 멋진 모습을 보여주지 못해서 미안하다, 악아."

곽정은 현악의 무릎을 베고 길게 누운 채 자신이 다친 것보다 현악을 실망시킨 것을 더 미안해했다.

"아냐, 너는 내가 기대했던 것보다 훨씬 더 강해졌더구나."

"정… 말이냐?"

"그래. 네가 방금 죽인 자는 유성보 서열 오위급의 일류고수다. 구파일방의 장로들보다 강하지.”

위로가 아니라 사실이 그랬다. 그리고 그 말은 곽정의 부끄러움을
어느 정도 덜어주었다.

“음… 그렇다면 조금은 덜 미안하군.”

“미안해하지 않아도 된다. 삼 년 만에 이 정도라면, 아마 십 년 후엔
널 대적할 인물이 없을 거야.”

그 말은 현악의 진심이었다. 그는 곽정의 상처를 지혈시키고 나서
궁금해하며 넌지시 물었다.

“그런데 너, 공력이 대단하던데?”

곽정은 머쓱하게 머리를 긁적였다.

“사실은 태악산에서 운 좋게 천년삼왕 세 뿌리를 발견해서 먹었다.
그랬더니 공력이 한꺼번에 증진되더군.”

현악은 반색을 했다.

“정말 잘된 일이다. 하늘이 널 도왔어.”

그는 자기 일처럼 진심으로 기뻐했다.

“내 도를 다오.”

곽정은 아직도 창룡일쾌의 가슴에 박혀 있는 도를 향해 팔을 뻗었
다. 무인은 자신의 무기를 잠시라도 몸에 지니고 있지 않으면 불안한
법이다.

채엽이 도파를 잡고 창룡일쾌의 배를 발로 걸어차면서 도를 뽑은 후
가져와 곽정에게 공손히 바치며 말했다.

“창룡전주를 죽이시다니, 정말 존경합니다.”

“그까짓 거 뭐…….”

곽정은 쑥스러웠다. 자신이 다치지 않고 창룡전주를 죽였다면 좀 뻐

졌겠지만, 다치는 바람에 체면이 구겨지고 말았다. 그는 그것을 내내 안타까워했다.

"주군, 잠시 안전한 곳으로 옮기시지요."

그때 강일조가 현악에게 공손히 말했다.

현악이 쳐다보니 관도의 앞뒤와 양쪽 숲 가장자리에 어느새 칠십여 명의 고수가 천라지망을 이룬 채 엄밀한 포위지세를 형성하고 있었다.

포위망은 두 겹인데, 관도의 앞뒤와 왼쪽 숲 가장자리에 지휘자로 보이는 인물들이 한 명씩 가운데에 서 있었고, 그들이 전체 칠십여 명의 고수를 나누어 지휘하는 듯했다.

그들 세 명 중에 관도의 앞뒤를 막아선 무리의 선두에 서 있는 두 명은 창룡전의 본전고수, 즉 동주(棟主)들이었다.

유성보에는 네 개의 전이 있으며, 각 전에는 이십 명씩의 본전고수가 있다. 그들이 바로 두 개의 동(棟)을 이루며, 각 동주가 열 명씩의 본전고수들을 거느리고 있다. 그러므로 사전은 팔동과 십육당을 보유하고 있는 셈이었다.

본전고수들 각자의 실력은 당주의 세 배 이상이며, 본전고수 중에서 가장 강한 고수가 동주가 된다.

지금 현악 일행을 포위하고 있는 칠십여 명은 창룡전의 생존자였다.

현악 일행이 창룡전 세 개 당을 몰살시켰기 때문에 그들밖에 남지 않은 것이다.

현악은 곽정을 안고 일어섰다. 전체적인 체구가 현악보다 절반 이상 큰 곽정이지만 현악은 새털처럼 가볍게 그를 안은 채 천천히 사위를 둘러보았다.

"나… 는 괜찮다, 악아."

곽정은 자신이 짐이 됐다고 여기고 내려달라는 듯 작게 몸을 움직였다.

"이 정도 부상이면 내 한 몸 충분히 지킬 수 있다. 넌 수하들과 합세해서 저들을 물리쳐라."

곽정은 현악의 수하가 신표와 강일조, 채엽, 강초련 네 명뿐인 줄 알고 염려하는 것이었다.

"걱정 말고 우린 여기에서 잠시 쉬도록 하자."

현악은 관도 변의 풀 위에 곽정을 눕히며 일어나려는 그의 가슴을 지그시 눌러 도로 눕게 했다.

칠십여 명의 고수는 머리가 세로로 쪼개져서 처참하게 죽어 있는 자신들의 상전 창룡전주를 착잡한 표정으로 쳐다보았다. 이후 그들의 얼굴에 공통적으로 떠오른 것은 극도의 분노였다.

두 명의 동주의 시선은 현악과 곽정에게 집중되어 있었다. 그들은 자신들이 쾌검왕과 쾌도왕의 적수가 못 된다는 사실을 알지만 추호도 겁을 먹지 않았다. 두 사람의 눈에서 뿜어지는 것은 이글거리는 투지와 살광이었다.

"죽여라—!"

두 명의 동주가 거의 동시에 목청이 찢어질 듯이 악을 쓰며 쏜살같이 현악과 곽정을 향해 덮쳐 왔다. 그와 함께 칠십여 고수가 일제히 신표 등을 향해 신형을 날렸다.

곽정은 원래 느긋하며 담대한 성격이지만 지금 이 순간 칠십여 명의 유성보 고수가 한꺼번에 공격해 오는 광경을 보면서까지 태연할 수는 없었다.

곽정은 신표 등 네 명을 쳐다보았다. 그가 보기에 신표 등은 평범한 인물들이 아닌 것 같았지만, 대유성보 고수 칠십여 명을 상대로 싸우기에는 많이 모자라는 실력일 것 같았다. 그도 강호에 나오자마자 유성보의 위명에 대해서는 귀가 따갑도록 들었다.

곽정은 이러지도 저러지도 못한 채 현악의 얼굴을 쳐다보다가 얼굴빛이 복잡하게 헝클어졌다. 현악이 태연하게 품속에서 금창약을 꺼내고 있는 것을 발견한 것이다.

“악아…….”

“아프더라도 참아라.”

곽정이 막 입을 열려고 하자 현악은 검기가 관통한 곽정의 왼쪽 어깨 부위를 빠르게 지혈하고 나서 약병을 기울였다.

상처에 쏟아 부어진 금창약은 과연 지독하게 쓰라렸다. 하지만 곽정의 표정은 초조했고, 그의 시선은 서로 등진 채 서 있는 신표 일행에게 향해 있었다.

칠십 명의 유성보 고수는 이미 신표들의 이삼 장 지척까지 쇄도하고 있었다.

신표들은 현악과 곽정을 호위하듯 각기 네 방향을 향하고 있었으며 무기를 뽑은 사람은 신표와 채엽뿐이었다. 강초련과 강일조는 쾌검이라 싸움이 시작되어야 검을 뽑는다.

신표들의 그런 모습은 마치 바람 앞에 놓인 등불 같아서 쳐다보는 곽정을 더욱 안타깝게 만들었다.

신표들이 무너지면 곧바로 곽정 자신들이 위험할 텐데도 그는 자신의 안위는 그다지 염려하지 않았다. 그는 자신보다는 친구를 더 걱정하는 전형적인 사나이였다.

콰아앗!

그 순간 곽정은 고막을 찢을 듯한 날카로운 파공성이 허공을 뒤덮는 것을 듣고 흠칫 안색이 변했다.

그가 파공성의 원인을 찾으려고 급히 눈동자를 이리저리 굴릴 때 처참한 비명성이 한꺼번에 터져 나왔다.

"크악!"

"하윽!"

"크애액!"

지상과 허공으로 쇄도하던 유성보 고수들이 어디선가 쏘아져 온 수많은 창에 찔려서 가랑잎처럼 우수수 나뒹굴었다.

창은 엄청 빨랐고, 또한 대단한 힘이 실려 있었다. 그 수많은 창들 하나하나는 유성보 고수 칠십 명 중에 아무나 맞아라는 식이 아니라 처음부터 어느 한 명의 어떤 부위를 정확하게 겨냥하여 던져진 것이었다.

유성보 고수들이 창에 적중된 부위는 하나같이 미간이나 목 한복판, 아니면 심장 세 군데 중에 하나여서 찔리는 순간 저승에 한 발을 들여놓을 수밖에 없었다.

더구나 창에는 얼마나 거센 힘이 실려 있는지 일단 적중되면 맞은편 쪽으로 창이 절반이나 튀어나왔다.

유성보 고수들은 평소에도 암습에 대비하여 갖가지 훈련을 수백 차례 이상 받았으며 특히 화살이나 암기에 의한 암습의 대비에 주력했었다.

화살이나 암기는 창보다 훨씬 작고 가볍다는 이유 때문에 창보다 배이상 빠를 수밖에 없다.

하지만 이 창은 달랐다. 창은 화살보다 느리다는 상식을 여지없이 깨뜨리고 있었다.

일반 창보다 창날이 더 가늘고 길었으며, 창날 옆에 작은 나선형의 돌기 두 개가 달려 있었다.

그것은 일단 던져진 창이 맹렬히 회전하게 만들어서 속도를 배가시키는 효과를 냈으며, 또한 목표물에 적중하여 더 큰 상처를 입히는 결과를 거두었다.

뿐만 아니라 이 창은 일반 창에 비해서 절반이나 가늘고 또 삼분의 일 정도 짧았다.

하지만 이 창의 가장 무서운 점은 일단 던져 낸 뒤에도 자유자재로 방향을 바꿀 수 있다는 사실이었다.

창 끝에 육안으로는 거의 식별하기 어려운 가느다란 강사가 묶여 있었기 때문이다.

그로 인해서 목표로 삼은 상대가 피한다고 해도 창을 던진 사람이 손목을 슬쩍 비트는 작은 동작만으로 원하는 부위에 정확하게 적중시킬 수 있는 것이었다.

콰우우!

창이 얼마나 빠른지 오히려 화살보다 배 이상 빠른 것 같았다. 게다가 무지막지한 힘이 실린 채 줄기차게 소나기처럼 퍼부어지고 있었다.

또한 화살이나 보통의 창이 허공을 가르는 파공성과는 전혀 다른 묵직한 음향을 터뜨렸다. 파공성이 허공을 웅혼하게 울리는 진동음이 피부로 느껴질 정도였다.

이 창을 던진 사십구 명의 무적혈창대는 각자 세 자루씩의 비창을 지니고 있는 데다 그것들을 다시 회수할 수도 있었다.

그러므로 세 자루의 창을 던져 낸 후 회수하고, 또 던져 내는 동작을 반복하니 끝없이 창을 던져 낼 수 있는 것은 당연했다.

설명은 길었지만 창이 무려 이백여 자루 이상 사방에서 쏟아져와 유성보 고수 절반을 쓰러뜨린 것은 순식간에 벌어진 일이었다.

유성보 고수들은 한정된 공간에서 어디에서 날아오는지도 모르는 창을 피하느라 이리 뛰고 저리 뛰어다녔다.

요행히 첫 번째나 두 번째 창을 피하더라도 운은 거기까지 뿐이었다. 세 번째, 네 번째 연이어 집요하게 쏟아온 창은 결국 목표로 삼은 자의 목표한 부위를 정확하게 꿰뚫고 마는 것이었다.

살아남은 자들은 본전고수 이십 명과 그래도 실력이 뛰어난 각 당의 고수들 십여 명으로 도합 삼십삼 명이었다.

제아무리 훈련이 잘된 고수들이라고 해도 지금과 같은 상황에서는 일순간이나마 혼란에 빠지는 것이 정상이다. 아니, 혼란을 넘어선 정신적인 공황(恐慌) 상태였다.

공황 상태의 길고 짧음의 차이는 있겠지만, 유성보 고수들이라고 해서 예외는 아니었다.

더구나 그들은 창이 외곽에서 쏟아왔기 때문에 하나같이 바깥쪽만 신경 쓰고 있었다. 그래서 자신들이 정작 공격하려고 했던 목표인 신표 일행을 잠시 망각해 버리는 우까지 범했다.

신표와 채엽, 강일조, 강초련 네 명이 사방으로 쏟아가면서 검과 도, 창을 그어댄 것은 바로 그 순간이었다.

"흐악!"

"커흑!"

그렇지 않아도 자세가 흐트러져 있던 유성보 고수들이 순식간에 예닐곱 명이 피를 뿌리면서 우수수 쓰러지며 대열이 흐트러졌다.

바로 그 순간 무적혈창대 사십구 명이 사면팔방에서 폭풍처럼 들이 닥쳤다.

말 그대로 폭풍이라고밖에는 표현할 수 없을 정도로 가공할 기세였 다.

그리고 일방적인 도륙이 벌어졌다. 두 명의 동주를 포함한 이십 명 의 본전고수들은 유성보의 최고 정예였지만 지금은 최악이라고 할 수 있을 정도로 상황이 좋지 않았다.

그들은 창룡전의 삼 개 당을 전멸시킨 쾌검왕에게 지나친 적개심을 품고 있었다. 그것은 어느 정도 그들의 평정심을 잃게 했다.

그런 상황에서 창룡전주가 무참하게 살해당하는 광경을 직접 목격 하게 되자 평정심은 물론 자제력마저도 무너지고 말았다.

직후 이들 무리의 지휘자가 된 두 명의 동주가 전원 공격 명령을 내 렸다. 그것이 실수였다.

만약 그들 두 명이 평소의 냉철함을 잃지 않았다면 그런 막무가내 식의 명령은 내리지 않았을 것이고, 평소 훈련한 대로 잘 짜여진 협공 을 펼쳤을 것이다. 그랬다면 이 정도까지 지리멸렬하지는 않았을 것이 다.

설상가상. 앞뒤 잴 것 없이 양쪽에서 공격하던 칠십여 명의 유성보 고수를 향해 거의 천재지변에 비견해도 좋을 듯한 창우(槍雨)가 쏟아져 순식간에 절반 이상이 죽었다.

사태가 이쯤에 이르러서도 제정신을 유지할 만한 강인한 정신력의 소유자는 그리 흔치 않았다. 물론 생존자 중에서 그런 정신력의 소유 자는 없었다.

그 상황에서 안쪽에서는 신표들 네 명이, 외곽에서는 무적혈창대 사십구 명이 한꺼번에 들이치자 유성보 고수들이 와해되는 것은 시간문 제였다.

만약 처음부터 현악과 곽정을 제외한 그의 수하들 전체와 창룡전주 를 포함한 유성보 고수들이 정면으로 맞부딪쳤다면, 현악 쪽이 이기긴 해도 적지 않은 희생을 치러야 했을 것이다.

유성보 고수들의 전멸은 한마디로 정신력과 작전의 부재가 가져온 참담한 결과였다.

유성보 고수들은 이제 두 명의 동주와 세 명의 본전고수밖에 남지 않았다.

그렇다고 해서 신표들과 무적혈창대가 정정당당히 싸우기 위해서 다섯 명만 남기고 멀찌감치 물러난 것은 아니었다.

현악은 척사에게서 학문과 더불어 무림의 상식이나 예법에 대해서 도 배웠다.

하지만 현악은 자신에게 꼭 필요한 것들만 차용했고, 불필요한 것들 은 과감히 버렸다.

그의 최종 목적은 천하를 발아래 두는 것이다. 그러므로 그가 필요 로 하는 것들은 그 목표를 달성하기 위한 수단이지 거추장스러운 걸림 돌이 아닌 것이다.

그에게는 그만의 법이 있었다. 그가 옳다고 여기면 무슨 짓을 해도 옳을 것이고, 그가 그르다고 판단하면 세상이 옳다고 해도 그른 것이 다.

보통으로 살고 행동해서는 보통밖에 되지 못한다. 그는 협행이나 자 선을 위해서 무공을 배운 것이 아니다.

그의 목적은 오직 천하를 발아래 둔 후 떳떳하게 단우옥을 자신의 여자로 맞이하는 것이다. 그러기 위해서는 철저하게 자신만의 법칙으로 천하와 맞서야만 했다.

강초련은 이미 두 명의 유성보 고수를 죽였다. 세상에 태어나는 순간부터 현악을 사부로 모시기 전까지 그저 죽지 못해서 겨우 목숨만 붙어 있던 그녀였다. 그런 그녀가 자신의 손으로 사람을 그것도 대유성보의 고수를 두 명씩이나 죽인 것이다.

처음에 현악은 강초련의 극음지체를 치료해 주려는 단순한 의도에서 그녀를 제자로 거뒀었다.

그러나 그녀가 보여준 경이에 가까운 자령신공과 섬쾌검식의 습득 속도는 현악으로 하여금 그런 생각을 여지없이 바꾸게 하였다.

그녀의 극음지체가 치료되는 것은 물론이고, 그런 절맥을 타고났기 때문에 천부적인 무골일 수밖에 없는 그녀가 하루하루 놀라운 속도로 학습하는 것을 지켜본 현악은 한 가지 중대한 결정을 내렸다. 그 시기는 그가 무심쾌를 완성한 직후였다.

현악은 강초련을 자신을 능가하는 고수로 키우기로 결심했다. 강초련의 준매함과 천부적인 자질, 날이 갈수록 더해만 가는 무공에 대한 놀라운 집념, 거기에 현악의 지극 정성이 더해진다면 결코 불가능한 목표가 아닐 듯했다.

그 즈음 강초련은 운기의 단계를 벗어나 운공을 시작한 지 서너 달쯤 지나 있었다.

현악에게 자령신공이 지니고 있는 신비함을 한 꺼풀 벗기게 해준 강초련이었다.

현악은 그녀로 인해서 자령신공을 연이어 네 차례 운공하면 정수리 백회혈과 전신의 모공을 통해서 천지간의 기운이 파도처럼 쏟아져 들어온다는 사실을 깨달았다.

그는 그날 이후 공력이 일취월장했다. 그때부터는 그저 평범하게 운공했던 지난 일 년에 걸쳐서 겨우 얻을 수 있던 공력이 불과 한 달여 만에 체내에 쌓이게 되었다. 실로 경이로운 일이 아닐 수 없었다.

현악이 강초련 덕분에 자령신공을 세 차례 연이어 운공하는 놀라운 방법을 알게 되기 직전에 그의 공력은 꽉 찬 일 갑자였는데, 그 방법으로 며칠 운공을 하고 난 후에는 순식간에 칠십 년 공력으로 증진됐다.

이후 반년 동안은 말 그대로 경이의 연속이었다. 그는 극쾌를 한 단계 더 발전시킨 무심쾌를 창안하는 동안에도 예전보다 더 열심히 운공에 몰두했다.

그러나 그 운공은 예전같이 맹목적이며 습관적인 것이 아니라 집념 그 자체였다.

그 결과 반년이 지난 지금에 이르러서 그의 공력은 놀랍게도 이십 년이나 더 증진된 상태였다.

즉, 자령신공의 이 단계 극치인 구십 년의 공력을 지니게 되었으며, 운공할 때에는 그의 머리 위에 자색 빛을 내는 두 개의 고리가 찬란하게 떠 있게 되었다.

그러나 강초련의 공력 증진 속도는 현악보다 더 빨랐다. 운공을 거듭할수록 그녀의 극음지체가 빠르게 치유되면서 그 자리를 천지간의 정심한 공력들이 메워 나갔다.

게다가 현악이 한 번에 연이어 네 차례 운공하는 반면에 그녀는 한 번에 무려 여섯 차례나 했다.

그녀는 다섯 차례 이후에 벌어지는 신기막측한 상황에 대해서 현악에게 자세히 설명했지만 정작 현악은 이해하지 못했다.

아니, 머리로는 이해한다 하더라도 몸이 따라주지 못했다. 그는 현재 연이어서 하는 네 차례 운공에 머물러 있는 상태였다. 그것을 넘어서 다섯 차례를 할 수 있어야 아마도 자령신공의 다음 단계로 진입할 수 있을 것이다.

평범한 사람인 현악—무골이긴 하지만 강초련하고는 비교할 수 없다—자신과 극음지체인 강초련과는 무공 증진의 속도가 비교조차 되지 않는다는 사실을 현악은 그때 처음 깨달았다.

어느 날 그가 운공을 하고 있을 때 강초련이 들어왔다가 그의 머리 위에 떠 있는 두 개의 자색 환을 발견하고 말해 주어서야 그런 사실을 처음 알게 되었다.

그래서 그는 그때 비로소 자령신공을 단계별로 나누어보았다. 그렇다고 무슨 복잡한 계산이나 수치에 의한 것이 아니라 그저 머리 위에 떠 있는 자색 환의 숫자대로 정했을 뿐이다. 환이 하나면 일 단계, 두 개면 이 단계라는 그저 간단한 계산법이었다.

그런 계산법으로 볼 때 현악은 현재 이 단계의 마지막 수준이었다.

그리고 현재의 강초련은 하나의 고리가 형성됐는데 절반쯤 뚜렷한 것으로 미루어 삼십 년 공력 수준이었다. 게다가 섬쾌검식을 거의 완벽하게 구사하고 있었다.

처음에 싸움이 시작되었을 때 강일조는 딸 강초련을 몹시 걱정했다. 현악이 그녀를 자신의 곁에서 떼어놓았다는 것은 싸움이 벌어지게 되면 그녀도 나서서 싸우라는 뜻이었다.

그러나 막상 싸움이 시작되자 강일조의 걱정은 눈 녹듯이 사라져 버렸고, 오히려 자신의 눈을 의심할 정도로 놀라고 말았다.

싸움이 시작되자 신표가 가장 먼저 적을 죽였고, 그 다음이 바로 강초련이었다.

그녀는 부친과 채엽보다 더 빠르게 쏘아나가 그들보다 더 빠른 쾌검으로 적의 심장을 꿰뚫었다.

그녀는 더 이상 과거의 허약한 소녀가 아니었다. 현악에 의해서 다듬어지고 있는 봉추(鳳雛)였다. 장차 웅대하게 비상하여 천하를 질타할 봉황의 새끼인 것이다.

"전… 부 네 수하들이니?"

치료를 끝내고 금창약을 품속에 갈무리하고 있는 현악에게 그제야 정신을 수습한 곽정이 혀로 메마른 입술을 축이면서 물었다.

"흐악!"

그때 마지막 남은 창룡전 동주가 신표와 강초련에게 앞뒤로 찔려 협살당해 쓰러지면서 처절한 비명을 터뜨리는 것으로 곽정의 물음을 대신했다.

관도 변에 나무 그루터기에 느긋하게 앉아 있는 현악과 그 옆에 비스듬히 나무에 기대어 있는 곽정 앞에 신표와 채엽, 강초련, 강일조가 나란히 섰고, 그 뒤에 사십구 명의 무적혈창대가 질서있게 도열한 후 일제히 허리를 접었다.

유성보 고수들이 전멸한 것에 반해서 신표들과 무적혈창대는 단 한 명도 죽지 않았다. 그저 몇 명이 다쳤을 뿐이었다.

현악이 느릿하게 일어선 후 빠르게 그들 전부를 훑어보더니 조용히 입을 열었다.

"신 대주, 모규(毛奎)와 사광(司光), 진대유(秦待兪)가 다쳤다. 잘 치료해 주게."

"명을 받듭니다."

　호명당한 무적혈창대의 세 명은 크게 놀랐다. 그들은 즉시 그 자리에 무릎을 꿇고 머리를 조아렸다.

　"주군! 속하들은 약간 다쳤을 뿐이니 심려치 마십시오!"

　현악이 그들 세 명이 미리 다칠 것을 예견하고 이름을 외워두었을 리 없다.

　그것은 그가 무적혈창대 사십구 명 전원의 이름을 모두 외우고 있다는 뜻이다.

　그래서 비단 무릎을 꿇은 세 명뿐 아니라 무적혈창대 전원과 신표들까지도 적잖이 감동했다.

　현악과 무적혈창대를 묶고 있는 것은 주종의 상하 관계가 아니라 신뢰의 수평 관계였다. 그것을 재삼 확인한 신표들과 무적혈창대가 감동하는 것은 당연했다. 감동과 기쁨은 언제 어떤 상황에서든 기꺼운 것이 아니겠는가.

　곽정은 우뚝 서 있는 현악의 옆모습을 쳐다보며 가슴이 터질 듯한 기쁨을 느꼈다.

　'이 녀석, 예상했던 것보다 더 멋진 대장부가 됐군!'

　그러나 곽정은 모르고 있었다, 그가 지금 느끼고 있는 현악이 전부가 아니라는 사실을. 그리고 현악에게 있어서 지금은 그저 지나가는 과정에 지나지 않으며, 그가 보여주고 있는 것은 빙산의 일각일 뿐이라는 사실을 말이다.

◆제68장◆

생사현관의 타동

현악은 자신의 귀를 의심했다.

"방금 쾌검마라고 했나?"

화룡문주 방강은 의자에 앉아 있는 현악 앞에 서서 공손히 허리를 굽혔다.

"그렇습니다, 주군."

현악은 쾌검마라는 말을 듣는 순간 뛰쳐 일어나서 방강의 멱살을 거칠게 잡고 흔들며 그가 어디에 있느냐고 소리쳐 묻고 싶은 것을 간신히 눌러 참았다.

"설명해 보게."

일단 자제를 하자 그는 오히려 더 침착해지며 의자에 깊숙이 몸을 묻었다.

그것은 기이한 느낌이었다. 머리는 차갑게 식고 있는데도 심장은 빠르게 뜨거워지고 있었다. 냉철한 이성과 뜨거운 감정이 한 몸에 혼재하고 있었다.

“쾌검마는 현재 추적대에 쫓기고 있습니다.”

현악은 그의 말을 끊지 않았다. 대신 머리가 빠르게 회전했다. 뜨거운 가슴은 방치해 둔 채로.

“반년 전, 하남 금보산(金寶山)에 은거하고 있던 전대 고수 한 명이 암살을 당했습니다. 그는 과거 도군신(刀軍神)이라고 불렸던 백무신 중 한 명입니다.”

방강의 설명은 이어졌다.

도군신을 암살한 자는 쾌검마였다. 그러나 그는 그때만큼은 예전처럼 유유히 사라지지 못했다. 그가 집을 출발했을 때부터 먼발치에서 추적해 온 수백 명의 무림고수들에게 엄밀하게 포위되어 버렸기 때문이었다.

쾌검마는 필사의 도주를 했다. 그는 원래 자신이 왔던 방향으로 향하지 않고 반대 방향인 서쪽으로 장장 천오백여 리나 도주하면서 닥치는 대로 추적대를 도륙했다.

그리고 그는 결국 포위망을 뚫고 말았다. 하지만 추적대는 허둥대지 않았다.

추적대는 쾌검마가 어디로 향할지 이미 알고 있었으므로 일사불란하게 이동하여 그의 집을 포위했다.

쾌검마는 부상당한 몸을 이끌고 끝내 집으로 돌아왔다. 그리고 집에서는 한 명의 어린 소녀가 그를 반갑게 맞이했다.

그 모습은 멀찍이에서 쾌검마를 감시하던 고수들에게 발견됐고, 곧 추적대 전체에 퍼졌다. 그리고 사람들은 쾌검마와 소녀의 관계에 대해서 수군거렸다.

구구한 억측들이었지만 한 가지 사실만은 분명했다. 쾌검마가 죽음을 각오하면서까지 그토록 집으로 돌아가려고 했던 이유가 그 소녀 때문일 것이라는.

쾌검마는 집에 도착하는 즉시 다시 집을 떠났다. 그러나 이번에는 혼자가 아니라 소녀를 안은 상태였다.

추적대는 쾌검마를 포위한 채로 다시 빠르게 보강됐다. 유성보 고수들이 대거 파견됐으며, 소림사에서도 백 명의 무승을 보냈고, 무당파와 아미파, 화산파에서는 각 한 명씩의 장로가 도합 오백여 명의 고수를 이끌고 합세했다.

그리고 얼마 전에는 봉황일미의 부름을 받고 해남도에서 백 명의 해남검수가 장장 만 오천여 리 길을 달려와 가세했다.

그래서 무려 천 명의 추적대가 쾌검마를 겹겹이 포위한 채 추적하게 되었다.

그런데 한 가지 이상한 일은, 쾌검마가 부상을 당한 데다 소녀까지 안은 불편한 상태인데도 불구하고 추적대가 그를 공격하지 않고 있다는 사실이었다.

결국 그 이유가 유성추혼의 측근들 입에서 불만과 함께 흘러나왔다. 봉황일미가 공격을 반대하고 있다는 것이었다. 그러나 이유는 알려지지 않았다.

유성추혼은 봉황일미의 말이라면 불 속이라고 해도 서슴없이 뛰어드는 사람이므로 공격하지 말라는 봉황일미의 말을 듣지 않을 리가 없었다.

“쾌검마가 집을 떠난 지 보름이나 지났는데 추적대는 아직도 공격하지 않고 있습니다.”

방강은 긴 설명을 끝내고 공손히 시립한 채 입을 다물었다. 이제는 현악이 묻는 말에 대답할 차례였다.

현악은 고향을 떠난 뒤 처음으로 쾌검마의 소식을 들었지만 흥분은 잠깐 동안이었고 곧 냉정을 되찾았다. 쾌검마가 현재 처한 위급한 상황 때문이었다.

“그는 지금 어디에 있지?”

“보름 동안 줄곧 북상 중입니다.”

“그는 자신이 추적당하고 있다는 사실을 모르고 있나?”

“처음에는 그랬던 것 같은데 얼마 후에는 알게 된 듯합니다.”

방강은 확실하지 않은 것에 대해서는 입에 담지도 않는다. 특히 현악에게 보고할 때는 더 그랬다.

“추적대가 아무리 이삼십 리 밖에서 포위망을 형성한 채 극도로 조심하면서 추적한다고 해도 천하의 쾌검마를 오랫동안 속인다는 것은 무리입니다. 제가 지휘자라고 해도 그가 알아차리기 전에 급습을 해서 끝장을 냈을 텐데 왜 아직도 공격하지 않는 것인지 이해를 못하겠습니다.”

그 부분은 현악으로서도 이해하기 어려웠다. 단우옥은 쾌검마에게 부친을 잃었다. 즉, 불공대천지수이기 때문에 원한이라면 넘치도록 충분했다.

또한 천여 명의 고수들이 포위한 채 이제나저제나 명령을 학수고대하고 있고, 쾌검마는 부상에서 회복되지 않았으며 신분을 모를 소녀까지 안고 있다. 공격한다면 쾌검마를 죽일 수 있는 확률은 십 할이다.

그런데 어째서 단우옥이 공격을 제지하고 있는 것인지 도무지 모를 일이었다.

“반나절 전에 쾌검마가 지난 곳은 파현(杷縣) 근처입니다.”

쾌검마를 포위하고 있는 것이 추적대라면, 추적대 바깥쪽에는 방강의 수하들이 유령처럼 따르고 있었다. 바로 그들이 그곳의 상황을 시시각각 방강에게 전서구로 보고했다.

뒤를 이은 방강의 조심스러운 말이 깊은 생각에 잠겨 있던 현악을 움찔 놀라게 만들었다.

“쾌검마는 거처를 떠난 후 줄곧 북상했습니다. 그의 북상이 멈추지 않고, 또 추적대가 여전히 공격하지 않는다면, 그는 내일 이맘때쯤에는 난봉에 당도하게 될 것입니다.”

“유성보?”

“그렇습니다. 쾌검마의 최종 목적지는 유성보인 것 같습니다.”

난봉이 유명한 이유는 그곳에 유성보가 있기 때문이었다.

“자넨 그가 유성보에 가려는 이유를 알고 있는 것 같군.”

“속하도 얼마 전에야 겨우 알아냈습니다. 쾌검마가 그동안 누굴 죽였는지 말입니다.”

그것은 별로 중요할 것 같지 않은데 방강은 몹시 긴장된 표정으로 말했다.

“지금껏 쾌검마의 손에 죽은 무림인 수는 대략 천오백여 명에 달합니다.”

넓은 광장에 천오백 명을 모아놓으면 그것이 얼마나 많은 숫자인지 알 수 있다. 하다못해 천오백 개의 밥그릇만 모아놔도 대단할 터이다.

가히 쾌검마는 혈살성이라고 불릴 만했다.

“쾌검마는 백무신 중에 구십구 명을 죽였습니다. 그들을 죽이는 과정에서 다른 천사백 명을 죽였던 것입니다.”

‘백무신!’

냉정을 잃지 않으려던 현악도 그 말에는 움찔 표정이 변했다. 방강의 말이라면 분명할 것이다.

단우옥의 부친 남해검신도 백무신 중 한 명이었으며 쾌검마에게 죽었다.

그 순간 현악은 반사적으로 한 가지 사실을 깨닫고는 묵직하게 중얼거렸다.

“음… 형은 유성보주를 죽이려는 것이로군.”

“……!”

쾌검마가 백무신 중에 구십구 명을 죽였고, 한 명이 남았다. 그리고 지금 유성보로 향하고 있다.

그렇다면 그가 다음 표적으로 누굴 삼았는지 짐작하는 것은 어렵지 않은 일이다.

즉, 그의 처음 목적은 백무신을 모두 죽이는 것이었다.

방강은 방금 현악의 말에 적잖이 놀랐다. 현악이 부지중에 쾌검마를 ‘형’이라고 칭했기 때문이다. 그러나 그는 현악에게 감히 그 이유를 묻지 못했다.

‘형은 유성보주를 죽일 생각이다. 무슨 이유로 백무신을 모두 죽여야 하는지는 모르겠지만, 아마도 그를 죽여야지만 여태까지의 길었던 살인 여정이 막을 내릴 것이다.’

그때부터 현악은 깊은 생각에 함몰했다. 창밖 정원에 시린 달빛을 받아 흐릿하게 빛나는 마른 나뭇가지에 시선을 고정시킨 채 오랫동안 눈도 깜빡이지 않았다.

이윽고 한참 만에 현악이 메마른 음성을 흘려냈다.

“무적부는 어떤가?”

방강은 움찔했다. 무적부를 떠난 후 지금껏 무적부에 대해서는 한 마디도 묻지 않았던 현악이었다.

그리고 방강 역시 현악이 묻지 않는 것에 대해서는 애써 설명하지 않았었다.

방강은 즉시 대답을 못했다. 언젠가 현악이 무적부에 대해서 물으면 대답하려고 늘 준비해 두었던 그였다. 그러나 너무 갑작스런 물음이어서 한순간 경직하고 말았다.

“부주께서 장강수로채 총채주를 죽였습니다.”

그래서 그는 거두절미하고 결론부터 말해 버렸다.

현악의 놀라움은 컸다. 일곱 달 전, 무적부가 만든 양대 적은 유성보와 장강수로채였다.

그래서 현악은 유성보를, 초곤은 장강수로채를 상대하기로 하여 무적부를 떠났었다.

현악은 이제 유성보 언저리에 당도했을 뿐인데 초곤은 장강수로채의 최고 우두머리 총채주를 죽였다는 것이다.

“주군께서 무적부를 출발하신 다음날 부주께서는 두 명의 측근만을 데리고 장강수로채 본채로 떠나셨습니다.”

초곤은 골치 아픈 편법이나 우회적인 방법 따윌 쓰지 않았다. 그는 곧장 장강수로채 본채에 들이닥쳤다.

그렇다고 해서 날고 기는 고수들이 우글거리는 그곳에 달랑 세 명이 뭘 어떻게 해보겠다고 정면 대결을 시도한 것은 아니었다.

그는 절반의 배짱과 절반의 머리를 써서 나름대로 한 가지 방법을 궁리해 낸 것이다.

초곤은 동행했던 흑궁녀와 잔지극마저도 남겨둔 채 혈혈단신 장강수로채 본채의 전 인원 오백여 명이 질서정연하게 모여 있는 대광장에 모습을 나타냈다.

그곳에서 그는 당당하게 외쳤다.

“나는 무적부주 초곤이다! 염라도왕(閻羅刀王)과 일 대 일로 승부를 가리러 왔다!”

염라도왕은 장강수로채 총채주의 별호였다.

초곤의 외침이 쩌렁쩌렁하게 대광장을 울리자 오백 쌍 천 개의 눈동자가 일제히 초곤에게 쏠렸다가 총채주 염라도왕에게 집중됐다.

그들의 눈빛에는 흥미와 기대가 가득했다. 과연 염라도왕이 저 당당한 도전을 어떻게 받아들일 것인가, 라는 것이 모두의 초미의 관심사였다.

그들 천 개의 눈빛은 천 개의 쇠사슬이 되어 염라도왕을 옴짝달싹 못하게 묶어버렸다.

물론 그는 그 자리에서 천둥벌거숭이 같은 낯선 미친놈의 도전 따위는 일소에 훌훌 날려 버리고 그놈을 당장 찢어 죽이라고 명령할 수도 있었다.

그러나 그는 그러지 않고 초곤의 도전을 받아들였다. 정당한 도전은 받아들여야 한다는 무림 예절이나 명예 때문이 아니었다.

그는 애당초 그런 것과는 거리가 먼 위인이었다. 그가 중시하는 것은 체면과 위신이었다.

그리고 그는 초곤이 자신보다 많이 약할 것 같다고 판단했다. 만약 그런 판단이 없었다면 아무리 체면이 구겨지더라도 선뜻 도전을 받아들이지 않았을 그였다.

그러나 그는 오판을 했다. 상대가 삼백여 년 전에 천하를 공포로 몰아넣었던 사파의 제황 역천도제의 성명도법인 역천도법을, 그것도 완벽하게 극성으로 연마했을 줄은 꿈에서조차 상상하지 못한 것이었다.

초곤은 자신이 역천도법을 완성했다는 사실을 모두에게, 심지어 현악에게까지도 숨기고 있었다.

결국 흑사신 초곤과 염라도왕의 싸움은 그곳에 모여 있던 오백여 명의 예상을 산산조각 내면서 초곤의 승리로 끝났다.

염라도왕은 실력이 명성이나 지위를 따라주지 못했다. 옛날 혼자서 수십 명의 녹림고수를 죽였다느니 하는 실력이 아니었다. 어쩌면 너무 오래 권좌에 앉아 있어서 그 실력에 기름이 꼈는지도 모르는 일이었다.

어쨌든 초곤은 염라도왕을 죽였다. 하지만 그보다 더 큰일이 남아 있었다. 그 자리에 있던 오백여 명 녹림고수들이 어떻게 나올 것인가 하는 것이었다.

초곤은 나름대로 계산이 있었다. 단신으로 쳐들어가 모두가 지켜보는 장소에서 염라도왕에게 도전을 하게 되면 체면 때문에라도 거절하지 못할 것이라 예상했다.

하지만 그것은 확고한 믿음이 없으면 결코 실행에 옮기기 어려운 목숨을 건 위험한 도박이었다. 일단 염라도왕과 일 대 일로 싸움이 붙으면 승리할 자신은 있었다. 자신에겐 십이성의 역천도법이 있었으므로.

그런데 그가 준비한 도박은 그것 하나가 아니라 또 있었다. 그것이야말로 진짜 큰 도박이었다.

바로 염라도왕을 죽이고 난 후 총채에 있던 녹림고수들이 어떤 반응을 보이느냐는 것이었다.

초곤은 사실 믿는 구석이 조금은 있었다. 그것은 온갖 비겁하고 추악한 짓을 일삼는 녹림인들이 기이하게도 당당한 인물에겐 너그럽다는 것과 더 강한 우두머리를 모시고 싶은 열망을 품고 있다는 사실이었다.

그리고 결국 그는 도박에서 이겼다. 마작(麻雀)에서 만관(滿貫)을 만들어낸 것보다 더 힘겨운 도박이었다.

그리고 믿기 어려운 일이지만, 초곤은 그곳에 있던 오백여 명의 녹림인에 의해서 새로운 장강수로채 총채주로 등극했다.

"초 형이……."

현악은 방강의 모든 설명을 듣고 나서 놀라움과 어이없음 때문에 그렇게 말문을 열어놓고서도 뒷말을 잇지 못했다.

"읽어보십시오. 만약 주군께서 부주에 대해서 하문하시면 전해 올리라고 보내온 부주의 서찰입니다."

방강이 현악의 표정을 조심스럽게 살피다가 잘 접은 한 통의 서찰을 공손히 바쳤다.

현 형.

하늘이 도와서 장강수로채의 일은 잘 마무리되었네. 현 형이 이 글을 읽어볼 때쯤이면 준비가 끝나 있을 테니 언제든 불러만 주게.

잊지 말게, 현 형의 일이 곧 나 초곤의 일이라는 사실을.

현악의 입가에 엷은 미소가 피어올랐다. 그와 함께 마음속에서 큰 짐 하나를 내려놓았다.

그렇다고 초곤이 자신의 일을 쉽사리 해결한 것에 대해서 초조한 마음이나 시기심 같은 것은 추호도 들지 않았다.

초곤은 서찰에 현악의 일이 곧 자신의 일이라고 적었다. 그 말에는 두 가지 의미가 담겨 있었다.

첫째는, 현악과 초곤이 힘을 합쳐서 천하를 평정해야 한다는 것이다. 그것이 이루어지면 초곤은 천하를 갖고 현악은 명예를 얻는다.

둘째는 친구의 일이므로 곧 나의 일이라는 뜻이다. 곧 순수한 우정인 것이다.

슥—

현악은 일어나 창가로 가서 창문을 활짝 열었다. 밤바람이 상큼한 밤의 여린 향기들을 실어와 흩뿌렸다.

조금 전 쾌검마에 대한 말을 듣기 전까지만 해도 그에게는 유성보를 대적할 나름대로의 계획이 있었다.

그의 계획은 각개격파(各個擊破)였다. 유성보 창룡전을 괴멸시킨 것처럼 그렇게 하나씩 무너뜨린 후, 최후에 유성추혼과 유성검협을 하나씩 상대하려고 했었다.

그 계획은 얼핏 들으면 무모할 것 같을지 몰라도 현악은 이미 창룡전을 격파시킴으로써 약간의 성공을 거둔 상태였다.

그가 가장 어려운 상대로 꼽는 것은 당연히 유성추혼과 유성검협이었다. 그러나 거기까지 당도하려면 반드시 거쳐야 할 관문이 바로 유성보의 여러 조직들이었다.

유성보는 크게 쌍각과 사전, 백여 개의 분타를 보유하고 있다. 사전 아래의 동이나 당은 전에 속해 있으므로 치지 않는다.

쌍각은 각주 이하 삼십 명의 고수로 구성되었고, 각주는 소보주인 유성추혼 혁련무룡보다 고강하지만 보주인 유성검협 혁련중도보다는 약하다. 그리고 삼십 명의 고수는 각자가 전주급의 실력을 지니고 있었다.

천일각주와 지황각주는 무공의 차이가 거의 없지만 굳이 우열을 가리자면 천일각주가 미세한 차이로 우세하다.

그러나 일설에 의하면 두 사람이 연합해서 유성겹협에게 덤벼도 백초 이내에 패한다고 했다.

하지만 이제 현악은 여태까지 견지해 오던 계획을 버리고 새 계획을 세워야만 할 시기가 됐다.

전혀 의외의 변수, 즉 쾌검마의 등장과 초곤이 장강수로채 총채주에 등극했다는 사실이 그것이다.

현악은 쾌검마를 적이라고 생각한 적이 없었다. 아니, 오히려 그는 현악의 형이며 스승이었다.

"나하고 형은 같은 사람을 목표로 삼고 있군."

그는 창밖에서 스며드는 밤바람보다 더 낮게 중얼거렸다. 형이며 스승인 쾌검마가 동지가 되려는 순간이었다.

"지필묵을 준비하게. 초 형과 쾌검마에게 서찰을 쓰겠다."

이윽고 생각을 정리한 현악이 나직이 중얼거리며 몸을 돌렸다.

잠시 동안의 사색 끝에 그의 머리 속에는 전혀 새로운 구상이 정립되었다.

그 구상에는 쾌검마와 초곤이 포함되어 있었다. 각자의 추구하는 바는 다르지만 목표는 같았다.

하지만 현악은 자신의 새로운 구상에서 빠뜨린 것이 있다는 사실을 미처 깨닫지 못했다.

그토록 찾아 헤매던 누이동생 자운을……

현악은 그 어느 때보다도 마음이 가볍고 심신이 상쾌한 상태에서 운공에 들어갔다.

여태까지의 계획보다 새로 세운 계획이 더 마음에 든다는 이유도 있었지만, 머지않아서 쾌검마를 만나게 된다는 기대감 때문에 마음이 부푼 상태였다.

반년 전 현악이 강초련의 뛰어난 자질을 발견했을 때부터 두 사람은 줄곧 한 방에서 함께 기거해 왔다.

물론 순전히 강초련의 무공을 속성으로 대성시키려는 목적 때문이었다.

두 사람은 그저 무공 연마에 미친 사제지간일 뿐, 남녀 관계를 초월한 상태였다.

최소한 겉으로 보는 것과 현악의 마음만 그랬다. 십육 세 꽃다운 강초련의 방심은 별개지만······.

현악이 방강에게 서찰을 써준 후 방에 돌아오자 강초련은 자정이 넘은 시각인데도 자지 않고 운공을 하고 있었다.

그녀가 그러는 이유의 절반은 잠자는 시간마저도 쪼개서 손톱만큼이라도 공력을 증진시키려는 욕심에서였고, 나머지 절반은 현악을 기다리는 마음이었다.

반년 전부터 그녀는 현악의 모든 시중을 자진해서 도맡아 하고 있었다. 하루 세 끼 음식 준비에서부터 의복과 세수, 면도, 잠자리를 보살피는 것까지 현악의 하루 일과는 강초련의 손끝에서 시작되고 끝났다.

강초련이 다섯 차례의 연이은 운공을 끝내고 눈을 떴을 때 현악은 맞은편 침상에 앉아서 운공을 하고 있었다.

'사부님이 이상하시다!'

그러나 다음 순간 강초련은 눈을 커다랗게 뜨고 얼굴 가득 놀라는 표정을 떠올렸다.

현악의 몸이 가늘게 떨리고 있었으며 얼굴에서는 비 오듯이 땀을 흘리고 있었다. 아니, 그녀가 보고 있는 중에도 현악은 몸을 점점 더 격렬하게 떨어댔고, 강초련의 눈은 더욱 커졌다.

'주… 화입마!'

강초련의 무공 지식으로는 현악의 지금 상태가 분명한 주화입마였다. 그녀는 급히 침상에서 뛰어내려 현악에게 달려갔다. 하지만 어떻게 손을 써야 하는지 발만 동동 구를 뿐 방법이 없었다.

'아아! 어떻게 하면 좋아……'

현악은 이를 악문 채 몹시 고통스러운 표정을 짓고 있었다. 얼마나 세게 이를 악물었는지 이 갈리는 소리가 흘러나왔고, 금방이라도 이가 부러질 것만 같았.

강초련이 생각한 대로 주화입마라면 섣불리 잘못 손을 댔다가는 오히려 상황을 더 악화시킬 수가 있었다.

'사부님… 아아……'

현악을 자신의 생명보다 더 소중하게 여기는 강초련은 너무도 안타까운 심정으로 눈물만 흘릴 뿐 어찌할 바를 몰라 했다. 이 순간의 그녀는 자신의 생명을 던져서라도 현악을 살릴 수만 있다면 서슴없이 그렇게 했을 것이다.

쿠쿵!

그때 현악에게서 둔중한 음향이 터졌다. 그의 체내에서 나는 소리였는데 강초련에게까지 묵직하게 들릴 정도라면 현악 체내에서는 무언가 커다란 폭발이 일어났다는 얘기였다.

강초련은 직감적으로 현악의 체내에서 주화입마가 마침내 최고조에 달했다고 여겼다.

그래서 그가 곧 칠공에서 피를 쏟으면서 쓰러질 것이라고 생각하여 거의 정신을 잃을 정도로 초조해졌다.

"……?"

그런데 현악은 비단 칠공에서 피를 쏟지 않았을뿐더러 오히려 빠르게 떨림이 멈추더니 어느 순간부터는 만면에 더없이 편안한 표정이 떠올랐다.

그리고는 그의 온몸에서 은은한 자색의 광채가 뿜어지기 시작했으며 머리 위에 세 개의 자색 환이 층층이 떠올랐는데, 아래의 두 개는 뚜렷한 모습이었고 위의 것은 흐릿했다.

그로 미루어 현악은 마침내 자령신공의 삼 단계에 진입한 것이 분명했다.

얼마 전까지만 해도 그는 자령신공의 이 단계 극한에 도달해 있었으며, 공력은 구십 년을 상회했다.

그런데 지금은 졸지에 십 년 정도가 더 증진되어 무려 백 년 내공이 된 것이다.

무공에 입문한 지 겨우 삼 년 남짓에 백 년 내공을 이루었다는 것은 마공이나 사공 같은 속성무공을 연공하는 자들을 제외하곤 전례가 없는 일이었다.

하지만 무림에 알려지지 않았을 뿐이지, 이 년 혹은 사 년 만에 백 년 내공을 이루었던 인물이 최소한 두 명이 있었다.

자령신공을 처음 창시했던 인물, 즉 쾌검마의 사부가 이 년 만에 자령신공으로 백 년 내공을 이루었고, 쾌검마는 그보다 곱절인 사 년에 걸쳐서 이루었다.

현악이 이런 쾌거를 이룰 수 있었던 이유로는 첫째 타의 추종을 불허할 정도로 탁월한 자령신공의 힘이 가장 컸다. 그리고 두 번째로는 강초련 덕분에 도달할 수 있었던 깨우침, 세 번째가 현악의 무서운 집념, 마지막이 오늘 현악의 심신이 최고조에 이르렀다는 사실을 들 수 있었다.

그런 네 가지 요인이 합쳐져서 그토록 넘기 어려운 자령신공 단계를 극복시켜 준 것이었다.

'아! 사부님께선 자령신공의 삼 단계에 도달하셨어……!'

그제야 강초련은 금방이라도 숨이 끊어질 것 같던 안타까움에서 벗어나 표정이 환해졌다.

'조금 전까지 사부님께서 고통스러워하셨던 것은 주화입마가 아니라 생사현관을 타동시키려고 애쓰셨기 때문이었어.'

그녀는 비로소 그 사실을 깨달을 수 있었다.

"후우……."

그때 현악이 운공을 끝내고 긴 숨을 토해내며 눈을 떴다.

"초련아, 왜 그러느냐?"

그는 강초련이 자신의 앞에 서서 눈물을 흘리고 있는 모습을 발견하고 의아한 표정을 지었다.

"흐흐흑! 사부님!"

강초련은 쓰러지듯 현악의 품에 안겨들며 울음을 터뜨렸다.

"초련아, 무슨 일이 있었느냐?"

현악은 그녀를 안고 등을 다독이며 부드럽게 물었다.

“흑흑… 소녀는 사부님께서 주화입마에 드신 줄 알았어요…….”

“하하! 그랬느냐?”

현악은 흐뭇하게 웃었다. 누이동생 자운도 그를 몹시 걱정했었다. 하지만 강초련은 자운과 달랐다.

그것은 형제애 같은 감정이 아니었다. 굳이 설명하자면 아비가 자식에게 갖는 부정(父情) 같은 것이었다.

현악과 강초련은 불과 네 살 차이라서 말도 안 되는 일일 수도 있지만 사실이 그랬다.

현악이 일검을 발출했는데도 추호의 음향이 나지 않았다. 게다가 적중부위는 무흔(無痕)이었다.

“사부님…….”

강초련은 방금 현악이 무심쾌를 발출하여 적중시킨 정원의 석등을 확인하고는 그를 바라보며 경탄의 표정을 지었다.

그녀는 섬쾌를 거의 완벽하게 익힌 상태였기 때문에 요즘에는 자신의 눈이 몹시 빨라졌다고 자부하고 있는데도 현악의 무심쾌를 발출에서부터 적중까지 추호도 보지 못했다.

그러니 어느 부위에 적중시켰는지 모르는 것은 당연했다. 하지만 현악이 혈인검을 잡는 것은 분명히 보았었다.

스스스—

그때 강초련은 자신의 목 정도 키의 석등이 가루가 되어 그 자리에 스러져 내리는 것을 발견하고 더 크게 놀랐다.

얼마나 미세하게 분해됐는지 가루 더미는 미약한 밤바람이 불어오자 스르르 흩어지며 한쪽 방향으로 날아가 버렸다. 석등 하나가 순식간에 사라져 버린 것이다.

"사부님의 무심쾌가 극성에 도달한 것 같아요!"

강초련은 마치 자신의 일인 것처럼 기뻐서 어쩔 줄을 몰라 했다.

"어쩌면 이검기(二劍氣)도 가능할지 모르겠어요. 한 번 시도해 보세요."

현악에 대해서 모르는 것이 없게 된 강초련은 그가 모든 무림인들이 꿈에서조차 이루기를 원하는 생사현관 타동으로 백 년 내공을 지니게 됐으므로 무심쾌를 한 번 발검에 이 검기를 발출할 수도 있을 것이라고 기대했다.

현악은 극쾌를 삼검기(三劍氣)까지 발출할 수 있었으나 무심쾌는 이검기조차도 성공시키지 못했었다.

내공을 둘이나 셋으로 나누는 것은 가능했지만, 정신을 둘로 나누는 일은 불가능하다고 여기고 있던 현악이었다.

극쾌는 내공으로 발출되지만, 무심쾌는 정신이 바탕이 돼야 가능하기 때문이었다.

"공력과 정신은 별개다. 공력이 아무리 높아졌다고 해도 정신을 나눌 수는 없을 게야."

현악은 고개를 설레설레 가로저었다.

강초련은 현악의 팔을 잡고 몸을 흔들면서 재촉했다.

"아이~ 한 번 해보세요."

그런 모습은 영락없는 어린 제자의 어리광이었다. 그녀는 사 장 거리 인공 숲이 시작되는 곳 가장자리의 나무 두 그루를 목표물로 지정해 주었다.

"저기 저 나무하고 그 옆의 나무예요. 성공하시면 소녀가 시원하게 안마해 드릴게요."

강초련은 좀 더 어리광을 부리며 몸을 흔들었다.

"하하! 그 녀석도 참."

현악은 나직이 웃고는 자세를 바로 하고 천천히 공력을 끌어올렸다. 그는 강초련이 굳이 부탁하지 않아도 무심쾌 이 검기를 한 번 시도해 볼 생각이었다.

강초련은 얼른 현악에게서 옆으로 서너 걸음 물러나서 눈도 깜빡이지 않으며 그를 주시했다. 이번에는 무슨 일이 있어도 사부의 발검을 놓치지 않을 생각이었다.

현악은 검파를 잡기 전에 끌어올린 공력을 둘로 나누었다.

'이게 아니다!'

그러나 그는 곧 나누었던 공력을 다시 하나로 복구시켰다.

'극쾌와 무심쾌는 전혀 다르다. 그러므로 극쾌와 같은 방식으로는 무심쾌를 쪼갤 수 없을 것이다.'

그렇다면 예전에도 시도했던 것처럼 방법은 하나뿐이다. 정신을 쪼갤 수밖에.

섬쾌는 쾌검마가 전수해 주었지만, 극쾌부터는 현악 혼자 개척하고 창안한 전혀 새로운 경지였다.

그러니 무심쾌도 그가 방법을 궁구하여 창안해야만 했다. 그것은 목적지를 모르는 채 길을 떠나는 것과도 같았고, 망망대해에 쪽배 하나를 타고 나선 것과도 같았다.

그가 만들고 이루어 '이것이 무심쾌다' 라고 하면 되는 일이었다. 길이 없는 곳에는 길을 닦은 곳까지만 길일 테니까 말이다. 하지만 그는 완벽한 무심쾌를 만들고 싶었다.

‘쪼갠다고 쪼개어질 정신이 아니다! 게다가 그 방법은 여태껏 수백 번도 더 시도했다가 실패하지 않았는가?

현악은 다시 원점으로 되돌아왔다. 정신과 마음이 엉킨 실타래처럼 복잡했다.

‘무심쾌는 공력만으로 발출하는 극쾌와는 근본적으로 다르다! 하지만 정신을 나누는 방법은 늘 실패했다! 그렇다면 대체 무엇인가? 무심쾌는 결코 나누어질 수 없는 것인가?

심중에서 회의가 일었다. 한 번 회의가 일자 섬쾌, 극쾌, 무심쾌로 이어지는 쾌검식이 이것으로 한계에 도달한 것인가? 하는 절망감이 엄습했다.

발출되는 빛살도, 적중된 흔적도 보이지 않는 무심쾌는 어느 면으로나 완성된 것처럼 여겨졌다.

더 이상의 발전은 없을 듯했다. 굳이 발전이라면 무심쾌를 둘 이상 나누어 발출하는 것이라고 할 수 있었다. 그러나 그것이 한계에 부딪치고 말았다.

‘이것은 개척이다!

문득 그는 마음의 주먹을 불끈 쥐었다.

‘쾌검마 형도, 그 누구도 가르쳐 주지 않은 길을 나 스스로 개척해 나가야 한다! 그러므로 멈추면 거기까지가 내 무공의 끝이 된다!

그렇게 생각하니 결코 포기할 수가 없었다. 포기하는 것은 흐르던 강물이 더 이상 흐르지 못하게 되어 썩은 웅덩이가 돼버리는 것이나 마찬가지였다.

‘그러나 정신을 둘로 나누어도 무심쾌는 둘로 나누어지지 않는다! 대체 어떻게 해야……’

그 순간 하나의 발상(發想)이 떠올랐다. 발상은 그의 유일한 힘의 원천이었다.

남이 들으면 말도 안 되는 온갖 발상들이 지금껏 극쾌와 무심쾌를 창조했었다.

'공력을 둘로 나누는 것과 동시에 마음을 둘로 나눌 수 있다면?'

그가 그런 생각을 할 때 강초련이 조심스럽게 입을 열었다.

"사부님, 둘로 나눈 공력에 각각 마음을 주입시키면 어떨까요?"

그녀는 현악이 고심하는 표정을 보고 자신이 평소에 생각해 두었던 것을 말한 것이다.

결국 현악이 하나를 생각해 냈고, 강초련이 또 하나를 생각했다.

'좋아! 공력과 마음을 둘로 나누어 각각 합치면서 발검한다!'

무심쾌는 극쾌와 달랐다. 극쾌는 방법은 알지만 실제로 전개하기가 어려웠지만, 무심쾌는 방법 자체를 몰랐다.

역시 이번에도 강초련은 사부의 발검을 보지 못했다. 그녀는 사부에게서 한시도 눈을 떼지 않았는데 사부는 혈인검을 잡은 채 꼼짝도 하지 않았다. 하지만 그녀는 이미 발검했다는 사실을 직감했다.

그녀는 자신이 지목했던 두 그루 나무를 향해 달려갔다. 그러나 밤바람이 그녀보다 더 빨랐다.

밤바람이 가볍게 스치자 두 그루 나무는 먼지가 되어 허공 중에 흩어졌다.

"아……!"

강초련은 그 자리에 멈추며 몸을 떨었다. 더할 수 없는 희열이 그녀의 온몸과 온 마음을 휩싸 안았다.

"성공이에요, 사부님!"

“네 덕분이다.”

“축하드려요, 사부님!”

강초련은 밤새처럼 날아와 현악의 품에 안겼다.

요즈음 들어 그녀는 툭하면 현악에게 안기는 버릇이 생겼다. 그것은 아무래도 의도적인 것 같았다.

현악은 강초련을 슬며시 떼어놓으며 말했다.

“초련아, 내일부터는 극쾌를 연마하도록 해라.”

◆제69장◆
사선을 넘어서

비검협웅 청대화는 딸 청라의 말을 듣는 순간 자신의 귀를 의심할 만큼 경악했다.

그는 생전 처음 지어 보았을 대경실색을 만면에 떠올린 채 한동안 말문을 열지 못하며 딸을 쳐다보기만 했다.

청라는 품에 아들 현백을 안고 부친 앞에 단정하게 무릎을 꿇고 있었다.

하지만 용서를 빈다든지 처분을 바라는 표정이 아니라 자못 당당하면서도 자부심에 넘치는 표정이었다.

청대화는 한참 만에야 딸을 가리키며 더듬거렸다.

"너… 방금 뭐라고 했느냐? 온전한 정신으로 말한 것이냐?"

"네, 아버님."

청라는 부친이 거의 혼비백산하고 있는 것에 반해서 지나칠 정도로 차분했다.

"우리 현백이 그… 미친 쾌검왕의 아들… 이라고?"

"네."

"그… 런 말도 안 되는……."

"제 아들의 이름은 외자인 '백' 이에요. 성이 '현' 이지요."

청대화는 여태 손자의 이름이 현백인 줄로만 알고 있었다. 물론 성은 어미인 청라의 청씨 성을 따랐으니 당연히 손자 이름이 '청현백' 이라고 생각한 것이 당연했다.

이윽고 청대화의 정신은 악몽에서 깨어나 빠르게 현실로 돌아왔다. 그리고 그는 옆에 앉은 부인이 화들짝 놀랄 정도로 크게 노성을 질렀다.

"닥쳐라! 쾌검왕 같은 살인마가 어째서 내 사위라는 말이냐?"

그는 너무 진노한 나머지 온몸을 부들부들 떨었다. 그는 평생 지금처럼 화를 내본 적이 없었고, 무남독녀 외동딸에게 이렇게 소리를 질러 본 일이 없었다.

그럴 만도 했다. 만약 이 사실이 외부에 알려진다면 비검문은 하루아침에 몰락하고 말 것이 분명했기 때문이다.

어째서? 이유는 간단하다. 유성보가 쾌검왕을 적으로 인정했기 때문이다.

산서 양택현의 비검문을 버리고 중원으로 들어와 어떻게 해서 이룬 비검문인데, 그따위 살인마 때문에 풍비박산된다는 것은 말도 안 되는 소리였다.

그러나 청라의 입에서 흘러나온 말은 청대화를 경악시키다 못해서 어리둥절하게 만들었다.

“아버님께서 그 사람을 사위로 인정해 달라고 말씀드리는 게 아니에요. 단지 제가 그 사람의 아내이고, 이 아이 현백이 그 사람의 아들이라는 사실을 알려 드리는 거예요.”

“너…….”

청대화가 진노하여 어쩔 줄 모르는데도 청라는 자신이 해야 할 말을 미루지 않았다.

“한 가지 더 있어요, 아버님.”

“듣기 싫다! 당장 나가라!”

외조부가 악을 쓰듯 고래고래 외치는데도 현백은 어미의 품에서 곤히 잠든 채 깰 줄을 몰랐다.

청라는 추호도 마음의 동요를 일으키지 않았다. 부친의 진노가 극에 달해서 피를 토하고 죽는다고 해도 슬프기는 하겠지만 자신이 할 말을 멈출 생각이 없었다.

이것은 사랑이었다. 단 한 번도 경험해 보지 못했던, 하마터면 영원히 잃을 뻔했던 사랑을 되찾기 위한 몸부림인 것이다.

“그 사람, 악 가가는 지금 유성보를 상대하고 있어요. 악 가가는 최종적으로 유성검협을 죽이고 유성보를 무너뜨릴 거예요. 저는 그 사람에게 조금이나마 힘을 보태고 싶어요.”

청대화에게 딸의 말은 악몽이었다. 환청이었다. 자신의 딸이 저런 말을 할 리가 없었다.

악몽과 환청은 극을 향해서 치달리고 있었다.

“저는 본 문을 그 사람에게 바치겠어요.”

“…….”

“아버님께서 반대하셔도 소용없어요.”

“…….”

“아버님께서 저를 믿고 따라주신다면 모르겠지만, 그게 아니시면 부녀의 연을 끊을 각오까지 돼 있어요.”

그녀의 말은 부탁이 아니라 선포였다. 양자택일이었다. 만약 거절하면 청대화는 모든 것을 잃게 될 것이다. 딸도, 손자도, 그리고 비검문마저도.

비검문의 실질적인 문주는 청라였다. 청대화는 그저 허울뿐인 문주였다. 즉, 태상문주 정도였다.

그러므로 청라가 비검문을 쾌검왕이라는 살인마에게 바치겠다면 그렇게 될 것이다.

실권이 없는 청대화는 두 눈 뻔히 뜨고 지켜볼 수밖에 없는 입장이었다.

청라는 현백을 안고 일어섰다. 불효를 저질렀다는 생각보다는 현악을 위해서 큰일을 해냈다는 성취감이 더 컸다.

사랑은 모든 것을 덮고도 남았다. 그녀는 사랑을 잃지 않으려고, 더 큰 사랑을 쟁취하려고 전 생애를 통틀어 단 한 번뿐일지도 모르는 모험을 시작했다.

방을 나서면서 그녀는 생각했다.

부친도 결국은 자신의 결정을 따르게 될 것이고, 현악을 직접 보게 되면 마음에 들어 할 것이라고…….

*   *   *

“공격해요!”

마침내 단우옥의 입에서 공격에 동의하는 말이 흘러나왔다. 그것은 사실상의 공격 명령이었다.

쾌검마 추적대의 최고 지휘자는 혁련무룡이지만, 그는 단우옥의 허락이 떨어지지 않으면 아무것도 할 수 없었다.

"하지만 소매가 한 말을 잊지 마세요."

단우옥은 공격에 동의하면서 내건 조건을 다시 한 번 혁련무룡에게 상기시켰다.

"알았어."

혁련무룡은 고개를 끄덕였다. 그는 무슨 수를 써서라도 이번 기회에 쾌검마를 죽여야 하지만, 그보다 단우옥의 마음을 다잡는 것이 더 중요했다.

단우옥은 쾌검마를 공격하는 것을 더 이상 미룰 수 없다고 판단했다. 모든 일에는 시기라는 것이 있는 법이다. 그런 점에서 쾌검마를 공격하는 일은 많이 늦은 감이 있었다.

혁련무룡을 제외한 모든 사람들이―그들은 단우옥이 공격을 가로막고 있다는 사실을 알고 있다―곱지 않은 시선으로 자신을 보고 있다는 사실을 모를 리 없는 단우옥이었다.

공격을 하기만 하면 무조건 쾌검마를 죽일 수 있는 상황이었다. 그러나 그러면 자운도 함께 죽을 것이다.

일단 공격이 시작되면 지금까지와는 달리 단우옥은 더 이상 자운을 보호할 수 없는 상황이 된다.

성난 추적대는 자운도 쾌검마처럼 취급해 버릴 테니까 말이다. 쾌검마와 함께 있는 것이 부처라고 해도 함께 응징될 만큼 쾌검마는 무림의 공분을 사고 있는 존재였다.

그러나 이제 유성보가 있는 난봉이 삼십여 리 지척으로 가까워졌다. 지금 공격하지 않는다면 쾌검마는 유성보로 뛰어들어 유성검협과 일전을 겨룰 것이다.

쾌검마가 살아서 유성검협과 일 대 일로 싸울 수 있을지는 미지수다.

그러기 위해서는 넘어야 할 산이 너무 많았다.

아니, 단우옥은 쾌검마가 유성검협을 이길 수는 없다고 생각했다. 그러니 그가 유성검협에게 죽기 전에 어떻게 하든 자신의 손으로 죽여야만 했다.

부친의 원수를 갚을 수 있는 마지막 기회였다. 그것을 놓치면 그녀는 평생 후회하게 될 것이다.

그러나 만에 하나 자운이 잘못되기라도 한다면, 그 역시 평생 후회할 일이었다.

"쾌검왕이라는 자가 난봉으로 진로를 잡았다더군."

혁련무룡은 며칠 전에 단우옥에게 그렇게 넌지시 말했었다. 그러면서 그녀가 크게 놀라는 표정을 놓치지 않았었다.

쾌검왕의 목적이 유성보라는 사실을 단우옥은 그때 알게 되었고, 그 자리에 혁련무룡이 있다는 사실마저 잊은 채 너무도 놀라는 표정을 했었다.

쾌검왕, 아니, 현악이 유성보를 공격하도록 내버려 두어서는 안 된다. 그녀가 못 본 사이에 그가 얼마나 성장했는지는 모르지만, 유성보를 상대할 정도는 아닐 것이라는 게 그녀의 판단이었다.

그러므로 그대로 내버려 둔다면 현악은 등잔불을 향해 달려드는 불나방처럼 허무한 죽임을 당하게 될 것이다. 그는 그 누구의 말도 듣지 않겠지만 단우옥의 말은, 아니, 간절한 부탁은 들어줄 것이다. 그를 만류할 사람은 단우옥 한 명뿐이다. 그런 사실을 단우옥은 잘 알고 있었다.

그래서 그녀는 쾌검마를 죽이는 일을 더 늦출 수 없었다. 부친의 복수도 중요하지만, 현악을 살리는 일도 중요했다. 그녀로서는 어떤 것이 더 중요하다고 선택할 수 없는 상황이었다.

"언제 공격할 건가요?"

"지금 즉시."

단우옥의 물음에 혁련무룡은 기다렸다는 듯이 대답했다.

그는 단우옥이 쾌검마의 일을 한시바삐 매듭짓고 쾌검왕에게 달려가려 한다는 것을 꿰뚫고 있었다. 그러나 그에게는 그녀를 잡을 능력이 없었다.

지금 이 상황에서 그가 할 수 있는 오직 하나. 쾌검왕을 자신의 손으로 죽이는 것뿐이었다.

단우옥이 그를 원망하더라도, 그녀가 슬픔에 빠지더라도 어쩔 수 없는 선택이었다.

단우옥의 말을 한 번도 거역하지 않았던 혁련무룡이었고, 그녀가 슬퍼할 일이라면 목숨을 걸고서라도 하지 않을 그였지만 지금은 어쩔 수 없었다.

그녀를 잃을 수는 없었다. '옥 매가 쾌검왕이라는 자 때문에 평생 괴로움을 당하는 모습을 지켜볼 수는 없어' 라는 식의 자신을 속이려는 생각도 하지 않았다.

오직 자신을 위해서 쾌검왕을 죽일 각오였다.

그는 단우옥 없이는 살 수 없었다. 더구나 그녀가 다른 남자의 품에 안겨 있다는 상상을 하기보다는 차라리 죽는 편이 나을 것이라고 생각했다.

혁련무룡은 단우옥과 함께 쾌검마를 죽인 후에 그녀보다 빨리 쾌검왕을 찾아내어 죽일 계획이었다. 그리고 그 계획은 실패할 확률이 채 일 할도 되지 않았다.

"가요."

단우옥은 일어서자마자 쾌검마가 있는 방향을 향해 쏘아갔고, 혁련무룡이 그림자처럼 뒤를 따랐다.

이미 운명의 화살은 시위를 떠났다.

*   *   *

"추적대가 공격을 개시했습니다."

현악 일행은 쾌검마를 향해 전속력으로 달려가다가 방강의 보고를 받았다.

방강은 조금 전에 전서구로 도착한 서찰을 현악에게 보여주었다.

"음……!"

서찰을 읽고 난 현악은 무거운 신음을 흘렸다. 서찰의 내용은 간단했으며 방금 방강이 보고한 내용이 전부였다.

추적대가 쾌검마를 공격할 가능성을 전혀 배제하진 않았지만 지난 보름 동안 공격하지 않았던 추적대가 하루를 남겨둔 시점에서 갑자기 공격할 것이라고는 예상하지 않았었다.

또한 추적대가 쾌검마를 유성보 근처로 끌어들여서 최후의 일격을 가할 계획인 것 같다고 현악 스스로 짐작했었다.

"서찰이 쾌검마에게 전달될 가능성은 어느 정도인가?"

"절반입니다."

현악이 물음에 방강은 야간은 자신없는 어조로 대답했다.

어제 현악은 초곤과 쾌검마에게 각각 서찰을 썼었고, 방강은 즉시 두 통의 서찰을 비합전서로 날려 보냈었다.

현악에게서 쾌검마가 있는 곳까지의 오십여 리는 비합전서로 이각이면 도달할 수 있는 거리였다. 쾌검마는 서찰을 읽었을 수도, 읽지 못했을 수도 있다.

비합전서는 방강의 수하에게 전달됐을 것이고, 그가 다시 서찰을 쾌검마에게 전달해야만 한다. 아마도 그는 죽음을 각오했을 것이다. 과연 서찰이 전해졌는지는 하늘만이 알 것이다.

추적대의 공격은 시작됐다. 하지만 현악은 현재 그를 도울 수 있는 상황이 아니었다.

천 명의 추적대는 어마어마한 숫자다. 더구나 추적대는 지금도 꾸준히 충원되고 있는 중이다.

현악이 달려가서 돕는다면 상황이 어느 정도 변하기야 하겠지만, 쾌검마를 반드시 살려내고 자신도 살아날 수 있다고 장담할 수는 없는 일이었다.

천행으로 살아난다고 해도 둘 다 중상을 입을 것이고, 현악을 따르던 수하들 대부분을 잃게 될 것이다. 그러므로 그것은 하책 중에서도 최하책인 것이다.

만약 추적대가 공격하지 않았더라면 현악은 난봉 근처의 미리 정해

놓은 지점에서 추적대의 포위망을 뚫어 쾌검마를 탈출시킬 계획이었다.

쾌검마가 서찰을 읽었다면 미리 약속한 장소에서 서로 동시에 추적대를 안팎에서 공격하여 탈출이 더 용이하겠지만, 서찰을 읽지 못했더라도 현악 일행이 전력을 다하면 포위망 정도는 뚫을 수 있을 것이라고 자신했다.

"서둘러 가자."

현악의 말끝은 오류 장 밖에서 들려오고 있었다.

추적대의 공격이 시작됐더라도, 쾌검마가 서찰을 읽었다면 어떻게 해서든 약속 장소로 오려고 노력할 것이다. 최소한 현악의 생각은 그랬다.

*　　　*　　　*

혁련무룡은 추적대 천여 명 전원에게 쾌검마를 공격하되 그가 업고 있는 소녀는 건드리지 말라는 명령을 내렸다. 그것은 단우옥이 혁련무룡에게 내건 조건이기도 했다.

그러나 막상 공격이 시작되자 그 명령은 제대로 지켜지지 않았다. 사람이 사람을 업고 있다. 그것은 거의 한 몸이나 다름이 없다는 뜻이다.

그런 상태에서 한 사람만 죽이고 한 사람을 살린다는 것은 불가능한 일이었다.

추적대는 너무 오래 기다렸다. 또한 쾌검마는 너무 많은 살인을 하여 하늘 끝까지 공분을 쌓았다. 추적대는 피를, 쾌검마의 죽음을 원했다.

그런 그들의 눈에 자운이 보일 리가 없었다. 그들의 무차별적인 집중 공격은 한순간 쾌검마를 꼼짝달싹 못하게 만들어 버렸다.

형! 나 현악이야. 유도산(幽都山)에서 파천 쪽 서북향으로 가다 보면 숲이 끝나고 초원이 시작되는 곳이 나오는데 그곳으로 와! 내가 형을 놈들에게서 탈출시켜 줄게.

쾌검마, 아니, 하동은 어젯밤에 한 통의 피 묻은 서찰을 읽어보았다.

서찰을 전해준 사람은 죽었다. 화룡문의 수하인 그는 자신이 알고 있는 온갖 잠행술을 이용하여 추적대의 포위망을 용케 뚫었으나 정작 서찰을 전해줄 당사자인 하동에게 접근하다가 추적대의 일원으로 오인한 하동의 묵영검에서 전개된 쾌검마류에 신음도 지르지 못하고 즉사했다.

만약 그가 손에 한 통의 서찰을 쥐고 있지 않았더라면 하동은 거꾸러지는 그를 거들떠보지도 않았을 것이다.

서찰을 보낸 사람을 확인하는 순간 하동은 놀라움을 금치 못했다. 현악이라니, 그 이름이 지니고 있는 의미나 비중에 비해서 그는 너무 오랫동안 그 이름을 잊고 지냈었다.

하동은 혼란스러웠다. 그는 서찰을 보낸 사람인 현악의 누이동생을 지금 업고 있으며, 그녀를 사랑하고 있고, 그녀를 위해서라면 죽음도 두렵지 않다고 생각하고 있으면서도 그녀의 오라비를 철저하게 잊고 있었다.

하동이 현악에게 갖고 있는 의미는 어떤 것인가? 아니, 의미라는 자체가 있기는 한 것인가?

그저 한 번 쓰고 버린 휴지처럼 현악이라는 존재는 하동이 위험지경에서 벗어나기 위해 잠시 이용했던 한낱 소모품이었을 뿐이다.

그 오지의 땅에서 하동 자신이 살아 나오기 위해서 현악에게 최소한의 무공, 즉 섬쾌검식 일 초식과 자령신공을 전수했었다.

단지 그것만으로 현악이 무림에서 무슨 입지전적인 성공을 거두리라고는 눈곱만큼도 기대하지 않았다.

아니, 그런 것을 예견했더라면 하동 자신이 그 당시보다 더한 위험에 처하게 되더라도 혈인검은 고사하고 무공마저도 전수하지 않았을 것이다.

하동은 산서 안택현에서 살아 나온 이후 현악이라는 존재를 깡그리 잊어버렸다. 기억하고 있어야 할 하등의 이유가 없었다. 한 번 쓰고 버린 휴지 조각을 기억하고 있을 멍청이가 어디에 있겠는가.

하동은 중원으로 돌아온 이후 자신과 추적대가 산서 안택현에서 벌였던 과정에 대한 소문을 들었다.

그는 원래 자신이 추구하는 목적이 너무도 뚜렷했으므로 소문 따위에 귀를 기울이는 사람이 아니었다.

하지만 그 당시에는 중원 어디를 가더라도 무림의 초미의 관심사였던 쾌검마와 추적대에 대한 소문이 파다했으므로 그저 가만히 있어도 소문을 들을 수밖에 없는 상황이었다.

그때 그는 쾌검왕에 대한 소문을 처음 들었다. 쾌검왕이 쾌검마의 동생이며, 그가 쾌검마를 살리려고 추적대에 맞서 얼마나 고군분투했는지에 대해서…….

그리고는 잊었다. 현악에게 주었던 혈인검을—그것은 그를 쾌검마로 오인시키기 위해서 어쩔 수 없는 선택이었다—회수하기 위해 자운을 납치하여 산야를 달리면서도, 이후 자운에게 알 수 없는 감정을 느끼다가 결국은 그녀를 목숨보다 사랑하게 된 지금까지도 하동은 완벽하게 현악이라는 존재를 자신의 생애에서 성공적으로 지우고 있었다.

그런데 그 현악이 한 통의 서찰 속에서 다시 부활했다. 두 번째로 하동을 살려주겠다는 말과 함께.

한낱 소모품이, 잊혀진 존재가 두 번씩이나 구원의 손길을 뻗고 있는 것이다.

물론 서찰은 하동 혼자만 읽고 즉시 찢어버렸다. 등에 업힌 자운은 하동을 완벽하게 믿고 있었으므로 그의 모든 행동에 대해서는 끝없는 신뢰를 지니고 있다.

하동은 달리면서 현악의 말을 어떻게 해석할 것인가를 생각했다. 하동이 경험했던 현악은 생각하는 것이나 성격, 습성까지 하동 자신과 많이 흡사했다.

인간은 자신의 닮은꼴을 싫어한다. 어쩌면 그것이 하동의 망각을 도왔는지도 모른다.

하동이 서찰을 읽고 현악을 떠올렸다가 다시 지워 버린 시각은 불과 숨을 대여섯 차례 쉴 정도였을 뿐이었다.

그는 현악뿐만 아니라 서찰의 내용까지도 머리에서 지워 버렸다. 아니, 지우려고 애쓸 필요도 없었다. 그저 현악에 대한 생각을 멈추자 자신이 방금 전까지 무엇을 생각하고 있었는지조차도 기억나지 않았으므로.

다만 한 가지, 혈인검이 제 발로 다시 찾아와 주었다고만 생각했다.

하동에게 있어서 현악의 출현은 혈인검의 회수를 의미할 뿐이었다.

하지만 그는 서찰에서 지정한 약속 장소로 향하지 않았다. 서찰이 일깨워 준 또 한 가지 사실 때문이었다.

바로 현악이 자운의 오라비라는 사실이었다. 하동은 자운과 현악이 만나게 되는 것을 원하지 않았다.

그는 몹시 이기적인 성격이었다. 자신과 자운이 서로 사랑하고 있다는 사실만을 인정할 뿐, 그 외의 것들은 죄다 무시했다. 심지어 자운이 오라비를 애타게 그리워하고 있다는 것을 알면서도 그마저도 무시했다.

만약 하동이 현악을 만나게 된다면 한 가지 경우에서만 가능했다. 바로 혈인검을 회수할 때이다.

그가 서찰을 읽고 반 시진 후에 추적대의 총공격이 시작됐다.

하동은 자운과 함께 집을 떠난 지 사흘 만에 자신들이 추적당하고 있다는 사실을 알아차렸다.

그는 포위망을 뚫으려고 자신이 알고 있는 온갖 방법들을 모두 동원했지만 끝내 실패하고 말았다.

말 그대로 천라지망이었다. 제아무리 애를 써도 망망대해 한복판에서 허우적거리는 꼴이었다.

하동이 동쪽으로 이십 리를 달리면 포위망도 동쪽으로 이십 리를 따라왔고, 북쪽으로 삼십 리를 달리면 포위망도 또 그렇게 따라 했다. 어망(魚網) 안에 갇힌 물고기가 빠져나가려고 발버둥을 치는 모습이 그럴 것이다.

포위망은 좁혀지지도 넓혀지지도 않은 채 지난 보름 동안 하동을 질식시켰다.

그리고 마침내 대공격이 시작된 것이다. 추적대가 언젠가는 공격해 올 것이라고 예상은 하고 있었고, 그래서 나날이 각오를 새롭게 다졌었다.

그러나 막상 공격이 시작되자 그 충격파는 상상을 초월할 정도로 컸다. 사람이란 좋은 상상은 크게 하지만 나쁜 상상은 작게 하기 마련이다.

하동은 대공격이 시작된 지 한 시진 만에 무려 다섯 군데에 상처를 입었다.

그 혼자의 몸이었다면 한 군데의 상처도 입지 않았을 것이다. 모두 자운을 보호하려다가 입은 상처였다.

물론 추적대는 하동을 공격했을 것이다. 다만 하동의 등에 자운이 업혀 있었을 뿐이었다.

더구나 하동은 자운의 보호와 그녀를 업고 있다는 이중고 때문에 지니고 있는 실력의 절반밖에 발휘하지 못했다.

퍽!

하동의 묵영검에서 뿜어진 쾌검마류가 왼쪽에서 쇄도하던 한 명의 화산파 고수 미간을 관통했다. 하동은 이미 삼십여 명의 추적대를 죽인 상황이었다.

쐐애액!

고막을 찢을 듯한 파공음이 사방에서 터졌다. 하동이 화산파 고수를 죽이느라 발검하는 사이에 셀 수도 없는 검기와 검풍이 소나기처럼 쏟아져 왔다.

하동은 시간이 흐를수록 공격하는 횟수가 현저하게 줄었다. 한 번 발검하여 한 명을 죽이면, 십여 개의 검기와 검풍들이 메아리처럼 되돌아왔기 때문에 어쩔 수가 없었다.

포위당한 채 북상하고 있을 때에는 추적대가 공격이라도 해오면 어떻게든 포위망을 뚫을 수도 있을 것이라고 생각했는데, 막상 공격을 해오자 포위망을 뚫기는커녕 자운을 보호하기에도 급급했다.

공격이 시작된 이래 하동은 채 오 리도 전진하지 못하고 있는 상태였다.

카카카캉!

마침내 하동은 공격을 접고 방어에만 전력을 쏟을 수밖에 없는 처지가 되고 말았다.

그러나 그의 방어는 자운을 보호하는 것에만 편중되었기 때문에 자신을 향해 쇄도해 오는 공격은 치명적이지 않은 범위 안에서 몸으로 막아낼 수밖에 없었다.

자운은 하동이 싸우는 모습을 처음 봤다. 아니, 그녀는 사람들이 무기를 쥐고 서로 죽이고 죽는 광경을 태어나서 처음 목격했다. 더구나 그 광경은 무림사에 영원히 기록될 대참극의 현장이었고, 그 한복판에 그녀가 있었던 것이다.

"운 매! 꼭 붙어!"

경악한 표정으로 고개를 들었던 자운은 하동의 다급한 외침에 급히 그의 등에 자신의 몸을 밀착시키면서 두 팔로 그의 가슴을 꼭 끌어안았다.

쐐애액!

쉬쉬쉭!

하동을 향해 쏟아져 오는 검기와 검풍의 파공성이 고막을 찢어버릴 것처럼 날카로웠다. 그것들 하나하나는 하나같이 하동의 급소를 노리고 있었다.

"해남도주 봉황일미의 전언이시다! 지금 즉시 업고 있는 소녀를 우리에게 넘겨라!"

순간 한줄기 전음이 하동의 귓전을 울렸다. 의도적이었는지 그 순간 소나기처럼 쇄도하던 공격이 잠시 주춤했다.

하동은 빠르게 주위를 쓸어보며 전음을 보낸 사람을 찾아보았다. 아무리 놀라운 재주가 있어도 전음만으로 사람을 찾아낸다는 것은 불가능한 일이다. 다만 주위 사람들의 표정이나 행동으로 미루어 짐작할 뿐이다.

그때 공격하던 고수들이 갑자기 썰물처럼 일제히 사방의 뒤로 물러났다. 아니, 그들이 물러나는 대신 다른 고수들이 신속하게 그 자리를 메웠다.

미리 여러 번 연습이라도 한 듯 수많은 고수들이 빠져나가고 들어오는 행동이 추호의 부딪침도 없이 너무도 일사불란했다.

공격은 잠시 중지됐다. 모든 움직임이 멈춰졌고, 백여 명의 똑같은 복장의 고수들이 사 장 거리를 둔 채 두 겹으로 하동을 포위하고 있었으며, 그 바깥쪽에 방금 전까지 공격을 퍼붓던 수백 명의 고수들이 겹겹이 에워싼 형태를 이루었다.

'해남도!'

하동은 똑같은 황의무복을 입은 백여 명의 고수들을 보는 순간 가볍게 흠칫했다.

웬만한 일로는 무림에 나오지 않는다는 해남검수들이었다. 하동은 그들을 해남도에 갔을 때 본 적이 있었다.

물론 그가 해남도를 떠난 후 오래지 않아서 해남도주인 남해신검 단우헌은 자신이 기거하는 거처 뒤 정원에서 시체로 발견됐었다. 미간에 정확하게 쾌검마류가 관통된 상태로.

"업고 있는 소녀를 내게 다오. 그녀의 안전은 도주께서 책임지실 것이다."

하동 전면에 우뚝 서 있는 중년인이 미미하게 입술을 달싹이며 하동에게 전음을 보냈다. 조금 전에 들었던 그 음성이었다.

다른 해남검수들이 모두 황의무복을 입고 있는데 중년인 혼자만 청삼을 입고 있었다.

그는 일대제자의 수좌(首座)로서 해남도 여덟 개 각(閣)을 관장하는 총각주의 신분이었다.

하동을 쳐다보는, 아니, 무섭게 쏘아보는 총각주의 눈빛은 그가 방금 말한 내용과는 전혀 달라서 결코 호의적이지 않았다.

그에게, 아니, 해남검수들에게 도주(島主)는 곧 신이다. 하동은 그 신을 죽인 자였다.

그자가 바로 그들의 면전에 서 있었다. 당장 천참만륙 찢어 죽여도 시원치 않을 테지만 후임 도주의 명령은 지엄했다. 호불호가 결정되기 전까지는 경거망동할 수 없었다.

"마지막 기회다."

총각주가 역시 자신이 하는 말의 내용과는 다르게 두 눈의 살기를 노골적으로 번뜩이며 마지막 표리부동한 호의를 베풀었다.

단우옥은 어떻게든 자운을 살리려고 필생의 노력을 경주하고 있었다. 그녀는 혁련무룡에게 자운을 죽이지 말아달라고 부탁하는 한편, 총각주에겐 무슨 일이 있어도 쾌검마에게서 자운을 넘겨받으라고 명령했었다.

그러나 총각주는 단우옥의 명령은 따르되 최선을 다하지는 않았다. 단우옥에게는 쾌검마를 죽이는 것과 자운을 구하는 일 둘 다 중요하지만, 총각주와 해남검수들에겐 쾌검마를 죽이는 일만 중요하기 때문이었다.

그러나 하동으로서는 일고의 가치도 없는 제안이었다.

어린 시절에는 부모 없는 거지로 온갖 천대와 멸시를 당연하게 받으면서 자랐고, 그 시련의 세월을 거쳐서 청년이 된 후에 겨우 만난 사부는 팔과 다리가 하나뿐이며, 짓이겨진 얼굴에 눈마저 하나밖에 남지 않은 독안괴인이었다.

게다가 엄중한 중상을 입은 상태에서 한 가닥 남은 내공의 힘으로 간신히 목숨을 부지하고 있는 상태였었다.

하동은 사부와 지낸 삼 년간이 일생 중에서 가장 행복했었다. 사부는 하동을 인간으로 대해준 최초의 사람이었다.

두 사람이 만났을 때 하동은 이십 세였고, 사부 염승천(廉昇天)은 칠십삼 세였다.

무려 오십삼 년의 나이 차이가 나는 사제간이었지만 친조손 간처럼 다정한 관계였다. 그러나 그 사부가 삼 년 만에 죽었다.

사부 염승천은 하동을 만나기 전인 나이 칠십 세가 되도록 무림에서 활동한 적이 없었기 때문에 딱히 별호가 없었다.

그는 그저 무공이 좋았다. 그래서 광인이라는 비웃음을 받으면서도 천하를 주유하며 숱한 무공들을 모으고, 그것들에서 장점들만을 발췌하여 끝내 자령신공과 쾌검마류를 완성하기에 이르렀다.

그러나 천하의 그 누구도 모를 줄 알았던 자령신공과 쾌검마류의 탄생은 오래전부터 그를 지켜보고 있던 한 인물의 이목을 벗어나지는 못했다.

　그 인물, 즉 암중인은 자령신공과 쾌검마류를 탐냈다. 아니, 그보다 더 욕심이 나는 것은 염승천이 지니고 있던 묵영검이었다.

　—묵혈쌍검(墨血雙劍)을 얻는 자, 천하를 지배하리라.

　라는 전설 때문이었다. 묵영검은 묵혈쌍검 중 하나였다. 그것을 수중에 넣은 후 혈인검마저 얻게 된다면, 바야흐로 전설이 이루어지는 것이다.

　그러나 암중인은 혼자서는 염승천을 이기지 못할 것이라고 판단했다. 그래서 두 명의 친구를 끌어들였다.

　물론 친구들에게는 '마공을 연공한 자가 마침내 폐관을 끝내고 무림을 장악하려는 마수를 드러냈다' 라는 그럴싸한 거짓말로 둘러댔다.

　염승천은 과연 강했다. 자령신공과 쾌검마류는 무적이었다. 만약 일 대 일로 싸운다면 천하무림에서 염승천을 격패시킬 인물은 아무도 없다고 장담할 수 있을 정도였다.

　그러나 암중인과 두 명의 친구, 즉 삼인합공은 더 강했다. 그저 무공이 좋아서, 죽는 날까지 무공만을 연구하려던 염승천은 그렇게 세 인물에게 만신창이가 되어 가까스로 도주했다.

　그는 끝끝내 자령신공과 쾌검마류, 그리고 묵영검을 뺏기지 않았다. 이후 그것을 고스란히 하동에게 전해주고 죽었다. 자령신공을 삼 단계 이상, 그리고 쾌검마류를 완벽하게 완성한 후 백무신을 모조리 죽이라는 유언을 남긴 채.

　염승천을 합공했던 인물들이 백무신 중에 세 명이었기 때문에 염승천은 그들 세 명뿐만 아니라 백무신 모두를 죽이라는 엄청난 유언을 남겼다.

기실, 염숭천은 천하무림을 핏물로 씻기를 원했다. 백무신을 모두 죽인다는 것. 그것은 곧 천하를 피로 뒤덮는 것을 의미했다.

하동은 사부의 유언을 충실히 이행했고, 마침내 백무신 중에 마지막 한 명만을 남겨놓았다.

그는 사부의 유언대로 천하를 거의 피로 씻었다. 그리고 이제 이곳에 이르러 있었다.

"개소리."

하동은 이글거리는 눈빛을 뿜어내며 낮게 중얼거렸다.

천하라는 것은, 인간이라는 족속은 그를 최초로 인간으로 대해준 사부를 빼앗아 가더니 이제 두 번째 그를 사랑으로 감싸준 자운마저 내놓으라고 한다.

"개소리 지껄이지 마라!!"

순간 하동은 총각주를 향해 무시무시한 속도로 쏘아가며 일생 중 가장 위력적인 쾌검마류를 전개했다.

해남도 총각주는 중원무림 대문파의 장로보다 반수 정도 더 강했다. 그는 하동이 급습할 것을 예상했기 때문에 즉시 검을 뽑아 뿜어져 오는 쾌검마류를 막아냈다.

쩌껑!

그러나 쾌검마류는 검을 두 동강 내면서 그의 미간에 쑤셔 박혔다. 그는 신음조차 지르지 못하고 절명했다. 그는 뿜어져 오는 쾌검마류를 막아낼 정도로 강했지만, 묵영검 같은 천하의 명검을 지니고 있지 못했다.

총각주가 뒤로 튕겨져 날아갈 때 일순간 주위에는 질식할 듯한 침묵이 흘렀다. 그러나 침묵은 길지 않았다.

호수에서 일국수(一掬水)의 물을 떠올린 직후 그 자리를 주위의 물이 순식간에 채우듯이, 해남검수들과 수백 명의 고수들이 일제히 하동을 향해 총공격의 포문을 열었다.

그들이 사면팔방에서 쏘아오고 있는 광경을 보면서 하동은 움찔 가볍게 몸을 떨었다.

여태까지의 공격은 그저 준비 운동이었고, 이것이야말로 진짜 공격이었다.

상상할 수 있겠는가. 오합지졸이 아닌, 일류고수들로만 구성된 천여 명의 합공을.

천하무림을 공포에 떨게 하던 쾌검마마저도 질리게 만들기에 충분했다.

그것은 폭풍이었다. 치열한 인생을 살아온 한 청년과 가녀린 삶을 이어온 한 소녀를 죽음으로 몰고 갈 죽음의 폭풍이었다.

그래서 하동은 사부에게 무공을 전수받고 강호에 나온 이래 최초로 죽음이라는 것을 생각했다.

그리고 그는 느꼈다, 자신이 이곳에서 살아나갈 가능성이 희박하다는 사실을.

죽는다. 바로 이 자리에서 사랑하는 자운과 함께.

'바보 같은 놈!'

비로소 하동은 깨달았다. 혈살성에게 무슨 말라비틀어진 사랑이라는 말인가. 그것 때문에 너무도 연약하고 가련한 자운을 죽이게 생겼지 않은가.

그제야 그는 자운을 살릴 수만 있다면 무슨 짓이라도 할 수 있을 것이라고 생각했다.

설혹 지옥에 떨어져서 영원히 불구덩이 속에서 불태워지는 고통을 당하더라도 기꺼이 감내하리라고 다짐했다. 그러나 방법이 없었다. 그는 너무 안일했다.

순간 하동의 시선이 한곳에 이르렀다. 그의 눈길이 머문 곳에는 일단의 사람들이 쏘아오고 있었다.

단우옥과 혁련무룡과 삼 파의 장로들이었다. 그들이 공격에 가담한다면 하동은 이곳에서 살아서 나갈 실낱같은 가능성마저도 사라져 버리게 된다.

'현악!'

그 순간 마치 암흑 속에서 한줄기 빛을 발견한 것처럼 하동의 머리가 환하게 밝아졌다.

방법이 있었다. 하동은 잠시 잊고 있었던 현악이 보낸 서찰의 내용을 너무도 생생하게 떠올렸다.

그리고 그는 또 깨달았다. 자신이 현악을 망각하고 있었던 것이 아니라 망각하려고 애쓰고 있었다는 사실을……

사부를 죽게 만든 원수인 백무신 중에 마지막 한 명 남은 유성검협 혁련중도를 죽이고, 자운과의 사랑도 지키려 했던 것은 지나친 욕심이었다.

그래서 장님이 돼버린 그는 현악이 순수하게 내민 우정의 손길마저 거부했던 그였다.

'가자!'

약속 장소로 가서 현악에게 자운을 맡긴다. 그러고도 요행히 그때까

지 자신이 살아 있다면, 유성검협을 죽이러 가겠다는 것이 하동이 새로
세운 계획이다.

현실은 냉엄하고 또 가혹했다. 하동은 비로소 꿈에서 깨어났다. 살
인마도 사랑을 할 수 있다는 헛된 꿈에서……

원래 새로운 목표가 정해지면 없던 힘도 생기는 법이다.

그는 자령신공 삼 단계 극성에 이른 백이십 년 공력을 극한으로 끌
어올린 후 동쪽을 향해 빛살처럼 쏘아가며 연이어 다섯 차례의 쾌검마
류를 발출했다.

현악과의 약속 장소가 서쪽이라고 해서 곧장 서쪽으로 향하는 행동
은 수많은 추적대를 현악에게 안내하는 꼴이 되고 만다. 일단 동쪽으
로 갔다가 더러는 북쪽으로 가기도 하면서 추적대를 떨어뜨려야 한다.
약속 장소로 가는 것은 그 다음이다.

쾌검마류는 현악의 극쾌와 유사했지만 극쾌만큼 빠르지 않은 대신
더 위력적이었다.

다섯 명의 고수가 쓰러지기도 전에 하동은 그들의 곁을 스쳐 지나
포위망을 향해 돌진해 갔다.

자운을 살려야 한다는 생각 외에는 아무 생각도 들지 않았다. 지금
이 순간만큼은 유성검협을 죽여야 한다는 사부의 유시보다는, 자운을
살려야 한다는 절박감이 더 컸다.

그 이유가 사부는 죽었고, 자운은 살아 있기 때문은 아닐 것이다. 다
시 살아서 자운을 만나지 못해도 상관없었다.

그녀가 훗날 다른 사내와 혼인하여 아들딸 낳고 행복하게 산다고 해
도 좋았다. 아니, 어쩌면 하동은 그런 것을 바라고 있는지도 몰랐다.
이것이 진정 사랑일 것이다.

'나 아니면 안 돼!'는 지독한 이기심일 뿐이다. '내가 없더라도 행복해라'. 그것이 진정한 사랑이었다.

깨달음은 늘 절박한 순간에 찾아들기 마련이다. 하동은 그제야 그런 사실을 깨달았다.

하동은 호신강기를 만들어 자운만을 보호했다. 자신까지 보호할 여력이 없었다. 그는 돌진해 나가는 전면의 적은 맨몸으로 돌파할 각오였다.

하동은 눈을 한껏 부릅떴다. 핏발이 곤두선 두 눈에서 확고한 사랑의 의지를 가득 담은 살광이 파도처럼 와르르 쏟아져 나갔다. 그는 자신이 쏘아가고 있는 방향으로 고수들이 속속 모여들고 있는 것을 보았다.

"죽어랏!"

콰차차차창!

하동은 미친 듯이 묵영검을 휘둘러 쇄도하는 무수한 도검을 쳐내고 또 쳐냈다. 쾌검마류가 아닌 그저 맨 검을 휘두르는 것이었다. 쾌검마류는 공력의 소모가 심하기 때문에 오래 지속할 수 없었다. 그래도 하동의 공격은 소름이 끼칠 정도로 살벌했다.

"크악!"

"우왁!"

부러진 도검과 잘라진 몸통과 사지육신이 핏물과 함께 허공으로 튀어 올랐다.

그와 함께 하동은 자신의 몸 몇 군데를 도검이 베고 찌르는 것을 느꼈다.

그러나 아픔은 추호도 느껴지지 않았다. 다만 그 와중에서도 자운을 다치지 않게 하려고 애쓰고 또 애썼다.

　그리고 그는 마침내 포위망을 뚫었다. 하지만 그는 곧 지칠 것이고 다시 포위망에 갇히게 될 것이다.

　그전에 현악을 만나야만 했다.

◆제70장◆
운명은 자비를 모른다

초원이 시작되는 곳. 누런 풀들이 밝아오는 여명에 황금빛으로 물결치고 있었다.

숲 가장자리의 무성한 나뭇가지 아래에 세 필의 말이 묶여 있고, 그 옆에 현악이 나무에 기대어 팔짱을 낀 채 숲 안쪽을 보며 서 있었으며, 그 좌우에는 강초련과 곽정, 신표가 몹시 긴장된 표정으로 서 있었다.

강초련은 사부가 지금처럼 긴장하는 모습을 처음 보았다. 마치 다른 사람을 보는 것 같은 착각이 들 정도였다.

현악은 시선을 숲 속에 고정시킨 채 눈도 깜빡이지 않으며 벌써 반 시진째 꼼짝도 하지 않고 있었다.

강초련은 그가 쾌검마를 구하려 한다는 사실을 알고 있었다. 사부는 쾌검마에 대해서 설명하는 내내 입가에서 미소를 감추지 못했고, 평소보다 훨씬 말이 많았다.

그는 자신의 과거 신분이 무엇이었으며, 어떻게 하다가 쾌검마를 만나게 되었는지, 비검문의 뇌옥 안에서 두 사람이 어떤 식으로 생활했는지에 대해서 설명하면서 마치 그 시절로 돌아가고 싶어 하는 표정을 짓기도 했다.

강초련은 현악의 제자가 된 이후에야 비로소 무림에 대해서 관심을 갖기 시작했었는데, 그녀가 가장 많이 들은 얘기나 소문은 쾌검마에 대한 것이었다.

그러니 그녀가 쾌검마를 모를 리 없었고, 그가 당금 무림에서 가장 많은 무림인을 죽인 살인마라는 사실을 모를 리 없었다.

하지만 그녀는 쾌검마가 조금도 무섭다거나 낯설지 않았다. 사부 현악이 그를 좋은 사람이라고 말했기 때문이었다.

강초련은 숲 속을 보지 않았다. 미풍조차 없는 숲 속에는 그저 부지런한 새들만 이리저리 날아다닐 뿐 아무것도 보이지 않았다.

대신 그녀는 사부를 바라보았다. 사부의 표정이 변한다면, 틀림없이 기다리는 쾌검마가 온 것일 테니까.

순간 현악의 눈에서 강한 빛이 뿜어져 나왔다.

강초련은 바짝 긴장하여 사부가 보고 있는 곳을 급히 쳐다봤지만 여전히 아무것도 발견할 수 없었다.

현악이 검을 잡자 강초련과 곽정, 신표도 일제히 무기를 잡았다.

사사사삭—

잠시 후 현악이 주시하고 있는 방향 오륙십 장 거리의 숲에서 풀잎과 나뭇가지가 요란하게 흔들리는 소리가 터져 나왔다.

"초련과 신 대주는 이곳에 있어!"

말과 함께 현악은 이미 오륙 장 밖을 쏘아가고 있었고 그 뒤를 곽정이 바짝 따랐다.

현악은 해남도의 절기인 표허무종을 전력으로 발휘하여 자로 잰 듯이 일직선으로 쏘아갔다.

백 년 내공으로 전개하는 표허무종의 속도는 쏘아낸 화살보다 더 빨랐다.

그는 혈인검을 쥔 오른손에 힘을 주며 뒤따르는 곽정에게 조용히 일러주었다.

"정아, 쾌검마 형을 추격하는 자들을 모조리 죽여라."

"맡겨둬."

곽정은 씨익 미소 지으며 믿음직스럽게 대답했다.

"……!"

한순간, 쏘아가던 현악의 두 눈이 잔뜩 부릅떠졌다. 그의 시야에 낯익은 한 사람의 모습이 파고들었다.

하동이었다. 그러나 그의 행동은 전혀 낯익은 광경이 아니었다. 그는 경신술이 아닌 그저 맨몸으로 달려오고 있었다.

'형!'

현악은 하동의 모습을 발견한 순간 반가움보다는 견디기 어려운 비애를 느꼈다. 그의 모습은 너무도 처참해서 더 이상 인간의 모습이 아니었다.

하동은 왼팔이 없었다. 팔꿈치 부분에서 잘려 나갔는데 피가 흐르지 않는 것으로 봐서 잘려 나간 지 오래되는 것 같았다.

게다가 그는 오른발을 심하게 절고 있었다. 정강이 부분이 절반 이상 베어졌는데 아직까지 발이 떨어져 나가지 않고 붙어 있는 게 신기할 정도로 덜렁거렸다.

또한 그는 오른쪽 눈에 있어야 할 눈이 없었다. 대신 붉고 검은 퀭한 구멍만 뻥 뚫린 채 피딱지가 말라붙어 있었다. 눈알이 후벼 파져서 독안이 된 것이다.

외팔이에 외다리에 애꾸. 그것은 과거 그가 사부 염승천을 만났을 때의 모습이었다. 십이 년의 세월이 흘러서 제자는 사부와 같은 꼴이 되고 말았다.

운명은 실로 잔혹했다. 그리고 운명은 자비를 모른다. 애당초 짓밟힌 사람들과 운명은 친숙한 사이가 아닌 것이다.

하동은 거의 걷고 있었다. 천하의 대혈살성 쾌검마가 하다못해 나무뿌리에 걸려서 나뒹굴고 있었다.

일어나려고 기를 쓰는 그의 오륙 장 뒤로 삼십여 명의 고수가 맹렬히 뒤쫓고 있는 광경이 보였다. 그들은 해남검수와 유성보 고수들, 각 파의 고수들이었다.

하동은 추적을 완전히 따돌리지 못했다. 포위망은 그가 예상했던 것보다 더 견고했다.

하동은 나무를 붙잡고 일어나려고 기를 썼지만 뜻대로 되지 않았다.

문득 현악은 하동의 모습이 이상한 점을 그제야 발견했다. 하동은 늘 입고 다니던 흑포를 등 쪽으로 뒤집어썼는데 곱추처럼 등이 불룩 솟아 있었다.

현악은 그가 누군가를 등에 업고 흑포로 뒤집어씌운 후 소매로 질끈 묶었다는 것을 간파했다.

자운이었지만 현악은 알지 못했다.

하동은 간신히 일어섰지만 흐르는 피 때문에 앞이 잘 보이지 않는 것 같았다.

그는 허우적거리면서 오른손에 쥐고 있는 묵영검을 휘둘렀다. 그 바람에 애꿎은 나뭇가지들이 잘라졌다.

"혀어엉—!!"

현악은 피를 토하듯이 외치면서 그에게 쏘아갔다.

그의 외침에 하동이 현악 쪽을 쳐다보았다. 피로 얼룩진 그의 망막에 현악이 쏘아오고 있는 모습이 흐릿하게 새겨졌다.

"현악……."

하동은 현악을 발견하는 순간 팽팽하게 당겨져 있던 긴장의 끈이 툭 하고 끊어지는 것을 느꼈다. 만신창이의 몸에 공력은 한 올도 남지 않고 고갈된 상태였다.

그는 도주하는 동안 무려 백오십 명의 고수를 주살했다. 보보살살(步步殺殺)이고, 보보혈혈(步步血血)이었다. 그렇게 그가 이곳까지 올 수 있었던 것은 기적이다.

그러나 현악은 하동과 삼 년 만의 해후를 나눌 여유가 없었다. 그가 하동에게 당도할 즈음 추적대들도 거의 동시에 그곳에 도달하고 있었다.

선두에서 쏘아오던 해남검수 두 명이 하동에게 검을 그어대자 두 줄기 검기가 폭발하듯이 뿜어졌다.

순간 현악의 혈인검이 검집에서 빠져나오는 것 같더니 착각인 듯 그냥 그대로 있었다.

무심쾌가 전개되어 두 줄기의 검기가 발출됐지만 그것을 육안으로 볼 수 있는 사람은 아무도 없었다.

하동은 자신에게 쇄도하는 두 줄기 검기를 그저 멀거니 보고 있을 수밖에 없었다. 몸이 그의 의지대로 따라주지 않은 지 이미 오래된 상태였다.

두 줄기 검기가 하동의 목과 미간에 적중되려는 찰나 씻은 듯이 사라져 버렸다.

대신 하동에게 검기를 발출했던 두 명의 해남검수가 뒤로 튕겨지더니 허공에서 퍽! 하고 터지며 가루로 화해서 흩어져 버렸다. 무심쾌의 위력이었다.

“정아! 주변을 맡아라!”

현악은 하동에게 접근하는 또 다른 두 명의 유성보 고수에게 재차 두 줄기 검기를 뿜어내며 낮게 외쳤다.

이번에는 극쾌, 그리고 세 줄기였다.

그는 곽정에게 원거리의 추적대를 맡기고 자신은 하동 주변에 가까이 접근한 추적대를 상대할 생각이었다.

“으핫핫핫! 이놈들아! 수고스럽게 예까지 올 것까지 없다! 거기서 기다리면 내가 상대해 주마!”

곽정은 삼사 장 밖에서 쏘아오고 있는 추적대를 향해 화살처럼 날아가며 호탕한 웃음을 터뜨렸다.

쐐애액!

현악은 다시 극쾌를 섬쾌로 바꾸었다. 섬쾌보다는 극쾌가, 극쾌보다는 무심쾌가 공력을 더 소모시키기 때문에 많은 무리를 상대로 싸울 때에는 섬쾌가 유리했다.

단, 적들이 섬쾌만으로도 충분히 상대할 수 있는 자들이어야 하는 것은 주지의 사실이다.

현악은 마치 순한 양 떼 속을 혼자 누비는 한 마리 맹수 같았다. 아무도 그의 상대가 되지 못했다.

다른 것은 모르지만, 다수를 상대로 하는 싸움은 아마도 현악이 하동보다 한 수 위일 것이다.

쾌검마는 일 대 일 싸움에 강하다. 절정고수일수록 더욱 그런 경향이 강한 법이다.

원래 쾌검이란 일 대 일 대결을 목적으로 삼아서 발전을 거듭한 검법이기 때문이다.

그래서 하동이 두 명의 적을 죽일 때에는 육안으로 거의 구분할 수 없을 만큼 빠르게 두 차례 쾌검마류를 발검한다.

반면에 현악은 지금껏 무리와 싸우는 횟수가 많았다. 그럴수록 필요성에 의해서 자연스럽게 공력을 나누는 방법을 터득했다.

그 결과 현재에 이르러서는 섬쾌의 검기를 한 번에 다섯 개까지, 극쾌는 세 개, 그리고 무심쾌는 두 줄기의 검기를 발출할 수 있는 경지에 이르러 있었다.

그렇다고 해서 현악이 하동을 능가한다는 뜻이 아니다. 많은 적을 죽일 수 있다고 강한 것은 아니기 때문이다.

강약을 구분하는 관점은 언제나 일 대 일 싸움의 결과이다. 다만 하동이 오직 쾌검마류 하나만을 죽어라고 수련한 것에 비해서, 현악은 섬쾌를 발전, 변형시켜서 극쾌와 무심쾌를 창안한 것이 달랐다.

쾌검마류와 무심쾌 중에 어느 것이 강하다고 섣불리 판단할 수는 없다. 그 결과는 부딪쳐 봐야만 알 수 있다.

퍽퍽퍽퍽!

현악에게서 섬쾌의 붉은 핏빛 검기가 사방으로 마구 뿜어져 나갔다.

백 년 내공에서 뿜어지는 섬쾌의 검기는 가히 뇌전(雷電)이었다. 백분의 일의 오차도 없는 정확성과 부딪치는 것은 그 무엇이라도 관통해 버리는 무서운 뇌전인 것이다.

곽정의 도는 광도(狂刀)였다. 한차례 번뜩일 때마다 한 명씩의 적들이 여지없이 목이 잘리던가 몸통이 통째로 잘려서 피를 뿌리며 쓰러졌다.

그는 강호출도 이래 여태껏 고수다운 고수와는 싸워본 적이 별로 없어서 자신의 실력이 어느 정도인지 제대로 인지하지 못했었다.

추적대의 한 명 한 명은 모두 자파의 정예고수들이라고 할 수 있었다. 곽정은 그들을 맞이하여 싸우면서도 밀리기는커녕 오히려 물 만난 물고기처럼 설쳐 댔다.

그는 쇠였다. 쇠는 뜨겁게 달구었다가 두드리고, 또 달구었다가는 두드리는 것을 거듭할수록 강해진다. 곽정은 몸만 쇠인 것이 아니라 정신도 쇠였다.

그가 싸우는 방식은 현악의 일방적인 도륙과는 달랐다. 그는 현악만큼 강하지는 않았고, 추적대 고수들보다는 한 수 정도 위였으므로 일단 온몸으로 부딪치며 싸웠다.

그러나 방어하지는 않았다. 방어를 해야만 하는 상황에서도 그는 오히려 공격을 퍼부어댔다. 그 공격은 적의 공격을 무력화시키는 동시에 적을 주살하고 있었다.

그러면서 그는 자신의 성격에 어울리는 자신만의 싸움 방식을 만들어 나갔다.

현악이 이십여 명의 적을 주살한 후 빠르게 주위를 쓸어보자 서 있는 사람은 네 명뿐이었는데, 그들은 한데 엉겨 붙어서 치열하게 싸우고 있는 곽정과 세 명의 적이었다.

현악이 하동을 쳐다보자 그는 쓰러지지 않으려고 나무에 묵영검을 꽂은 채 거칠게 헐떡이고 있었다.

덥석!

"형!"

현악은 뜨거운 외침을 토해내면서 두 손으로 하동의 어깨를 움켜잡았다.

"형!"

현악은 심장이 터질 것 같은 반가움과 격동 때문에 말을 잇지 못하고 재차 하동을 불렀다. 그의 일렁거리는 눈빛이 그가 할 말을 대신하고 있었다.

"……."

아무리 눈이 하나뿐이고, 팔다리가 잘라진 몸이라고 해도 현악의 저 뜨거운 외침과 격동하는 눈빛을 피할 수는 없었다.

하동은 현악을 쳐다보았다. 아니, 인생의 가장 밑바닥에서 허우적거릴 때 얽혔던 자신의 또 다른 운명의 얼굴을 쳐다보았다.

그는 알고 있었다. 현악을 처음 만났을 때 느꼈던 기이한 동질감을, 그리고 현악이 뇌옥을 떠나갈 때 끝내 그를 모른 체해야만 했던 이유가 언젠가는 현악과 다시 만나게 될 것 같은 강한 예감 때문이었다는 사실을.

"갈게. 어디 있든 몸조심해. 그리고 죽지 말고 살아 있으라구."

삼 년 전, 현악은 뇌옥을 나가면서 그렇게 말했었다. 그리고 두 사람은 죽지 않고 살아서 이렇게 다시 만났다.

하동의 어깨가 가늘게 떨리는 것을 현악은 두 팔을 통해서 느낄 수 있었다.

하동은 더 이상 자신을 속일 힘이 없었다. 지금은 자신의 감정에 충실해야 할 때였다.

"악아……."

현악을 쳐다보는 하동의 하나뿐인 눈이 크게 흔들렸다.

"형!"

현악은 힘껏 하동을 부둥켜안았다. 그가 끌어안은 것은 만신창이가 된 한 사내였지만, 사실은 현악 자신이었다.

현악은 자신의 너른 가슴 안에 허물어져 있는 하동이 삼 년 전보다 형편없이 왜소해진 것을 느꼈다. 게다가 그는 몸을 가늘게 떨고 있었다.

슬픔이, 그리고 분노가 현악의 가슴으로 숏구쳐 올랐다. 하동은 현악이 자신과 너무 닮았다는 이유 때문에 그를 거부했었지만, 현악은 같은 이유 때문에 그를 친형처럼 느꼈다.

"개새끼들……."

현악은 어금니를 악물고 뇌까렸다. 그는 하동이 무엇 때문에 백무신을 죽이는 것인지는 모른다.

하지만 현악 자신이 천하를 발아래에 두려고 하는 이유와 흡사할 것이라고 짐작했다.

그는 하동을 처음 만났을 때의 그 느낌을 아직도 고스란히 간직하고 있으며 또한 신봉하고 있었다.

"오… 라버님……."

그때 흑포에 덮여 있는 하동의 등에서 떨리듯 미약한 소녀의 음성이 새어 나왔다.

"자… 운?"

현악이 그 음성을 잊을 리 없다. 그가 죽어서 백골이 되었다 한들 그 음성을 들을라 치면 무덤을 뚫고 튀어나오리라.

그는 거칠게 흑포를 젖혔다. 그리고 드러난 것은 그토록 찾아 헤맸던 누이동생 자운의 초췌한 얼굴이었다.

"자운아!"

현악은 기쁨에 겨워 외쳤다.

"오라버님……."

자운도 눈물을 흘리며 기뻐했다. 그러나 기쁜 얼굴 근저에는 죄스러움과 쓸쓸함이 깔려 있었다.

"이 녀석! 살아 있었구나!"

현악은 팔을 뻗어 두 손으로 자운의 얼굴을 감쌌다. 십오 세였던 소녀는 십팔 세 어엿한 여자가 되어 오라비 앞에 나타났다.

"오라버님……."

자운은 하염없이 눈물을 흘렸다. 그저 반가웠다. 또 오라비가 살아 있어서 기뻤다.

삼 년 전까지, 현악은 자운의 하늘이었다. 그러나 지금은 하동이 자운의 하늘이다.

현악을 예전보다 더 사랑하지만, 하동을 더 사랑하게 되었다. 현악을 예전처럼 신뢰하지만, 하동에게 향한 무조건적인 맹종하고는 비교할 수 없었다.

"네가 어떻게……?"

한차례 반가움의 순간이 지나가자 현악은 그제야 자운이 하동의 등에 업혀 있다는 사실을 깨달았다.

하동과 자운의 얼굴에 약속이나 한 듯이 똑같은 착잡함과 죄스러움이 떠올랐다.

현악은 두 사람이 왜 그런 표정을 짓는지 이유를 알 수 없었다.

그는 뭔가 물으려다가 흠칫하며 말을 삼켜야만 했다. 숲 속에서 헤아릴 수 없이 많은 고수들이 파도처럼 몰려오고 있는 광경을 발견한 것이다.

"가자."

현악은 재빨리 흑포와 하동의 등 사이에서 자운을 뽑아내어 옆구리에 끼고 다른 팔로 하동의 어깨를 잡은 채 강초련이 기다리고 있는 방향으로 쏜살같이 쏘아갔다.

철썩!

"뒤돌아보지 말고 전력으로 달려라!"

강초련과 신표는 말에 올라탄 채 기다리고 있었다. 현악은 하동을 신표 뒤에, 자운을 강초련 뒤에 태우며 말 엉덩이를 후려쳤다.

히히힝!

그러나 신표와 강초련은 숲과 초원의 경계에서 채 오 장도 달려 나가지 못하고 말고삐를 당길 수밖에 없었다.

무려 이백여 명의 추적대 고수가 현악을 포함한 강초련과 신표들을 겹겹이 포위해 버렸기 때문이다.

포위망의 전면에는 해남검수들과 유성보 고수들이 나섰고, 뒤편에는 각파 고수들이 포진해 있었다.

강초련과 신표는 즉시 현악에게 되돌아왔다.

현악은 포위망을 둘러보면서 미간을 찌푸렸다.

'이렇게 되면 한바탕 격돌이 불가피하게 되는 것인가?'

순간 그의 시선이 한곳에서 딱 멈췄다. 그의 눈길이 고정된 곳에는 군계일학의 일남일녀가 나란히 서 있었다.

'옥이……'

현악은 속으로만 신음처럼 중얼거렸다.

그들은 다름 아닌 단우옥과 혁련무룡이었다. 단우옥은 의식하지 못한 상태였지만 두 사람은 너무 가깝게 붙어 서 있었다. 그것이 현악의 감정을 자극한 것은 두말할 나위도 없었다.

그 순간 단우옥과 혁련무룡도 현악을 보면서 각기 다른 표정을 짓고 있었다.

혁련무룡은 오직 하나, 분노의 표정이었고, 단우옥은 반가움과 괴로움이 뒤섞인 복잡한 표정이었다.

현악은 두 사람이 나란히 서 있는 것을 즉시 머리에서 지워 버렸다. 그는 단우옥을 믿었다. 그녀를 믿지 못한다면 천하의 그 무엇도 믿지 못할 것이다.

또한 그녀를 믿었기 때문에 오늘날의 그가 여기까지 올 수 있었다. 그녀는 현악의 힘의 원천이었다.

현악은 무적혈창대 사십구 명을 근처 초원의 풀숲 속에 은둔시켜 둔 상태였다.

지금과 같은 상황에 대비한 것이었다. 하지만 그 대비에 단우옥은 포함되어 있지 않았다.

추적대도 지쳐 있었다. 하지만 그들은 믿는 구석이 있었다. 이곳에는 비록 이백여 명뿐이지만, 신호를 보냈으니 전체 추적대 고수들이 조만간 이곳으로 몰려올 것이고, 게다가 유성보와 각파에서 추적대를 속속 충원시키고 있는 중이었다.

하동은 도주를 하는 동안 백오십여 명을 죽였지만 지금 현재 추적대 전체 숫자는 오히려 처음보다 많은 천삼백여 명에 달했다.

현악과 단우옥의 시선이 허공에서 부딪쳤다. 십오륙 장의 먼 거리였지만 두 사람은 서로의 눈동자가 가벼이 흔들리고 있는 것조차 똑똑하게 볼 수 있었다.

그때 단우옥의 전음이 현악의 고막을 가볍게 흔들었다. 실로 삼 년 만에 들어보는 그녀의 음성이었다. 여전히 아름다운 옥음이었지만 가늘게 떨리고 있었다.

"제발… 운 매를 데리고 물러나세요."

그녀의 전음에서 현악은 두 가지 사실을 느낄 수 있었다. 그녀가 아직도 변함없이 현악을 사랑하고 있다는 것. 그리고 어떻게 된 연유인지는 몰라도 그녀가 자운을 알고 있다는 것. 하지만 지금은 그런 것을 확인할 상황이 아니었다.

현악은 갈등했다. 그러나 길지 않았다. 그에게 있어서 사랑도 중요하지만 우정은 더 소중했다.

단우옥이 있었기에 감히 '천하를 발아래 두겠다' 라는 가당치도 않은 야망을 불태울 수 있었던 그였다.

그러나 그녀를 만나기 몇 달 전에 쾌검마라는 혈살성을 만났었기에 오늘날의 쾌검왕이 존재할 수 있었다는 점이 그에게는 더 중요하게 작용했다.

현악은 단우옥을 응시하며 부드럽게 미소 지으며 전음을 보냈다.

"옥아, 물러나라. 부탁이다."

그는 이십 세가 된 이날까지 단 한 번도 누군가에게 부탁이라는 말을 써본 적이 없었다.

지금 현악 일행과 이백여 명의 추적대가 일대 결전을 벌이게 된다면 승패를 장담할 수 없는 상황이었다.

또한 일단 싸움이 시작되면 적으로서 전력을 다할 뿐이다. 그 싸움에는 복수와 분노만 존재할 뿐이지 사랑과 자비 따윈 끼어들지 못할 것이다.

만약 싸움이 길어져서 다른 추적대들이 속속 가세하게 된다면 상황은 현악 쪽에 크게 불리하게 될 것이다. 어쩌면 이곳이 무덤이 될 수도 있었다.

혁련무룡 역시 현악을 발견한 순간부터 한순간도 그에게서 시선을 떼지 않고 있었다. 그랬기에 현악의 입술이 달싹거리는 것을 놓치지 않았다.

그는 슬쩍 단우옥을 돌아보았다. 그녀의 얼굴에 복잡한 갈등의 표정이 역력하게 떠올라 있었다.

"옥 매, 그러면 안 돼."

혁련무룡은 단우옥에게 진중한 표정으로 고개를 가로저으며 낮게 중얼거렸다.

그러면서도 그는 자신의 말이 그녀에게 큰 영향을 주지는 못할 것이라는 사실을 알고 있었다.

그때 현악이 갑자기 단우옥에게 한쪽 눈을 찡긋해 보이며 편안한 어조로 전음을 보냈다.

"옥아, 네가 어떤 결정을 내리든 내가 널 사랑하는 마음은 변함이 없다. 하지만 네가 내 부탁을 들어준다면, 앞으로 나는 평생 네 속을 썩이지 않고 말을 잘 듣겠다는 것을 약속하마."

피식!

극도로 긴장하고 갈등하던 단우옥이 갑자기 어이없다는 듯 가볍게
실소를 흘렸다.

그것을 보는 혁련무룡은 불길한 생각이 먹구름처럼 일었다.

현악이 입가에 머금고 있는 부드러운 미소는 오직 단우옥에게만 보
여주는 것이었다.

그리고 그의 두 눈에 잔잔히 일렁이고 있는 온화함은 단우옥만이 볼
수 있었다.

"하나 더 약속해 주세요."

"무엇이든."

단우옥의 전음에 현악은 가볍게 고개를 끄덕였다.

"죽지 말아요. 사지육신을 다 잃더라도 반드시 살아 있겠다고 약속
해 주세요."

그 말을 듣는 순간 현악은 울컥하고 뜨거운 그 무엇이 가슴 밑바닥
에서 치밀어 올랐다.

이날까지 한 번도 흘려본 적이 없는 눈물을 그는 하마터면 왈칵 쏟
을 뻔했다. 아니, 지금 그의 두 눈에 촉촉하게 고여들어 있는 것은 분
명히 눈물이었다.

그리고 단우옥은 그것을 보았다. 그래서 현악의 대답은 굳이 듣지
않아도 좋았다. 대신 그녀의 두 눈에도 따스한 물기가 소리없이 차 올
랐다.

'이런……'

그 눈물을 본 사람은 현악만이 아니었다. 혁련무룡은 일이 어떻게
돼가고 있는지를 간파하고 오만상을 찌푸렸다.

그러나 그가 만류할 사이도 없이 단우옥은 왼손을 치켜들고 나직하

지만 분명한 어조로 입을 열었다.

"해남도 제자들은 모두 물러나라."

일순 해남검수들의 얼굴에 불신과 놀라움이 파도처럼 번졌다. 하지만 칠십여 명의 해남검수는 신속하게 썰물처럼 뒤로 물러났다.

혁련무룡과 유성보 고수들, 각파의 고수들은 믿을 수 없다는 표정으로 단우옥을 쳐다보았다.

하지만 그녀는 외눈 하나 까딱하지 않았다. 사랑은, 모든 것을 감내할 수 있는 힘을 주는 모양이다.

단우옥은 방금 자신이 내린 결정 때문에 장차 해남도 내에서나 무림에서 자신이 어떤 상황에 처하게 될 것이며 어떤 불이익을 당하게 되리라는 것을 잘 알고 있었다.

물론 그녀는 마땅히 그 대가를 치를 준비가 되어 있었다. 그녀는 해남도주라는 신분을 버릴 각오였다.

그렇게 해남도와 봉황일미 자신에게 쏟아질 수많은 질타를 혼자 짊어지면 되는 것이다. 그리고 그녀는 사랑을 얻게 된다. 죽을 때까지 그녀의 속을 썩이지 않겠다고 맹세한 백정 출신의 한 사내가 쏟아줄 사랑을……

단우옥은 슬쩍 혁련무룡을 바라보았다.

혁련무룡은 그녀가 무슨 말을 해주기를 원했다. 하지만 단우옥은 일별한 후 몸을 돌려 뒤로 바람처럼 날아갔다.

만약 단우옥이 혁련무룡에게 함께 물러나자고 부탁했으면 그는 잠시 갈등하다가 결국은 물러나고 말았을 것이다.

그는 목숨이 떨어지는 한이 있어도 단우옥의 말을 절대 거절하지 못하는 사람이었으므로……

그러나 그녀는 아무 말도, 부탁도 하지 않았다. 그것이 혁련무룡을 더욱 견딜 수 없게 만들었다.

선택해야만 할 순간이었다. 그는 비록 현악과 단우옥이 주고받는 말을 듣지는 못했지만, 그들의 전음에서 어떤 내용이 오고 갔으리라는 것쯤은 짐작할 수 있었다.

단우옥이 현악을 사랑하고 있다는 것은 너무도 명백한 사실이다. 여태까지는 짐작이었지만 방금 혁련무룡은 그런 사실을 똑똑히 목격하지 않았는가. 그것은 곧 단우옥의 마음속에 혁련무룡은 들어 있지 않다는 뜻이기도 했다.

지독한 모멸감이 혁련무룡의 숨통을 죄어왔다. 이렇게 살아서 무엇 하겠는가, 라는 절망감도 뒤따라 엄습했다.

그러나 그는 이런 상황에서도 단우옥을 맹종해야만 하는 자신이 더욱 증오스러웠다.

그는 현악을 천참만륙 찢어 죽이고 싶지만, 자기 자신을 더 죽이고 싶었다.

"물러나라!"

혁련무룡은 명령하며 훌쩍 신형을 솟구쳐 한쪽 방향으로 쏘아갔다.

그가 가고 있는 방향은 단우옥이 사라졌던 방향이었다. 그것을 깨달은 그는 더할 수 없는 절망의 무게 때문에 당장이라도 몸이 폭발할 것만 같았다.

졸지에 해남검수들과 유성보 고수들 백오십여 명이 물러나고 오십여 명밖에 남지 않았다. 가장 황당한 것은 남아 있는 고수들이었다.

그들은 소림과 무당, 화산파에서 파견된 고수들이었는데 이 자리에는 그들에게 명령을 내릴 장로가 한 명도 없었다.

그런 그들에게 현악은 자비를 베풀 필요를 느끼지 않았다.

"죽여."

그가 가볍게 중얼거린 것과 신표가 한 팔을 번쩍 쳐든 것은 거의 동시였다.

그리고 그 다음에는 허공을 울리는 파공음과 처절한 비명성이 뒤따랐다.

쐐애액!

쌔액!

"흐악!"

"크아악!"

은둔해 있던 무적혈창대 사십구 명이 일제히 일어서며 남아 있는 오십여 고수에게 비창을 던져 냈고, 한동안 파공성과 비명이 초원과 숲의 경계를 뒤덮었다.

"가자."

현악은 짧게 말하며 초원으로 쏘아갔다. 그 뒤를 신표와 하동, 강초련과 자운이 탄 말이 질풍처럼 따랐고, 곽정은 후방을 경계하면서 뒤따랐다.

◈제71장◈
묵혈쌍검(墨血雙劍)

　　현악은 포위망을 뚫고 하동과 자운을 안전한 장소에 머물게 했다.

　하지만 그들이 난봉을 채 십여 리도 남겨두지 않은 한 채의 장원에 머물고 있었기 때문에, 엄밀한 의미에서는 유성보의 세력권 한복판에 있는 것이었다.

　태풍의 눈은 고요했다. 그러나 그 고요함이 얼마나 지속되는지는 아무도 예측하지 못했다.

　열흘이 지났다.

　그동안에 현악이 하동의 치료에 최대한의 노력을 기울인 결과 그의 공력은 완전히 회복됐지만 잃어버린 왼팔과 오른쪽 눈은 어쩔 도리가 없었다.

　그나마 다행인 것은 절단될 위기에 놓여 있던 한쪽 발을 기적적으로 되살려 냈다는 사실이었다.

하동은 다리를 약간 절룩거리기는 하지만 행동하는 데에는 큰 지장이 없었다.

그 열흘 동안 현악은 한 가지 충격적인 사실을 알게 되었다. 자운과 하동이 서로 사랑하는 사이라는 것이었다.

원래 눈치가 둔한 현악이 그런 사실을 감지했을 리 만무다. 그나마도 자운을 돌보던 강초련이 하동을 걱정하느라 안절부절못하는 자운을 넌지시 떠본 후에 알아낸 사실이었다.

현악의 충격은 컸다.

그러나 그는 곧 극복했다. 그가 하동과 자운의 말도 안 되는 사랑을 이해할 수 있었던 가장 큰 밑바탕은 물론 자신과 단우옥과의 사랑 때문이었다.

백정 출신의 자신과 명문대파 지존의 신분인 단우옥의 사랑은 더 말이 안 되는 일인 것이다.

세상에 이해하지 못할 일이란 없다. 이해하지 못하는 이유는 애정과 자비가 부족하고 아집에 사로잡혀 있기 때문이다.

그러나 용서할 수 없는 일은 더러 있다. 애정과 자비를 짓밟았을 경우가 그렇다.

그런 행위들은 종종 부모나 형제를 죽인 불공대천지수보다 더 용서받지 못한다.

이해를 하거나 용서를 하는 사람이 '나' 이기 때문이다. 아무리 효성이 지극해도 죽은 부모나 형제보다는 항상 살아 있는 주체인 '나' 의 사랑이나 우정이 모든 것에 우선하기 때문이다.

단우옥이 원수인 하동을 눈앞에 두고도 현악의 말 한마디에 순순히 물러설 수 있었던 것도 그런 맥락에서 이해할 수 있을 것이다.

현악은 하동과 자운의 관계를 이해했을 뿐만 아니라 오히려 자운의 거처를 하동의 방으로 옮겨주었다. 그리고 나서야 그는 그동안 초조해하던 누이동생의 얼굴에 일말의 안도하는 기색이 떠오르는 것을 발견할 수 있었다.

정원을 거닐고 있는 현악에게 강초련이 쪼르르 달려온 것은 그때였다. 그리고 그녀는 조심스럽게 하동의 말을 전해주었다.

"쾌검마님께서 사부님과 대작을 하시고 싶다셨어요."

현악은 미소 지으면서 강초련의 코를 살짝 비틀었다.

"이 녀석아, 쾌검마님이 아니라 사백님이라고 불러야지."

"아야야……."

정원에 초설이 하얗게 내렸다.

"걱정하지 마라."

"뭘?"

"운 매 말이다."

"자운이 말하는 거야?"

상당히 중요할 수도 있는 내용의 대화가 그저 안부라도 묻듯이 자연스럽게 정자에서 흘러나왔다.

"그래."

하남의 겨울은 누고 있는 오줌이 고드름으로 변할 정도로 매섭다고 했다.

그런데도 현악과 하동은 홑옷만을 입은 채 정자의 차가운 돌 바닥에 마주 앉아서 술잔을 기울이고 있었다.

"걱정은 무슨, 자운이 어디 어린아인가? 다 컸는데."

현악은 하동의 잔에 술을 따르면서 다 알고 있으며 또한 다 이해한다는 듯한 표정을 지으며 너스레를 떨었다.

하동은 가볍게 얼굴을 붉혔다. 무림사를 통틀어 다섯 손가락에 꼽을 만한 혈살성인 그가 수줍어한다는 것은 기이한 일이었다.

그 자신이 생각해도 여간 쑥스러운 일이 아니었다. 그 나이에, 그리고 자신 같은 종류의 사내가 사랑을 한다는 사실이 말이다.

그는 자신이 몹시 미안해하고 쑥스러워하는 부분을 현악이 이해하는 듯한 모습을 보이자 내심 고마웠다. 솔직히 자신의 목숨을 살려준 것보다 더 고마웠다.

"몸은 어때?"

"좋았다. 내 생애 최고의 기간이었다, 운 매와 함께 보낸 동안은."

하동은 현악의 말을 듣고 있지 않았다. 그의 눈가에 잔잔한 웃음기가 매달렸다.

팔을 잃고 눈을 잃었지만 그런 것은 개의치 않았다. 자신이 끝까지 자운을 지켜냈다는 것, 사랑을 잃지 않았다는 것, 현악이 자신들 두 사람을 인정해 주었다는 사실만이 그의 가슴에 가득 차서 너무도 훈훈할 뿐이었다.

현악은 빙그레 미소 지었다.

"착한 아이야. 형이 잘 해줘."

그는 자운이 불쌍한 아이라고 말하지 않았다. 현악 자신이 있고 하동이 있는데 불쌍할 이유가 없기 때문이다.

"악아."

"말해."

사내들의 대화란 부드럽지 않다. 아니, 오히려 무뚝뚝하다. 그런데도 두 사람 사이에는 그들만이 느낄 수 있는 훈기가 감돌고 있었다.

현악이 한참을 기다렸는데도 하동은 말을 꺼내지 못했다.

"뭔데?"

"……."

"답답하긴. 말을 해야 알 것 아냐."

"그게……."

하동의 얼굴이 붉어졌다. 평생 한 번도 해본 적이 없는 말을 하려니까 그랬다.

"아하!"

현악이 알았다는 듯 손바닥으로 제 이마를 쳤다.

"밥상을 차려줬더니 이젠 아예 숟가락으로 떠 먹여달라고 하는구만!"

"악아."

"하하! 나한테 매제라는 소리가 듣고 싶은 거지?"

"으… 응."

현악은 틀렸다. 그렇지만 하동은 마지못해 고개를 끄덕였다.

"허헛! 매제! 객쩍은 소리 그만 하고 어서 술이나 마시자구!"

"그… 러지."

하동은 자신이 이처럼 숫기가 없다는 사실을 처음 알았다. 그 술자리가 끝날 때까지도 그는 꼭 하고 싶었던 말을 끝내 하지 못했다.

그건 '고맙다' 라는 말이었다.

모든 것에 대해서…….

“안심하십시오. 백만 명이 이 잡듯이 뒤져도 여긴 절대 찾아내지 못합니다.”

이곳이 안전하냐라는 질문에 방강은 자신의 목이라도 걸 수 있다는 듯 호언장담했다.

현악은 어째서 그러느냐고 묻지 않았다. 그럴 만큼 한가하지도 않았고, 방강을 신뢰하기 때문이었다.

보통 현악의 질문이 끝나면 방강은 공손히 물러났었지만 오늘은 그러지 않았다. 아주 드문 경우지만, 그것은 중요한 보고가 남았다는 뜻이었다.

“잠시 누굴 좀 만나주시지요.”

방강이 데려온 사람은 삼십오륙 세가량의 장한으로 눈매가 깊으며 하관이 빠른 용모에 어깨에 검을 멘 인물이었다.

“이 사람은 이곳 장원의 주인입니다.”

방강이 소개하자 장한은 뻣뻣한 자세로 현악을 향해 가볍게 고개만 끄덕였다.

의자에 느긋한 자세로 앉아 있는 현악은 장한의 그런 태도에 별로 개의치 않았다. 원래 겉멋만 잔뜩 든 위인들이 인사치레나 예절을 좋아하는 법이지, 실속을 원하는 사람들은 그따위 것은 어쨌든 상관없었다.

“귀하를 혁련중도 면전에 데려다 줄 수 있소.”

웬만한 일로는 놀라지 않는 현악이지만 장한이 불쑥 던진 그 말에는 표정이 흠칫 변했다.

혁련중도가 누구인가. 바로 대유성보의 보주인 유성검협이 아닌가.

첩첩한 경계를 뚫고 외부인을 그 혁련중도 앞에 데려다 주겠다니 놀라
지 않을 수 없었다.

"나는 혁련중도에게 철천지 원한이 있소. 무슨 원한이냐고는 묻지
마시오. 말하고 싶지도 않을뿐더러 귀하 역시 알고 싶지 않을 테니까."

현악은 원래의 담담한 표정을 되찾은 후 묵묵히 장한을 응시했다.
그러자 방강이 공손히 아뢰었다.

"이 사람은 유성보 무룡전 휘하의 당주입니다. 현재는 모친상을 이
유로 잠시 쉬고 있습니다. 물론 모친상은 당하지 않았습니다."

아마도 현악 일행이 쉴 곳을 확보하기 위해서 방강이 손을 써둔 듯
했다.

방강은 몇 달 전부터 수하들에게 유성보 주변을 샅샅이 조사하는 것
과 동시에 유성보 인물들을 포섭하라고 지시했었다.

화룡문은 하오문이다. 그런고로 그들은 유성보에 대한 것이라면 터
럭만한 일이라도 그냥 지나치지 않았다. 원래 큰 건수들은 처음에 사
소하게 취급되기 일쑤이다.

그러던 중에 한 인물이 걸려들었다. 유성보의 고수 한 명이 같은 동
료를 죽이는 광경이 화룡문 수하의 눈에 목격된 것이다. 그자는 죽인
동료를 야산에 유기한 후 다음날부터 아무 일도 없었다는 듯이 일상에
복귀했다.

그러나 그는 자신의 일거수일투족이 화룡문의 이목 하에 있다는 사
실을 조금도 눈치채지 못했다.

그는 거의 매일 술을 마셔댔다. 가슴속에 맺혀 있는 원한 때문에 만
취하지 않고는 잠을 이루지 못했다. 일전에 그가 동료를 죽여야만 했
던 이유도 술이 원인이었다.

그는 동료와 술을 마시던 중에 만취 상태에서 자신이 혁련중도에게 원한이 있으며 그를 죽이는 일이라면 목숨도 아깝지 않다는 투의 실언을 했고, 동료가 그 사실을 보고하겠다고 엄포를 놓는 바람에 죽일 수밖에 없었다.

약점을 잡고 있는 화룡문 수하가 그에게 접근한 뒤 포섭하는 것은 어려운 일이 아니었다.

그러나 오래지 않아서 그는 자신이 약점을 잡혔던 것을 오히려 감사해야만 했다. 왜냐하면, 자신이 쾌검왕과 연결됐다는 사실을 알게 됐기 때문이었다.

"현재 유성보는 쾌검마와 쾌검왕 때문에 텅 비다시피 한 상태요. 귀하에게 잠입할 의향이 있다면 미리 손을 써두겠소."

장한, 즉 무룡전 삼당주는 현악의 반응을 살피면서 나직이 말했다.

현악은 조용히 입을 열었다.

"자네는 무얼 원하지?"

삼당주의 대답은 간단했다.

"혁련중도의 죽음."

그러나 그 내용은 결코 간단하지 않았다.

"가까이 오게."

현악의 말에 삼당주는 거침없이 현악의 한 걸음 앞으로 다가서더니 멈추었다.

음모나 흉계를 꾸미고 있는 자들은 극도로 조심하며 몸을 사리기 마련이다.

더구나 쾌검왕 같은 거물 앞에서는 더욱 그럴 것이다. 그러나 삼당주에겐 그런 것이 전혀 없었다. 다만 누군가에게 향한 증오심만 가득

할 뿐이었다.

물론 현악이 그를 가까이 오게 한 이유는, 그런 간단한 행동으로 그의 진심을 엿보기 위함이었다. 그 결과 현악은 그가 이 일에 관한 한 믿을 수 있다는 심증을 얻었다.

"그전에 천지쌍각주를 죽여야겠네. 가능한가?"

혁련중도에게 원한이 있는 삼당주는 그 혼자의 목숨만을 원하겠지만, 유성보를 괴멸시키는 것이 목적인 현악은 발본색원(拔本塞源)을 원했다.

만약 혁련중도가 죽는다면 혁련무룡이나 천지쌍각주 중 한 명이 보주의 위를 물려받게 될 것이다. 하지만 그것은 현악이 원하는 바가 아니다.

현악의 전쟁은, 유성보의 대(代)를 끊어야만 끝난다. 그러므로 천지쌍각주와 혁련무룡 모두를 죽여야 하는 것이다.

그리고 그는 살아남아야 한다. 단우옥과 그러겠다고 약속했으므로…….

"무슨 방법으로 그들을 죽일 계획이오? 독(毒)이오?"

삼당주가 긴장된 표정으로 물었다.

혁련중도는 당금 무림이 인정하는 제일인자였다. 그리고 천지쌍각주는 아무리 낮게 잡는다고 해도 무림에서 열 손가락 안에 꼽히는 절정고수다. 그랬기에 삼당주는 현악이 그들을 무공으로 죽이려 한다고는 예상하지 않았다.

그러나 돌아온 대답은 삼당주를 경악케 했다.

"독 따윈 쓰지 않네. 내 검으로 그들을 죽일 걸세."

"미친……."

삼당주의 얼굴이 새하얗게 질렸다. 이 순간 그는 절망을 느꼈다. 쾌검왕이 뭔가 지독한 흉계를 써서 혁련중도와 천지쌍각주, 그리고 혁련무룡을 죽일 것이라고 철석같이 믿고 있었는데 그게 아니라는 것이다.

"당금 무림에서 대체 어떤 자가 유성보주와 천지쌍각주를 실력으로 죽일 수 있다는 말이오?"

삼당주는 자신도 모르게 얼굴이 시뻘겋게 달아올라 외쳤다. 그는 홱 몸을 돌려 문으로 걸어갔다.

그는 한시바삐 이 자리를 벗어나고 싶었다. 그래서 이 미친 작자들과 손을 떼야만 했다. 죽음이 두렵지는 않았지만 헛되이 죽기는 싫은 것이다.

스르르―

그가 막 방문 손잡이를 잡으려고 할 때 문이 사라져 버렸다. 아니, 그의 눈앞에서 마치 헛것을 보는 것처럼 문이 가루가 되어 흘러내린 것이다.

"……!"

방금 문이 있었던 곳은 훤하게 뚫려 있었다. 그는 자신의 발아래를 쳐다보았다. 거기에 방금 전까지 문이었던 것의 가루가 수북이 쌓여 있었다.

그는 귀신에 홀린 듯한 표정으로 현악을 돌아보았다. 그는 현악이 무슨 사술 같은 것을 펼쳤을 것이라고 확신했다.

"자네의 도움이 필요하네. 유성보주의 실력이 어느 정도인지는 모르지만, 어떻게 해야 내가 그와 싸울 자격이 있다고 믿을 텐가?"

"방금 문을 가루로 만든 수법은 사술이었소?"

"검법이네."

삼당주는 그래도 믿지 않았다. 현악이 자신을 속이는 것이라고 확신했다.

"단지 한 자루 검으로 나무로 만든 문을 가루로 만들었다는 말이오? 내가 코흘리개인 줄 아시오?"

현악은 담담히 미소 지었다.

"나는 사실을 말했을 뿐이네."

"그럼 다시 한 번 보여주시오, 내가 보는 앞에서."

"그러지."

삼당주뿐 아니라 방강까지도 바짝 긴장했다. 방강은 아직 한 번도 현악의 무공을 견식한 적이 없었다.

그는 자신이 주군으로 모시는 현악의 검법을 보게 되어 입 안에 침이 마르도록 긴장했다.

슥—

현악이 오른손을 들어 혈인검의 검파를 잡았다. 방강과 삼당주는 한 순간도 놓치지 않으려는 듯 눈을 똑바로 뜨고 현악의 오른손을 주시했다.

그런데 두 사람은 잠시가 지나도록 검이 뽑히는 것을 보지 못했다. 단지 한줄기 아주 흐릿한 빛이 눈앞에서 찰나지간에 어른거리는 것만을 느꼈을 뿐이었다. 하지만 그것이 발검이라고는 추호도 생각하지 않았다.

그때 경이로운 일이 벌어졌다. 그것은 방강과 삼당주에겐 천재지변에 비견될 만한 사건이었다.

스스스—

주변에서 미약하면서도 이상한 음향이 흘렀다. 그래서 두 사람은 급히 주변을 둘러보았다.

그들의 눈앞에서 눈에 보이는 모든 것들이 사라지고 있었다. 천장도, 사방의 벽들도, 가구들도, 하다못해 탁자와 그 위에 놓여 있던 난초까지도 모조리 가루로 변해서 사라져 가는 중이었다.

"……!"

"……!"

사람들은 이런 상황에서 말을 한다는 것, 감탄을 터뜨린다는 것은 엄두도 내지 못한다. 방강과 삼당주는 자신들의 몸 위로 천장이 가루가 되어 안개처럼 흘러내리는 것을 아연실색한 얼굴로 쳐다볼 뿐이었다.

그리고 잠시 후, 현악과 방강, 삼당주 세 사람은 천장과 사방의 벽과 가구들이 몽땅 사라진 장소에 덩그러니 앉거나 서 있었다. 사라지지 않은 것은 자신들 세 사람과 현악이 앉아 있는 의자뿐이었다.

정원을 오가던 하인들이나 권속들이 걸음을 멈춘 채 현악 등을 보며 혼비백산한 표정을 짓고 있었다.

"아직 부족한가?"

현악이 조용히 입을 열자 그제야 방강과 삼당주는 어렴풋이 정신을 수습했다. 그러나 완연한 제정신은 아니었다.

"아, 아니… 됐습니다……."

삼당주는 몽롱하게 대답했다. 그는 혁련중도의 실력을 한 번도 본 적이 없었다. 그러므로 어느 정도 실력이어야 혁련중도와 싸울 수 있을는지 모르는 것은 당연했다.

신들의 싸움을 어찌 한낱 인간이 가름할 수 있으랴.

자운은 하동의 상처에 정성껏 약을 바르고 붕대를 감았다. 하동은 팔 하나가 잘라지고 애꾸가 된 것 외에 수십 군데 크고 작은 상처를 입었다.

잘라지고 후벼 파진 것을 복구할 수는 없어도 웬만한 상처들은 거의 아문 상태였다. 원래 하동 정도의 고수들은 웬만한 상처쯤은 운공만으로도 치유하는 능력을 지니고 있기 때문이다.

그런데도 자운은 자꾸 치료를 해야 된다면서 성화였다. 그리고 하동은 그녀가 치료를 하도록 내버려 두었다.

그녀가 약을 바르고 천을 묶는 부위는 하동 자신의 마음이라는 것을 알고 있음이다.

하동은 그녀가 치료를 하는 내내 그녀의 얼굴에서 시선을 떼지 않았고, 입가에는 부드러운 미소가 머금어져 있었다.

"보기 좋아요, 그 미소."

치료를 끝낸 자운은 하동을 보며 환하게 웃고 나서 스르르 몸을 뉘어 그의 품에 안겼다.

하동은 두 팔을 뻗어 그녀를 안으려다가 멈칫하며 팔꿈치까지밖에 남지 않은 자신의 왼팔을 쳐다보았다.

그는 오른팔로 자운을 안았다. 한 팔로 사람을 안는다는 것은 꽤나 불편했다. 아마 안긴 사람도 불편할 것이다.

하동의 시선은 한동안 자신의 잘려진 왼팔에 고정되어 있었다. 그리고 그는 깨달았다. 아니, 얼마 전부터 고심하던 것을 지금에야 결정했다고 해야 옳았다.

자운처럼 착하고 예쁜 소녀에게는 아직도 기회가 많이 있을 것이라는 사실을……

그는 가만히 자운을 떼어내며 온화한 음성으로 부탁했다.

"운 매, 지필묵을 가져다주겠어?"

현악은 하동의 방으로 향하던 걸음을 멈추었다. 자정이 조금 지났으니 남녀가 함께 있는 방을 방문하기에는 늦은 시각이었다.

그는 하동의 방 창을 쳐다보았다. 창문에 자운이 하동에게 안겨 있는 유등불빛에 비친 그림자가 드리워져 있었다.

현악은 괜히 멋쩍은 미소를 지었다가는 발길을 돌렸다.

유성보 삼당주의 도움으로 유성보에 잠입하는 것을 상의하려던 것은 내일 아침으로 미루었다. 지금은 하동과 자운 둘만이 오붓한 정을 나눌 때였다.

그러나 현악은 다음날 아침에 하동을 만나지 못했다.

여전히 한 방을 사용하고 있는 현악과 강초련이 각자의 침상에 앉아서 첫새벽의 운공을 하고 있을 때 곽정이 흐느껴 우는 자운을 방 안으로 데리고 들어왔다.

현악은 누이동생의 흐느낌을 듣고 불길함을 직감했다. 그는 서둘러 운공을 끝내고 침상에서 뛰어내렸다.

"자운아!"

"오라버님, 그분이 사라지셨어요! 어쩌면 좋아요?"

자운은 현악의 앞섶을 흠뻑 적시도록 흐느껴 울었다.

"잠시 산책이라도 하고 있겠지. 곧 돌아올 테니 걱정하지 마라."

자운은 도리질했다.

"아니에요! 저는 느낄 수 있어요… 그분은 돌아오지 않을 거예요…

저를 버린 거예요……."

현악은 자운을 품에 안은 채 곽정을 쳐다보았다. 곽정은 고개를 설레설레 가로저었다.

"다 찾아봤는데 없더군. 장원 내에는 없는 게 분명해."

"이런……."

지금쯤은 추적대가 수색대로 변해서 사방을 이 잡듯이 뒤지고 있을 것이기 때문에 장원 밖을 찾아볼 수는 없는 노릇이었다.

또한 하동이 스스로 장원을 떠났다면 아무도 그의 속도를 따라잡지 못할 것이다. 문제는 그가 다시 돌아올 것인가 아닌가 뿐이었다.

'디체 왜…….'

자운만큼은 아니지만, 현악은 망연자실하게 앉아 있었다. 그의 품에서 자운은 흐느끼고 또 흐느꼈다.

하동이 돌아오지 않을 것이라고 생각하기 때문에 그녀의 슬픔은 더욱 컸다.

자운은 반 시진이나 울고 난 후에 탈진해서 축 늘어졌다. 현악은 그녀를 침상에 눕히다가 그녀가 손에 꼭 쥐고 있는 두 통의 서찰을 발견했다.

그것들은 하동이 현악에게 남긴 서찰이었다.

악 아우 보게.

짐작했겠지만, 나는 한 번도 인간인 적이 없었네.

부모를 잃은 후 세상의 가장 밑바닥에서 짐승 같은 취급을 당하며 살아왔었네.

그 후 사부를 만났을 때 나는 비로소 내가 사람이 되었다고 생각했네.

그러나 그게 아니었네. 사부가 내게 심어준 것은 원한뿐이었네. 백무신에 대한 사부의 원한과 세상에 대한 나의 원한이 더해져서 나는 하나의 원한 덩어리가 되어 무림을 피로 적셨네.

그러다가 악 아우 자넬 만났었지. 나는 자네를 보는 순간 또 하나의 원한덩어리라고 생각했네. 그러나 착각이었어. 이제 와서 돌이켜 보니 내가 비겁문의 뇌옥에서 만난 것은 원한이 아니라 한 명의 인간이었네. 뜨거운 피가 흐르는…….

그리고 또 운 매를 만났지. 그녀에게서는 사랑을 배웠네. 나도 사랑을 할 수 있는 인간이라는 사실을 처음 깨달았어.

애초에 나는 자네에게서 혈인검을 돌려받기 위해서 운 매를 납치했던 것일세. 용서해 달라고는 하지 않겠네. 악 아우 자네도 무수한 시행착오를 거친 후에야 비로소 지금에 이르렀을 테고, 또 앞으로도 많은 실수를 저지를 테니까 말이야. 인간인 이상 실수는 하지 않겠나?

운 매를 부탁하네. 그녀에게 진정으로 행복했었다고 전해주게. 그리고 그녀에게 어울리는 좋은 사내를 짝 지어주게. 진심일세.

나는 지금 유성보로 가네. 유성검협 혁련중도는 사부님의 자령신공과 쾌검마류, 그리고 묵영검을 탐내어 두 명의 백무신과 사부를 파멸시킨 원흉일세.

솔직히 말하면 나는 혁련중도를 죽일 자신이 없네. 아마 그자에게 죽게 되겠지.

부탁하네. 혁련중도를 죽여주게. 그래야 저승에 가서라도 사부님을 떳떳이 뵈올 수 있을 것 같네.

내 시신을 수습해 주게. 내 장례를 치러달라는 뜻이 아니라 내 시신에 새겨져 있을 혁련중도의 검법을 연구하여 조금이라도 보탬이 되게. 내가 알기론 그자는 유성분광검법을 한 단계 더 발전시킨 새로운 검법을 익혔네. 그것에 대처하려면 내 시신에 새겨진 검흔이 필요할 거야.

자네에게 쾌검마류 검결과 자령신공 사 단계로 진입할 수 있는 요결(要訣)을 남겼네. 자령신공은 사 단계를 완벽하게 연공하고, 쾌검마류를 극성까지 연마하기 전에는 혁련중도를 찾아가지 말게.

이런 말을 해도 되는지 모르겠지만, 자네 남매는 내겐 친남매 같았네. 아니, 나의 분신 같은 존재였지.

이 말을 꼭 하고 싶었네.

고맙네, 진심으로…….

—하동 절필(絶筆).

"형…….."

만감이 교차했다. 울분과 감동과 후회가 아우성치면서 파도처럼 현악의 가슴속에서 들끓었다.

희대의 혈살성 쾌검마. 그도 인간이었다. 그가 뜨거운 피가 끓는 인간인 줄 이미 삼 년 전에 알고 있던 현악이었다.

하동은 이제야 현악을 친혈육 같다고 토로했지만, 현악은 삼 년 전에 형이라고 부르기 전부터 그를 친형처럼 여겼었다.

그 형이 제 발로 갔다. 그를 최초로 인간처럼 대해준 아우와 연인을 남겨둔 채 돌아오지 못할 길을 떠났다.

현악은 당장이라도 뛰쳐나가서 하동을 뒤쫓아가고 싶은 것을 죽을힘을 다해서 인내하고 있었다.

"현악아, 이거…….."

현악의 격동이 가라앉기를 기다리고 있던 곽정이 슬며시 한 자루 검을 내밀었다.

먹처럼 검은 검.

"묵영검……."

현악은 나직이 중얼거리며 검을 응시했다. 낯설지 않은 검. 삼 년 전에 비검문 뇌옥에서 넉 달 동안 줄곧 봐왔던 검이었다.

그리고 지금 현악이 등에 메고 있는 혈인검과는 형제 같은 검이었다. 천하에서는 두 자루 검을 '묵혈쌍검'이라고 지칭한다. 경천동지의 전설과 함께.

현악은 선뜻 손을 내밀지 않았다. 아니, 그러지 못했다. 여러 복잡한 감정과 느낌이 짧은 시간에 그의 정신과 마음속에서 미친 듯이 교차하면서 부딪치고 명멸했다.

그리고 마지막에 남은 가장 강하고 선명한 느낌 하나.

'내가 이 검의 주인이다!'

전생이었을까? 아니면 그보다 더 이전일는지도 모른다. 현악은 묵영검을 주시하며 마치 오랫동안 헤어져 있던 혈육을 상봉하는 듯한 진한 격동을 느꼈다.

이윽고 그는 두 손을 내밀어 의식을 행하듯 경건하게 묵영검을 받아 들었다.

손을 타고 싸늘한 감촉이 전해졌다. 싸늘함은 다시 전율로 이어졌고, 마지막으로 자신의 일부 같은 친숙함으로 맺어졌다.

'이 검은 형이다!'

묵영검은 쾌검마 하동의 분신이다. 하동은 묵영검을 현악에게 남기고 떠났다.

십여 년 동안 손에 익은 분신 같은 검. 게다가 전설의 명검이다. 그것을 현악에게 주고 간 것이다.

그것은 무엇을 의미하는가? 자신의 혼(魂)을 남긴 것이다. 자신의 생명을 현악에게 맡긴 것이며, 이미 죽을 각오를 했다는 의미다.

현악의 몸 가장 밑바닥에서 조금씩 피가 끓기 시작했다.

그것은 침묵의 피였다.

현악은 지그시 힘주어 묵영검을 잡으며 당장이라도 하동을 뒤쫓아가고 싶은 마음을 억눌렀다.

'좋아! 형 말대로 하겠어! 자령신공 사 단계를 완성하고 쾌검마류를 제대로 익힌 후에 혁련중도를 죽이러 가겠어!'

◆제72장◆
대붕(大鵬) 날아오르다!

　　　　　　다시 봄이 오고 현악은 스물한 살이 되었
다.

　그는 유성보 삼당주 관표(串彪)의 장원에서 나와 황하 변 광무현에
예전에 구입해 두었던 벽풍장으로 옮긴 후 그 즉시 폐관에 들어가 오
늘까지 다섯 달을 보내고 있는 중이었다.

　벽풍장 지하 석실에는 다섯 달째 현악과 강초련이 같은 석실 안에서
각자의 무공 증진에 심혈을 쏟고 있었다.

　그 옆 일렬로 늘어선 석실에는 각각 초곤과 흑궁녀, 곽정과 채엽, 강
일조와 신표, 악룡수와 사룡도, 유룡도 형제들이 폐관하여 비지땀을 흘
리고 있었다.

　무림은 더없이 조용했다. 다섯 달 전, 일대 혈살성 쾌검마가 유성보
주 혁련중도를 죽이려다가 오히려 죽임을 당한 후 그때까지 혼란스럽

던 무림은 겉으로나마 평온을 되찾았다.

혈살성의 죽음에 무림은 환호했고, 그를 죽인 유성검협 혁련중도의 빛나는 위업에 더욱 환호했다. 그로써 유성보는 무림에서 예전보다 더욱 확고한 위상과 권위를 확립했다.

유성보가 곧 법이었다. 알게 모르게 유성보는 구파일방마저도 자신들 밑에 종속시켰다.

그렇게 무림은 유성보의 영도 아래 그들이 가져다준 태평성세를 누리고 있었다.

그러나 그것은 수면은 잔잔한데 깊은 물속에서는 거세게 소용돌이치고 있는 호수와 같았다.

그리 많지 않은 인물들이 머지않아서 도래할 혈겁을 준비하고 있었다. 아마도 쾌검마가 일으킨 혈풍은 그 혈겁의 전주에 지나지 않을 것이다.

다섯 달 전, 사지에 몰린 쾌검마를 그의 의제 쾌검왕이 극적으로 구해서 사라졌다.

이후 혁련중도를 죽이러 단신으로 나타난 쾌검마는 묵영검을 지니고 있지 않았다.

혁련중도와 몇몇 인물들은 묵영검이 쾌검왕에게 있을 것이라는 것을 어렵지 않게 유추할 수 있었다.

그러므로 그들은 과연 쾌검왕이 묵혈쌍검의 전설을 완성할 것인가에 초미의 관심을 기울이며 백방으로 쾌검왕의 행적을 추적했으나 허사였다.

묵혈쌍검의 전설이 완성된다면……

그 누구도 쾌검왕을 감당하지 못할 것이라는 두려움을 안은 채 오늘도 무림은 불안한 침묵의 평화를 누리고 있었다.

　고리 모양의 네 개의 뚜렷한 자색 환이 층층이 떠 있다.
　그것은 자령신공 사 단계의 완성, 즉 등봉조극의 경지에 올랐음을 뜻하는 광경이었다.
　네 개의 자색 환 아래에는 현악이 가부좌의 자세로 앉아 있었다. 그의 전신은 은은한 자광(紫光)에 뒤덮여 있었으며, 얼굴은 무념무상 몰아지경에 빠진 듯이 평온해 보였다.
　스으으―
　네 개의 환이 흐릿해지더니 현악의 콧속으로 빨려 들어간 후 그는 천천히 눈을 떴다.
　너무도 투명하고 깊어서 마치 그 속에 또 다른 우주가 담겨 있을 것 같은 착각마저 들게 하는 눈빛이었다.
　그는 잔잔한 눈빛으로 전면의 석대 위에서 운공하고 있는 강초련을 응시했다.
　그녀의 머리 위에는 하나는 뚜렷하고 또 하나는 흐릿한 두 개의 자색 환이 떠 있었다. 즉, 자령신공 이 단계의 중간, 칠십 년의 화후를 보여주는 증거였다.
　그것을 무공 입문 불과 일 년여 만에 이루었다면 그 누가 곧이 믿을 수 있겠는가.
　그것은 순전히 그녀가 극음지체였기에 가능한 일이었다. 태어날 때부터 그녀 체내에 잠재되어 있던 극음지기가 극양에 해당하는 자령신공에 의해 용해되어 내공으로 환원되었다.
　그러므로 그녀가 평범한 사람들보다 몇 배의 진전을 이루는 것은 당연한 결과였다.

현악은 강초련을 보며 빙그레 미소를 지었다. 사랑스럽기 그지없는 여제자였다.

그녀는 현악 자신보다 현악을 더 잘 알고 있는 유일무이한 사람이었다. 현악에게 있어서 그녀를 입속의 혀라 할 정도로는 표현이 턱없이 부족했다.

강초련이라는 존재는 누이동생인 자운이나 절친한 벗인 초곤과는 또 다른 의미였다.

또 한 명의 현악, 현악의 분신이라고 말할 수 있었다. 부부도, 혈육도 아니면서 두 사람은 서로에게 그 이상의 존재가 된 것이다.

현악은 석대에서 내려와 천천히 좌우를 번갈아 쳐다보았다. 왼쪽 벽면에는 하나의 석관이 놓여 있었고, 오른쪽 벽에는 두 자루의 검 묵혈쌍검이 서로 교차된 형태로 걸려 있었다.

현악은 천천히 석관으로 걸어가서 그 안을 굽어보았다. 석관에는 쾌검마 하동이 하나뿐인 손을 가슴에 얹은 채 하나뿐인 눈을 감고 단정한 자세로 누워 있었다. 마치 깊은 잠에 빠진 듯 편안한 모습이었다.

현악은 물끄러미 하동을 굽어보았다. 하동은 성기까지 드러낸 알몸이었다.

하동은 다섯 달 전에 혁련중도에게 죽었다. 그의 시체는 유성보 수하들이 보관했다.

하지만 쾌검마의 시신은 그가 살아 있을 때만큼 중요하게 다루어지지 않았다.

그랬기 때문에 무룡전 삼당주 관표가 그리 어렵지 않게 유성보 밖으로 유출시킬 수 있었으며, 결국 현악에게 전해졌다.

하동의 시신이 이곳 벽풍장 지하 석실에 있다는 사실은 현악과 강초련, 관표와 방강밖에 모르는 사실이었다.

자운에게 알리지도, 보이지도 않은 것은 순전히 그녀를 위한 배려였다. 자운이 하동의 시신을 본다면, 그것은 상상조차 할 수 없는 일이었다.

그런데 신기하게도 하동의 시신은 썩지 않았다. 그렇다고 현악이 시신에 무슨 특별한 약 같은 것으로 처리한 것도 아니었다. 그런데도 시신은 다섯 달이 지난 지금까지 생전의 모습, 아니, 미간에 기이한 상흔 하나만을 새긴 채 추호도 변하지 않은 채 석관 안에 누워 있었다.

그것은 여태까지 풀리지 않은 수수께끼였다. 하동의 몸에 수수께끼가 하나 더 있었다. 그의 미간에 흐릿하게 새겨져 있는 하나의 상흔이었다.

현악의 시선이 그 상흔으로 옮겨졌다. 그의 눈은 깜빡이지도 않은 채 오랫동안 그곳에 머물렀다.

지난 다섯 달 동안 죽은 하동에게 마치 살아 있는 형에게 대하듯 인사를 한 후 반드시 한 번 이상 상처를 자세히 살펴보았었다.

그러나 별로 알아낸 게 없었다. 상처는 미간에 하나의 백색 점이 완두콩 크기로 박혀 있는 것 같은 모습이었다. 그리고 피부 표면에서 약간 움푹 꺼져 있었다.

현악은 손을 뻗어 백색 점에 중지 끝을 가만히 댔다. 언제나처럼 서늘한 한기가 전해져 왔다.

그러나 그게 전부였다. 하동의 몸에서 혁련중도와의 싸움에서 입었을 것으로 추정되는 상처처럼 보이는 것은 미간의 백색 점 하나밖에 없었다.

그의 온몸을 수십 번도 더 샅샅이 살폈지만 예전에 당한 오래된 상흔들만 곳곳에 새겨져 있을 뿐이었다.

백색 점이 차가운 것은 극음지기였다. 시신을 빼돌린 관표가 시신을 운반하는 과정에서 무심코 손이 백색 점을 스친 적이 있었다.

관표의 손은 그 즉시 마비되더니 한 시진 후에는 얼음덩어리처럼 변해 버렸었다.

만약 그 팔에 약간이라도 충격을 가했다면 그대로 부서져 버리고 말았을 것이다.

아마도 백색 점이 하동의 사인인 것 같았다. 그러나 거기에서 또 의문이 생겼다.

혁련중도는 검을 사용하는데 어째서 검흔이 남지 않고 백색 점이 생긴 것인가, 라는 것이었다.

검에서 발출되는 것이 검기든 검풍이든 적중된 부위가 구멍이 뚫리거나 잘려지거나 베어지기 마련이다. 그런 점에서 백색 점은 이해 불능이었다.

어쨌든 혁련중도가 검을 통해서 극음지기를 발출하여 하동에게 적중시킴으로써 그를 죽음으로 이끈 것은 분명했다.

또 한 가지 사실. 하동은 자령신공을 연공했으니 체내에 극양지공이 형성되어 있었다. 그런데도 혁련중도가 발출한 극음지기에 당했다는 것은 그의 극양지공이 혁련중도의 극음지공을 당해내지 못했다는 뜻이었다.

"극음지공……."

현악은 중얼거리며 몸을 돌려 묵혈쌍검이 걸려 있는 벽을 향해 걸음을 옮겼다.

그는 오늘 지난 다섯 달 동안 연마한 새로운 검법을 최종적으로 마무리해야겠다고 생각했다.

"검강(劍罡)?"

현악은 적사가 방금 한 말을 되뇌었다.

적사는 하동의 미간을 굽어보며 심각하게 설명했다.

"검법의 최고봉입니다. 이 검강을 시전한 인물이 혁련중도라면 그는 이미 이기어검술(以氣馭劍術)이나 어검비행(馭劍飛行)도 가능한 경지에 올랐을 것입니다."

적사의 입에서 흘러나온 말은 놀라움의 연속이었다. 검강이니 이기어검술이니 어검비행 같은 것들이 있다는 말은 현악도 들은 적이 있었지만 실제로 본 적은 한 번도 없었다.

그러나 그것들이 검법으로서는 더 이상 오를 수 없는 최고의 경지라는 사실은 알고 있다.

다시 말하면, 유성검협 혁련중도는 검법으로는 천하제일이라는 뜻이고, 검이 만병지왕(萬兵之王)으로 꼽히니 곧 천하제일인이라는 의미가 아닌가.

일단 현악이 하동의 시신을 적사에게 보인 것은 잘한 일이었다. 하지만 조그만 산 하나를 넘고 나니까 더 거대한 산이 가로막힌 격이었다.

그는 자령신공 사 단계와 쾌검마류를 완성했다. 하동의 유시를 이룬 것이다.

그래서 마침내 혁련중도와 대결을 벌일 수 있을 것으로 판단하고 출발하기 전에 적사에게 하동의 시신을 보였던 것인데 암울한 말을 듣고 말았다.

"쾌검마류의 완성이 어떤 경지일지는 모르겠지만, 검강에는 아래일 것입니다. 출전을 보류하십시오."

적사가 허리를 굽히며 정중히 권고했다. 그는 현악이 지난 반년 동안 연공실에서 쾌검마류를 연마한 것으로 알고 있었다.

현악은 고개를 들어 석실의 천장을 응시했다.

"패할 것을 알면서도 싸움에 임하는 것은 바보나 할 짓이다. 그러나 절반의 승산을 점친다면 한 번 해볼 만한 싸움이지."

적사는 깜짝 놀라서 현악을 쳐다보았다. 그는 현악의 말이 무슨 뜻인지 이미 간파했다.

"현악님! 쾌검마류보다 더 높은 경지를 이루셨군요?"

현악은 대답 대신 엄숙한 표정을 지었다.

"초 형은 어디에 있나?"

적사는 가슴이 뜨거워졌다.

"드디어 출전이십니까?"

사 년 전, 적사가 산서 풍사단 홍동지단에서 처음 현악을 만났을 때 그는 솜털도 가시지 않은 어린 독수리 새끼였었다.

한데 이제 그가 용맹한 독수리가 되어 날개를 활짝 펼치고 창공으로 비상하려고 한다.

적사는 눈시울이 뜨거워지려는 것을 겨우 참으며 총총히 앞장섰다.

"속하를 따라오십시오. 오래전부터 모두들 기다리고 계십니다."

*　　　*　　　*

그날은 하늘이 높고 푸르며 청명한 날이었다.

저벅저벅—

유성보 무룡전 휘하 삼당주 관표는 유성보의 외성(外城)에 이어서 내성(內城)마저도 별다른 제지를 받지 않고 통과했다. 그의 뒤에는 유성보 무룡전 수하 복장을 한 경장고수 두 명이 묵묵히 따르고 있었다.

유성보의 규모는 거대한 성을 방불케 할 정도로 웅장하고 거대했다. 그리고 외성이 전체의 칠 할을 차지한다면 내성이 삼 할을 차지하고 있었다.

외성에는 일각인 지황각과 사전 혈룡전, 무룡전, 철룡전, 창룡전의 도합 구백여 명이 머물고, 내성에는 천일각과 보주 일가만이 머물고 있다.

외성의 성주는 지황각주, 내성의 성주는 천일각주지만 외성과 내성을 망라한 성 전체의 경호는 무룡전의 이백이십 명의 고수가 담당하며, 천일각은 보주 일가만을 경호한다.

삼당주 관표의 삼당은 외성의 경호를 맡고 있지만 당주라는 신분 덕분에 성 내에서 한 군데만을 제외하고는 어디든 가지 못하는 곳이 없었다.

그가 가지 못하는 한 군데는 내성 한복판에 위치한 유성원(流星院)이었다.

유성원은 유성보 전체로 따지면 일 할에 불과한 면적이지만 사실상 바로 이곳에서 당금 천하무림을 좌지우지하는 무소불위의 권력이 흘러나오고 있는 것이다.

유성원은 일곱 채의 크고 작은 전각들로 이루어졌다. 혁련중도 부부의 거처와 소보주 혁련무룡과 세 명의 딸이 각각 한 채씩의 전각을 사용했고, 나머지 두 개의 전각은 연무장과 연공실이었다.

내성까지 들어갈 수 있는 당주급인 관표도 유성원에는 한 발자국도 들여놓을 수가 없다.

천일각주의 허가 없이 진입했다가는 어디에 은둔해 있는지 알 수조차 없는 천일각 휘하 고수들에 의해서 졸지에 불귀의 객이 되고 말 것이므로.

천일각은 오로지 유성보주 일가가 머물고 있는 유성원을 경호하기 위해서만 존재한다.

유성보의 삼인자가 이끄는 천일각의 삼십 명 일류고수는 매월 순서대로 두 명씩 열흘간의 휴가를 다녀올 뿐, 모든 생활을 내전에서 하고 있다.

천일각주 유성신검(流星神劍)은 지위상 삼인자지만 실력으로는 혁련중도 다음이다.

당금 무림에서 그와 비견될 만한 실력자는 소림 장문인과 무당장교, 그리고 두세 명의 전대 기인 정도가 고작이다.

또한 천일각 삼십 명 고수들 각자는 겉으로는 전주 수준이지만 실상 그들보다 반수 혹은 한 수 이상 위의 실력자들이다.

"이리 주고 넌 여기서 기다려라."

관표는 내전의 어느 전각 앞에서 동행한 두 명의 수하 중에서 덩치가 큰 자가 들고 있는 물건을 건네받으면서 한마디 툭 던지고는 안으로 들어가 버렸다.

두 명의 수하만 남았다. 물론 그는 관표의 수하로 변장한 현악과 강초련이었다.

변장이나 잠입 같은 것이 현악의 취향은 아니지만, 이렇게 하지 않

으면 내성까지 들어오는 데에 상당한 어려움을 겪게 될 것이니 어쩔
수 없었다.

대낮, 그것도 구름 한 점 없이 청명한 날이다. 현악이 낮을 택해서
잠입한 이유는 허를 찌르기 위해서이다.

낮에는 환해서 섣부른 잠입은 결코 녹록치가 않다. 그러나 그런 이
유 때문에 경계가 소홀한 법이다.

반면에 밤은 어두워서 대부분의 잠입이 밤에 이루어진다. 또한 그런
이유 때문에 낮에 비해서 밤의 경계가 훨씬 강화되기 마련이다. 어찌
보면 간단한 논리다.

실력이 없거나 어설픈 잠입자는 대부분 밤을 이용한다. 어둠의 장막
이 잠입을 돕는다고 생각하는 탓이다. 하지만 실력자이며 당당한 잠입
자는 낮을 이용하는데, 잠입이라고 생각하지 않고 방문이라는 표현을
즐겨 쓴다.

현악은 석상이 된 듯 그 자리에서 꼼짝도 하지 않고 서 있었다. 그는
기다리고 있었다. 내성에 들어설 때부터 줄곧 관표와 자신을 감시하고
있는 두 쌍의 눈이 사라지기를.

"각주께서 어디에 계시는지 아느냐?"
"조금 전에 거처에 계시는 걸 봤습니다만, 안 계십니까?"
"계시지 않으니까 묻는 게지."
지황각주의 거처를 찾은 지황각 휘하의 한 명의 고수, 즉 지황고수
는 각주 거처 입구를 지키는 무룡전 휘하 고수에게 역정을 냈다.
"나가시는 모습은 뵙지 못했습니다."
무룡전 휘하 고수는 방에 지황각주가 없는 것이 자기 탓이라도 되는

듯 전전긍긍했다.

지황고수는 가타부타 말없이 다시 지황각주의 거처로 발길을 돌렸
다. 기다릴 생각이었다.

그는 다시 객청에 앉아서 지황각주가 돌아오기를 기다렸다. 그러나
그로부터 반 시진이 지나도록 지황각주가 돌아오지 않자 그는 방문 앞
으로 다가가 조심스럽게 입을 열었다.

"각주님, 안에 계십니까? 속하 사온(司溫)입니다."

그러나 반 시진 전처럼 방 안에서는 아무런 대답이 없었다. 문득 지
황고수 사온은 불길한 예감이 들었다.

척!

이윽고 그는 최대한 조심을 기하며 방문을 열고 안으로 한 걸음 발
을 들어놓았다.

방 안에는 지황각주도 그 누구도 없었다. 크고 넓으며 화려한 실내
와 가구 집기들은 평상시 그대로였고, 싸운 흔적 따위는 아예 눈에 띄
지 않았다.

날카롭게 실내를 살피던 사온의 시선이 평소 지황각주가 즐겨 앉는
창가의 의자에 멈췄다. 의자와 바닥에는 회백색의 뽀얀 분말이 어지럽
게 쌓여 있었다.

사온은 미끄러지듯이 의자로 다가가 분말로 손을 뻗었다.

'뭐지?'

분말을 쥐고 냄새도 맡아보고 비벼보기도 하던 그는 끝내 고개를 갸
웃거렸다.

그는 죽어서도 알지 못할 것이다. 자신의 손바닥에 놓여 있는 한 줌
의 분말이 자신이 찾고 있는 지황각주의 몸의 일부분이라는 사실을 말

이다.

스스스—

절반쯤 열려 있는 창을 통해서 한 자락 미풍이 불어와 사온의 손바닥에 있는 분말을 흩날렸다.

반 시진하고도 반 각쯤 전, 지황각주는 내공이 등봉조극에 도달한 한 명의 청년에게 목숨을 잃었다.

그가 당한 수법은 무림에 거의 알려지지 않은 무심쾌라는 검법이었으며, 그 초식을 전개한 청년은 무룡전 수하의 복장을 한 채 지황각주의 거처 창을 통해서 들어와 단 일 초식만을 전개한 후 다시 창을 통해 유령처럼 빠져나갔다.

그 후로도 지황각주의 죽음은 오랫동안 실종으로 처리되었다.

'갔군.'

현악은 속으로 중얼거렸다. 그를 지켜보던 두 쌍의 눈 중에 하나는 반 시진 전에, 또 하나는 방금 사라졌다.

당주를 수행한 일개 수하에게조차도 감시의 끈을 늦추지 않는 것으로 미루어 내성 유성원을 경호하는 천일각 고수들의 자세를 능히 알 수 있었다.

물론 현악이 천일각 고수 두 명 정도를 두려워하는 것은 아니다. 그는 단지 소란스러움을 자초해서 본래의 계획을 망가뜨릴까 봐 경거망동을 삼가는 것이었다.

그는 무모한 살행을 자제하고 싶었다. 그래서 유성보를 이끌고 있는 실질적인 인물들만 죽여서 무고한 인명의 피해를 최소한으로 줄이려고 노력하는 중이었다.

하지만 만약의 사태에 대비하여 철저한 준비도 해두었다. 현악이 유성보의 우두머리들만 죽이는 계획이 최선책이라면, 준비해 둔 계획은 최선책이 실패했을 경우 가동하게 될 차선책이었다.

차선책이 실패할 경우라는 것은 없다. 최선책이 실패하면 차선책으로 밀어붙인다. 즉, 차선책은 전면 대공격이었다.

현재 무적보의 전 세력 오백여 명과 장강수로채에서 선발된 녹림고수 삼천여 명이 난봉을 향해서 달려오고 있는 중이다.

초곤은 그들에게 혈풍대군(血風大軍)이라는 군대식 명칭을 붙여주었다.

현악과 초곤이 사전에 한 약속은 이렇다.

현악이 유성보에 잠입하는 순간, 가깝게는 오십여 리 멀리는 칠십여 리 밖 산중에 산재하여 포진하고 있던 혈풍대군 삼천오백여 명이 일제히 출발한다.

혈풍대군은 적게는 수십 명, 많게는 수백 명씩 대오를 이루어 사면 팔방에서 유성보를 포위한 상태에서 서서히 포위망을 좁혀온다.

중도에 혈풍대군을 가로막는 것은 무엇이든 박살 내며 쉬지 않고 전진한다.

현악이 최선책에 성공했는지 아니면 실패했는지 여부는 알 필요가 없었다.

혈풍대군이 유성보에 도달할 때까지 현악으로부터 별다른 연락이 없는 한 그들은 유성보를 깨부수고 전면전을 벌인다.

뒤늦게 소식을 접한 각 방, 문파들이 고수들을 파견하겠지만 그들은 너무 멀리에 있다.

유성보가 위치해 있는 난봉을 중심으로 백여 리 내에는 여타 방, 문파가 존재할 수 없다.

그것은 유성보가 개파한 백이십 년 전에 세워졌으며 오늘날까지 지켜지고 있는 율법이었다. 이른바 유성보가 위치한 난봉 일대 백여 리는 성역(聖域)인 것이다.

백여 리 밖에 있는 방, 문파들이 있다고 해도 대(大)자를 쓸 수 있는 규모는 아니다.

그저 도토리 키 재기 같은 고만고만한 규모일 뿐이다. 그중 그나마 규모가 크다면 백오십여 리 밖 광무현에 있는 비검문 정도를 꼽을 수 있을 것이다.

위기에 처한 유성보에게 실질적인 도움을 줄 수 있는 방, 문파들은 칠백여 리 밖의 소림사나 그보다 더 멀리 있는 무당파, 사해방(四海幫), 화산파 등이다.

그러나 그들이 유성보에 도착했을 즈음에는 모든 상황이 종료된 후일 것이다.

적사는 예견했었다. 어쩌면 대부분의 방, 문파들이 서로 눈치를 보면서 방관만 하고 있을지도 모를 일이라고.

사실 유성보는 너무 오랫동안 천하무림 위에 군림해 오며 폭정을 행사해 왔다.

물론 유성보는 무림을 위해서 셀 수도 없을 만큼 많은 일들을 행했고, 또 업적을 쌓았다.

하지만 그 과정에서 고의적이거나 선의의 피해를 당한 사람들도 많았다.

공(功)이 일 장이면 한(恨)은 백 장인 법이다. 게다가 사람들의 의식 구조라는 것은 공보다는 한을 더 잘 기억하기 마련이다.

　그러므로 실제 유성보에 도움을 줄 만한 방, 문파들이 침묵을 지키고 있을지도 모를 것이라는 적사의 예상은 어쩌면 적중할지도 모르는 일인 것이다.

　만약 유성보가 혈풍대군에게 괴멸당한다면, 그 잘난 성역이 결정적인 패인이 될 것이다.

　현악은 옆에 서 있는 강초련을 슬쩍 쳐다보았다. 담담한 표정에 맑은 눈빛이었다.

　강초련도 현악을 바라보았다. 그녀의 눈빛과 얼굴에는 현악에 대한 무한한 신뢰가 가득 떠올라 있었다.

　하지만 현악은 그녀의 눈 깊숙한 곳에서 일렁이고 있는 애정의 기색은 발견하지 못했다.

　현악이 가볍게 고개를 끄덕였다.

　스슷—

　순간 현악이 앞서고 강초련이 뒤따르며 관표가 들어간 전각의 모퉁이를 바람처럼 돌아나갔다.

　무림일절로 불리는 해남도의 표허무종이었다. 공력이 얼마라고 설명할 수 없는 단계에 이른 현악은 말할 것도 없고, 강초련의 표허무종은 가히 일품이었다.

　그녀는 현악이 가르치는 어느 것 하나 발군이 아닌 것이 없지만 특히 표허무종만큼은 가르치는 현악조차도 혀를 내두를 정도로 뛰어난 성취를 보였다.

　두 사람이 행동을 개시하자마자 관표는 여태 자신이 머물던 천일각 육조장의 거처에서 나왔다.

　평소 약간의 안면이 있던 육조장이 난데없는 관표의 방문에 천년하

수오 선물을 받아 들고 흐뭇한 미소를 지은 것은 당연했고, 관표는 두 손을 비비면서 그동안 관대하게 돌보아주신 은혜 어쩌고저쩌고 하면서 괜한 너스레를 떨며 시간을 끌었다.

그는 방금 전에 현악과 강초련이 사라진 전각 어귀를 힐끗 쳐다보고는 왔던 길로 걸음을 옮겼다.

'부디 혁련중도를 죽여주시오!'

전각이 끝나는 곳에 이르러 강초련이 갑자기 속력을 내서 현악 옆에 바짝 따라붙었다.

전각이 끝나면 정원이 나타나고 그곳에서 두 사람은 각각 좌우로 나누어져야 한다.

현악의 상대는 물론 혁련중도이고 강초련이 죽여야 할 상대는 혁련무룡이기 때문이었다.

원래는 현악이 먼저 천일각주와 혁련무룡을 차례로 죽인 후 혁련중도를 상대하려는 계획이었다.

그런데 강초련이 자신이 혁련무룡을 상대하겠다고 불쑥 나섰고, 현악은 잠시 생각한 끝에 허락했었다.

강초련은 끝까지 현악과 함께 있고 싶었다. 그것이 사로(死路)든 활로(活路)든 한시도 현악과 떨어져 있고 싶지가 않았다. 현악이 준 생명이니 그와 함께 생사를 함께하고 싶은 것이었다. 아니, 그보다는 더 깊고 도저한 이유가 있었으나 그녀는 죽는 순간까지도 그것을 드러내지 않을 것이다.

현악은 강초련이 자신의 소매를 가볍게 잡아당기는 바람에 뚝 멈추어 섰다.

“……”

그가 강초련을 돌아보려고 할 때 갑자기 부드럽고 촉촉한 입술이 그의 입술을 덮었다.

현악의 큰 입술에 비해서 반도 안 되는 크기의 작고 도톰하며 부드럽고도 붉은 입술.

현악은 그녀를 밀어내려다가 손을 멈췄다. 눈을 꼭 감고 있는 그녀의 속눈썹이 파르르 떨리는 것을 보았기 때문이다. 그리고 눈초리에 매달려 있는 한 방울의 눈물.

휘익!

순간 강초련은 입술을 떼는 것과 동시에 몸을 돌려 정원 속으로 사라져 갔다.

현악은 그녀의 뒷모습을 응시했다. 그녀에 비해서는 좀 큰 묵영검의 먹빛 검파가 이름 모를 커다란 잎사귀가 무수히 달린 나뭇가지 사이로 사라졌다.

현악은 속으로도 ‘꼭 살아다오’ 라고 말하지 못했다. 혁련무룡에 비해서 강초련은 한 수 아래가 틀림없었다.

그런데도 그녀의 제안을 허락한 이유는 현악 자신이 천일각주와 혁련무룡을 연이어 죽인 후 혁련중도까지 상대하는 것이 너무 버겁기 때문이었다.

하지만 그가 강초련을 막무가내로 사지에 몰아넣은 것은 아니다. 그녀에겐 아직 현악조차도 파악하지 못한 감추어진 능력이 있다.

현악이 그녀를 수련시키는 과정에서 다섯이라는 결과를 요구했을 때 그녀는 종종 열, 혹은 열다섯의 결과를 보여주어서 그를 놀라게 만들었다.

현악은 그 변수에 한 가닥 기대를 걸고 있었다. 그것이 사랑스러운 여제자의 목숨을 지켜주기를…….

그는 강초련이 정원의 맞은편으로 나와 한 채의 전각 입구로 쏘아가는 것을 보다가 오른손을 들어 혈인검의 검파를 잡았다.

묵혈쌍검을 현악과 강초련 사제지간이 나누어 가졌다. 그것은 또 다른 의미의 신뢰이며 생사를 초월한 끈이기도 했다.

현악은 혈인검의 검파를 잡은 손을 내렸다. 그 누구의 눈에도 보이지 않는 무심쾌는 이미 발출된 후였고, 직후 강초련이 전각 입구로 스며드는 것을 발견한 그 옆 전각 지붕의 천일각 고수의 몸이 가루로 화해 바람에 흩어지고 있었다. 물론 그것을 발견한 사람은 아무도 없었다.

현악이 강초련을 지켜줄 수 있는 것은 거기까지였다.

스웃—

그는 바람에 날리는 한 조각 깃털처럼 몸을 날려 강초련이 스며든 전각과는 반대 방향에 있는 한 채의 전각으로 향했다.

이 시점에 이르러서 그는 더 이상 천일각 고수들에게 발견되는 것을 꺼려하지 않았다.

지금부터는 행동의 시간이었다. 삼십 명의 천일각 고수가 낮과 밤으로 나누어 유성원을 경호한다고 했으니 지금은 열다섯 명이 내전 곳곳에 은둔해 있을 것이다.

아니, 방금 한 명이 죽었으니 이젠 열네 명이다. 그들 열네 명이 현악을 발견하더라도 소리없이, 그리고 흔적이 죽이기만 하면 휴식을 취하고 있는 교대조 열다섯 명을 깨우지는 않을 것이다. 내전의 소리없는 소란은 내전 안에서만 끝나면 된다. 원래 대업은 소리없이 이루어진다.

현악과 강초련은 관표로부터 유성보 내성과 유성원의 위치와 약도 등에 대해서 자세히 설명을 들었기 때문에 거칠 것 없이 행동할 수 있었다.

현악은 한 채의 전각 입구를 향해 정면으로 쏘아갔다. 그가 쏘아져 가는 모습은 마치 유령 같았다.

뻔히 눈으로 보고 있으면서도 너무 빨라서 그 형체가 흐릿하게 보일 정도였다.

입구를 지키던 한 명의 천일각 고수가 정면에서 쏘아오는 현악을 발견하고 움찔하며 오른손으로 어깨의 검을 잡으려고 했다. 그러나 그것뿐이었다.

스스스—

천일각 고수의 몸이 가루로 화해서 흩어질 때 현악은 그 곁을 스치며 전각 안으로 쏘아져 들어갔다.

◆제73장◆
내가 전설(傳設)이다!

"옥 매, 이제는 말해야겠어. 더 이상 참고 있다가는 내가 무슨 짓을 저지를지 모르겠기 때문이야."

혁련무룡은 탁자 맞은편에 앉아서 하염없이 창밖만 내다보고 있는 단우옥을 보며 정색하며 입을 열었다.

그런데도 단우옥은 그의 말을 듣지 못한 것 같았다. 그가 쳐다보니 그녀의 눈동자가 어디 한 군데에 고정되어 있지 않고 허공 중에 부유하고 있었다.

그는 그녀가 무슨 생각을 하고 있는지 알 수 있었다. 그녀의 저런 표정은 혁련무룡에게 너무도 익숙했다. 늘 그랬듯이 그녀는 지금도 쾌검왕을 그리워하고 있는 것이다.

늘 보아왔으면서도, 저런 모습만 보면 언제나 속이 뒤집어지는 혁련무룡이었다.

단우옥 앞에 있는 사람은 자신 혁련무룡인데, 단우옥에게 정성을 쏟는 사람은 다름 아닌 여기 앉아 있는 혁련무룡인데 어째서 그녀는 몇 번 만나지도 않은, 그래서 많은 인연도 추억도 만들지 못한 놈을 저토록 사랑하고 있는지 이해할 수가 없었다.

내가 그놈보다 무엇이 부족한가. 용모로든, 재력이든, 성품이든 무엇이라도 쾌검왕보다 자신이 월등하다고 자신하는 혁련무룡이었다. 그리고 그는 자신이 이처럼 질투심에 몸부림치고 있다는 사실이 죽기보다 싫었다.

천하제일방파 대유성보의 후계자인 그다. 마음만 먹으면 못할 것이 없으며, 숱한 미녀들이 그의 사랑을, 아니, 눈길 한 번을 애타게 원하고 있었다.

"옥 매!"

혁련무룡은 이제는 더 이상 자신의 감정을 숨기지 않으리라고 작정하고 약간 언성을 높여 불렀다.

혁련무룡을 돌아보는 단우옥의 눈빛은 여전히 꿈을 꾸고 있었다. 그를 바라보고 있으면서도 다른 놈을 그리워하고 있는 것이다.

"나를 봐, 옥 매! 여기에 있는 사람은 빌어먹을 쾌검왕이 아니라 나 혁련무룡이라구!"

혁련무룡은 두 손으로 단우옥의 어깨를 거칠게 움켜잡고 노성을 터뜨렸다.

단우옥의 눈빛이 크게 흔들렸다. 그러자 혁련무룡의 언성이 더 높아졌다.

"내가 옥 매를 얼마나 사랑하고 있는지 모르는 거야?"

단우옥이 그리움이라는 상상의 세계에서 현실로 돌아오는 데에는 약간의 시간이 필요했다. 그녀는 흥분한 혁련무룡과는 다르게 차분한 어조로 입을 열었다.

“그 말을 하려고 소녀를 오라고 했나요?”

그녀는 이곳 난봉에서 백여 리쯤 떨어져 있는 지인의 장원에 백 명의 해남검수들과 함께 묵고 있었다.

혁련무룡이 거처를 유성보로 옮기라고 간곡하게 부탁했으나 그녀는 꼼짝도 하지 않았었다. 또한 잠시 방문해 달라는 몇 차례의 부탁마저도 묵살해 버렸다.

그래서 급기야 혁련무룡은 부친이 급히 그녀를 부른다는 거짓 방법을 동원해서야 단우옥을 유성보 내 유성원으로 끌어들이는 데 간신히 성공했다.

그는 망가지고 있었다. 표면적으로는 당금 무림에서 가장 출중한 기린아로 촉망받으면서도 속으로는 한 여자의 사랑을 목말라 하며 문드러지며 썩고 있는 것이다.

그녀의 무성의한 말과 태도에도 혁련무룡은 오늘만큼은 기필코 자신의 뜻을 관철시키고야 말겠다고 다시 한 번 다짐했다.

“날 어떻게 생각하고 있지?”

혁련무룡의 눈빛이 강렬해졌다.

“좋은 오라버님이에요.”

“겨우 그것뿐인가?”

“그럼 다른 것이 있어야 하나요?”

그녀의 너무도 차분하고 냉정한 태도에 혁련무룡은 마지막으로 잡고 있던 인내의 끈을 마침내 놓아버렸다.

“난 너를 사랑해!”

혁련무룡이 언성을 높이고 더 흥분할수록, 단우옥의 목소리는 더 낮아지고 침착해졌다.

"제가 사랑하는 사람은 따로 있어요."

혁련무룡의 눈에 핏발이 섰다. 그리고 그는 마침내 본성과는 전혀 다른 일시적 감정에 휩싸였다.

"그만둬! 그놈은 안 돼!"

그는 악을 썼다.

"제가 룡 가가의 허락을 받아야만 누군가를 사랑할 수 있는 신분인가요?"

"……"

"룡 가가께서 제게 얼마나 잘 대해주었는지 알고 있어요. 그러나 그것은 부모나 형제에게서 느끼는 감정일 뿐이지, 사랑은 아니에요. 저는 룡 가가를 존경해요. 하지만 사랑하고 있지는 않아요. 하지만 자꾸 이러면 존경심마저도 사라지게 될 것 같군요."

혁련무룡은 벼랑 끝에 서 있는 자신을 발견했다. 그는 힘껏 어금니를 악물며 눈을 부릅떴다. 자신이 지금 저지르려고 하는 짓에는 더 강한 분노가 필요했다.

"너는 내 것이다!"

"앗!"

외침과 함께 그는 단우옥의 몸을 부둥켜안은 채 침상으로 몸을 날렸다.

단우옥은 크게 당황했다. 그녀는 지금 혁련무룡이 무슨 짓을 하려는지 직감했다.

"이러지 말아요!"

그녀는 날카롭게 외치면서 그의 가슴에 일장을 발출했다. 아니, 발출하려는 순간 그보다 먼저 혁련무룡의 손가락이 번개같이 그녀의 마혈을 제압했다.

"룡 가가……."

단우옥은 혁련무룡이 이럴 줄은 꿈에서조차 상상하지 못했다가 놀란 표정으로 말을 잇지 못했다.

혁련무룡은 자빠뜨린 단우옥 몸 위에 엎드린 채 그녀를 찍어 누르며 으르렁거렸다.

"흐으으… 너는 태어날 때부터 내 것이었다……. 쾌검왕 같은 놈에게 뺏기지는 않겠다……."

"제발… 후회할 짓은 하지 마세요……."

단우옥은 안타깝게 애원했다. 몸을 더럽힌다는 것이 안타까웠고, 믿고 따르던 혁련무룡에게 실망하게 되는 것이 안타까웠다.

"흐으으… 후회는 이미 했다! 너를… 진작 내 것으로 만들지 못한 것을 말이다……! 그러나 늦지 않았다……! 지금이라도 널 내 것으로 만들겠다!"

혁련무룡은 이미 한 마리 욕정의 짐승으로 변해 있었기 때문에 단우옥의 말이 귀에 들어올 리 없었다.

찌이익—

그의 손은 단우옥의 옷을 찢고 있었고, 그의 입술은 그녀의 목덜미를, 뺨을 애무하면서 입술로 향하고 있었다.

단우옥의 커다란 두 눈이 경악과 분노와 절망으로 더욱 커졌다.

"……!"

그 순간 그녀의 새카만 눈동자에 한 사람의 모습이 비추어졌다. 그 사람은 앳된 소녀였고, 오른손에는 한 자루 먹처럼 검은 검을 움켜쥔 채 머리 위로 쳐들고 있었다.

강초련으로서는 절호의 기회였다. 망설일 이유가 없었다.

슉!

순간 묵영검이 허공을 세로로 갈랐다.

무엇이든 이루기는 어렵고 또 오래 걸린다. 그러나 그 이루어진 것이 붕괴되는 것은 실로 한순간이다. 그래서 허무하다.

대부분의 큰 사건이나 역사적인 일들은 믿을 수 없게도 찰나지간에 결말이 나곤 한다.

지금 혁련무룡의 경우가 그랬다. 대유성보주의 적자로 태어나 후계자로서 키워져 가장 촉망받는 위치에서 온갖 권력을 누리며 성장한 그가 너무도 허무하게 지니고 있던 모든 것을 잃고 있었다.

묵영검은 명검이다. 암석과 무쇠를 두부처럼 자르는 명검이 피와 살로 이루어진 인간의 육신을 일도양단하는 것처럼 간단한 일도 없을 것이다.

강초련은 유성추혼 혁련무룡을 상대로 전력을 다할 필요가 없었다. 그녀는 극쾌를 익혔으나 그것을 사용하지도 않았다. 그저 혈련무룡 뒤에 소리없이 접근하여 묵영검에 약간의 공력을 주입시킨 후 그어 내렸을 뿐이었다.

평소의 혁련무룡이었다면 강초련이 아무리 조심을 기한다고 해도 이처럼 쉽게 지척까지 접근할 수 없었을 것이다. 또한 그가 이성을 잃고 단우옥을 능욕하려 들지 않았더라면 죽어야 할 사람은 강초련이었을지도 모르는 일이다.

혁련무룡은 무언가 이상함을 느꼈다. 입술로 단우옥의 입술을 덮으려고 하는데 뜻대로 되지 않았다. 몸이 뜻대로 움직여지지 않는 것이다.

순간 그는 단우옥의 커다랗게 떠진 눈동자에 비친 자신의 뒤에 한 소녀가 먹빛 검을 쥔 채 당당하게 서 있는 것을 발견했다. 그리고 자신이 암습을 당했다는 사실을 깨달았다.

허무했다. 이처럼 허무할 수가 없었다. 이게 아닌데… 이런 게 아니었는데……

"옥 매… 이게 아니야……."

혁련무룡은 일그러진 표정으로 중얼거렸다. 정확하진 않아도 그는 자신의 목숨이 곧 끊어지리라는 것을 직감했다.

그래서 필사적이었다. 이대로 죽을 수는 없었다. 자신의 진심을 단우옥에게 전해주기 전에는, 그녀를 능욕하려던 것이 아니었다는 진심을 그녀가 알아주기 전에는 편히 눈을 감을 수 없었다. 그러나 운명은 끝까지 그의 편이 되어주지 않았다.

"오, 옥 매……."

촤악!

혁련무룡은 그녀에게서 몸을 떼며 일어서려다가 몸이 정수리에서부터 사타구니까지 세로로 쪼개져 버렸다.

베어진 단면은 거울처럼 매끄러웠으며 내장이나 피는 한 방울도 흐르지 않았다.

강초련이 묵영검에 주입한 공력이 극양지공인 자령신공이기 때문이었다.

단우옥은 방금 전까지 자신에게 일어난 일들이 현실이라고는 믿어지지 않았다.

혁련무룡이 자신을 능욕하려 했으며, 또 그가 눈앞에서 처참하게 죽임을 당했다. 그녀는 물론 혁련무룡의 진심을 잘 알고 있다. 그렇다고 사랑하지도 않는 그를 받아들일 수는 없었다.

그때 강초련이 조심스럽게 단우옥의 제압된 마혈을 풀어주었다.

단우옥은 움찔 몸을 떤 후에 부스스 일어나 죽어 있는 혁련무룡을 바라보다가 너무도 끔찍한 모습에 그만 외면하고 말았다.

"인사드립니다, 사모님."

그때 강초련이 검을 어깨에 꽂고 단우옥 앞에 무릎을 꿇으며 큰절을 올렸다.

"……."

단우옥이 냉정한 정신을 수습하는 데에는 약간의 시간이 걸렸다. 아니, 혁련무룡이 죽었다. 냉정할 수가 없었다. 냉정해질 수 있다면 인간이 아닐 것이다.

세상 모든 일에는 구별이라는 것이 있다. 그것이 정인지 미움인지, 존경인지, 사랑인지를 제대로 구별하지 못할 때 왕왕 비극적 결말이 벌어진다.

단우옥은 반년 전 쾌검마를 추적할 때 현악 옆에 서 있는 강초련을 본 적이 있었다. 그녀는 그제야 옷매무새를 고치면서 강초련을 바라보았다.

"당신은 악 가가의 제자인가요?"

단우옥은 가능한 세로로 쪼개져서 죽은 혁련무룡의 참혹한 시체를 보지 않으려고 애쓰면서 강초련을 부축해서 일으켰다.

"네, 사모님."

강초련은 극도의 긴장으로 온몸이 굳는 것을 느끼면서 공손하게 대답했다.

그녀는 현악의 의제 채엽에게 현악의 연인이 봉황일미라는 말과 함께 두 사람의 관계가 어땠었는지 그의 약간은 과장 섞인 말을 귀가 따갑도록 들었다.

또 얼마 전에 만났던 청라라는 여자는 현악과 깊은 관계인 것이 틀림없었다.

그날 객잔에서 청라가 현악의 방을 찾아왔었을 때 강초련은 두 사람이 사랑을 나누는 소리를 문밖에서 숨죽이며 듣다가 눈물을 흘리며 자신의 방으로 돌아갔었다.

사부에겐 천하제일의 미녀라고 불리는 연인 봉황일미가 있으며, 또 사부가 아끼는 청라라는 여자도 있다.

하지만 강초련은 사부를 사랑할 자격조차 없는 몸이었다. 제자가 사부를 사랑할 수는 없는 일이다. 강초련의 법으로는 가능했지만, 세상의 잣대로는 불가능했다.

"그가… 이곳에 왔나요?"

문득 그렇게 묻는 단우옥의 음성에 긴장이 역력하게 배어났다.

"네."

"그는 지금 어디에 있죠?"

단우옥은 강초련의 양 어깨를 잡으며 급히 물었다.

강초련은 현악으로부터 이런 상황에는 어떻게 대처하라는 지시를 받지 못했다.

현악은 이곳에 단우옥이 있을 줄은 예상하지 못했다. 강초련은 대답을 하지 못하고 적잖이 당황했다.

"설마 그는… 유성보주를 죽이러 온 것인가요?"

"……."

이번에도 강초련은 대답하지 못했다. 그러나 얼굴빛이 가볍게 흔들리는 것으로 대답을 대신했다. 그것은 긍정이었다.

"도대체 어쩌자고……."

단우옥의 얼굴이 하얗게 변했다. 현악이 아무리 강해도 혁련중도를 죽일 수는 없다는 것이 그녀의 생각이었다.

그녀는 현악의 정확한 실력을 모른다. 사 년여 전, 그를 처음 만났을 때 쾌검마로 오해하여 한차례 싸워본 것이 전부였다.

그 당시의 현악은 공력 면에서 단우옥보다 현저히 낮았으며, 두 차례 무척 빠르고도 위협적인 쾌검식을 전개했지만 전체적으로 볼 때 그녀보다는 하수였다.

지난 사 년여 동안 현악에 대한 소문은 많이 들었다. 그가 누굴 죽였고, 어디에서 어떤 행동을 했는지 강호의 빠른 소문은 쉴 새 없이 현악의 일거수일투족을 그녀에게 전해주었다.

'그가 아무리 강해졌다고 해도 혁련 백부님을 이길 수는 없어. 이건 자살 행위나 다름없어!'

더 이상 생각할 겨를이 없었다. 단우옥은 마음이 급해 쏜살같이 문으로 쏘아갔다.

그녀의 머리 속에는 오직 현악의 안위뿐이었다. 혁련무룡의 죽음에 대한 충격과 슬픔은 조금도 남아 있지 않았다.

"안 됩니다!"

순간 강초련이 급히 단우옥의 앞을 막아서며 두 팔을 벌렸다.

단우옥은 초조함이 극에 달한 표정이었다.

"내버려 두면 그가 죽어요!"

강초련은 단호했다.

"사부님은 죽지 않아요. 그리고 제지하기에는 이미 늦었어요."

"비켜요. 어쩌면 지금 이 순간에 그는 죽어가고 있을지도 몰라요!"

강초련의 표정이 크게 흔들렸다. 하지만 그녀는 비켜서지 않았다.

"만류하시면 사부님은 죽습니다."

단우옥은 의아한 표정을 떠올렸다.

"무슨 뜻이죠?"

"사부님께선 천하를 발아래에 두셔야 사모님께 정식으로 청혼을 하실 겁니다. 즉, 백정 신분이셨던 사부님께서는 해남도주이신 사모님에게 걸맞는 신분이 필요하셨겠지요."

"그런……."

단우옥은 완강하게 외쳤다.

"나는 그가 백정이었던 것을 조금도 개의치 않아요!"

"사부님은 아닙니다."

"비켜요. 내가 그를 설득하겠어요."

"혁련중도를 죽이지 못하시면, 사부님께선 평생 사모님을 부인으로 맞지 않으실 겁니다. 그래도 괜찮으신가요?"

단우옥은 조금도 갈등하지 않았다.

"나는 괜찮아요. 설혹 그의 사랑을 받지 못하더라도, 그가 살아 있는 쪽을 원해요!"

너무도 절절했다. 그래서 강초련은 잠시 망연자실한 표정을 지었다. 그녀는 '과연 이런 것이 사랑인가?' 라고 자문해 보았다. 그 해답을 얻는다면 그녀도 사랑할 수 있는 자격이 생길 것이다.

현악은 조금 초조해졌다.

방이 아무리 넓다고 해도 절정고수 두 명이 생사혈전을 벌이기에는 턱없이 좁았다.

지금 그 실내의 양쪽에 현악과 천일각주가 마주 서서 팽팽하게 대치하고 있는 중이었다.

가구나 집기가 부서지지도 않았고, 실내가 어지럽혀지지도 않았다. 모든 것이 깨끗했다.

다만 양쪽 벽에 각각 두 개씩 도합 네 개의 검흔이 흐릿하게 새겨져 있을 뿐이었다.

두 사람은 각각 어깨에 검을 메고 있었으나 손은 아래를 향하고 있었다.

쾌검 대 쾌검의 대결이었다. 누가 더 찰나라도 빠르냐에 따라서 생사가 갈린다.

그들은 거리를 정확하게 측정하여 검기를 발출하기 때문에 상대가 피하면 빗맞는다고 해서 뒤편의 벽이 박살나거나 구멍이 생기지 않는다.

빗나가는 순간에 공력을 즉시 회수하기 때문에 그저 흐릿한 검흔만 새겨질 뿐이었다.

현악은 팔성 공력으로 무심쾌를 두 번 발출했으나 천일각주의 옷자락조차 건드리지 못했다.

천일각주 역시 유성분광검법 오단계 중 사단계인 분광쾌를 두 번 전개했지만 무위를 그쳤다.

분광쾌는 유성보의 전주급도 익히고 전개할 수 있는 초식이다. 하지만 전주급과 천일각주가 펼치는 분광쾌는 그야말로 하늘과 땅의 차이가 났다.

오십칠 세의 나이에 후리후리한 키와 균형 잡힌 체구의 천일각주, 왼팔에 비해서 오른팔이 반 뼘이나 더 길다는 것은 그가 평생 쾌검만을 연마했다는 사실을 대변하고 있었다.

두 사람은 서로 한마디 말도 하지 않았다. 네가 누구며 무엇 때문에 나를 죽이려 하느냐고도, 너를 죽이고 혁련중도를 죽여야 천하를 내 발아래에 둘 수 있다고도 말하지 않았다.

죽이러 온 자에게는 그럴 만한 충분한 이유가 있을 것이고, 맞이하는 자는 상대를 죽여야지만 자신이 살아남을 수 있다. 단지 그것뿐이다.

서로 말은 하지 않았지만, 두 사람은 이번 삼 초식에 승부를 낼 생각을 하고 있었다.

천일각주는 분명히 유성분광검법 최후의 절초인 단천(斷天)을 극성으로 발휘할 것이다.

'무심쾌를 십이성으로 전개하면 어느 정도의 승산이 있겠지만 승산만으로는 안 된다. 나는 이미 시간을 너무 많이 끌었다.'

절정고수들의 대결은 원래 대치하는 시간이 길다. 그러나 실제 초식이 펼쳐져서 승패가 나누어지는 것은 순간적이다.

현악은 벽풍장 지하 연공실에서 새로 창안한 검법을 사용하기로 마음먹었다.

그는 새 검법을 지하 연공실에서 석벽만을 상대로 연마했을 뿐, 실제 사람에게 시전한 적은 없었다. 게다가 전력으로 검법을 전개하면 한 자 두께의 석벽이 견뎌내지 못할 것 같아서 겨우 일성의 공력만으로 수련했었다.

‘오성 정도로 해보자.’

그는 결정했다. 사람을 상대로 처음 시도해 보는 검법이므로 천일각
주는 시험 대상인 셈이다.

웅웅웅—

천일각주의 오른팔이 어깨에서부터 투명하게 변하면서 은은하게 공
기를 울리는 음향을 흘려냈다.

‘극음지공이다!’

현악은 천일각주에게서 전해져 오는 은은한 한기를 느끼고 내심 낮
게 외치며 조금 긴장했다. 하동의 미간에 새겨진 흔적은 극음지기가
만든 것이었다.

유성보주가 극음지공을 연공했다면 천일각주라고 연공하지 말라는
법이 없다.

현악은 지황각주를 칠성의 무심쾌로 단 일 초식 만에 죽였다. 그렇
다면 천일각주가 지황각주보다 미세한 차이로 우위라는 무림에 알려진
소문은 잘못된 것이다.

이 정도라면 천일각주는 적어도 십 초 이내에 지황각주를 격패시킬
수 있을 것이다.

우우우—

천일각주의 오른팔은 완전히 투명해져서 아예 보이지 않았다. 단지
오른팔에서 투명한 광채만 뿜어지고 있었다. 극음지공을 극성으로 끌
어올렸다는 뜻이었다.

우뚝 서 있는 현악의 몸에서 흐릿한 자광(紫光)이 아지랑이처럼 흘
러나오고 있었다. 그것은 한 자의 너비로 현악을 감쌌다.

현재 그가 도달해 있는 자령신공 사단계의 오성에 해당하는 공력이

었다.

순간, 천일각주의 투명한 오른팔이 가볍게 꿈틀거렸다. 팔이 보이지 않으니 그가 검을 잡는 것인지 알 수가 없었다.

그 순간 현악이 그 자리에서 유령처럼 사라졌다. 천일각주가 검을 잡았을 때 피하면 이미 늦는다. 그래서 현악은 그가 검을 잡으려고 할 때 미리 피한 것이다.

어쩌면 그것은 목숨을 건 모험일 수 있었다. 만약 그가 오판한 것이어서 방금 그것이 천일각주가 발검하는 동작이 아니라면, 그는 허공에서 천일각주의 단쾌를 맞이하게 되는 난감한 상황에 처하게 될 것이다.

후왁!

그러나 현악의 예측은 정확하게 들어맞았다. 그가 허공으로 솟구치자마자 그의 발밑으로 육안으로는 거의 보이지 않을 듯한 투명한 빛살 하나가 가히 섬전이라고 표현해야 마땅한 속도로 스쳐 지나간 것이다.

찰나 천일각주의 얼굴이 가볍게 흔들렸다. 이번이 최후의 격돌이라는 사실을 그는 느끼고 있다.

그러므로 공격이 실패했을 경우 자신에게 무엇이 돌아올 것이라는 것쯤은 짐작할 수 있으리라.

그는 머리가 천장에 거의 닿을 듯이 허공에 떠 있는 현악을 쳐다보았다. 그는 단지 현악의 오른손이 혈인검의 검파를 잡고 있는 것만을 보았을 뿐이었다.

그는 순간적으로 피해야 한다고 판단했다. 현악이 검파를 잡았으니 발검하는 것은 당연할 것이다.

어디든 상관없었다. 지금 그가 서 있는 곳에서만 벗어난다면 상대의 공격을 피할 수 있을 것이라고 생각했다. 그리고 생각과 동시에 그의 모습이 유령처럼 흐릿해지면서 순식간에 좌측으로 이 장이나 이동했다.

해남도의 표허무종보다 한 단계 위라는 저 유명한 유성분영환(流星分影幻)이었다.

그것으로 천일각주는 자신이 현악의 공격을 완벽하게 피했다고 여기고 오히려 반격을 준비했다.

"……."

그러나 이것은 무엇인가? 온몸의 피가, 아니, 몸속에 있는 물기라는 것이 한꺼번에 온몸에서 뽑혀져 나간 듯한 이 지독한 옥죄임이라는 것은.

확!

다음 순간 작은 섬광이 번뜩이면서 현악의 공격을 완벽하게 피해냈다고 확신한 천일각주가 그 자리에서 사라졌다.

터져 버리거나 폭발했다던가 가루로 화한 것이 아니라 그저 사라져 버린 것이다. 그리고 그가 있던 자리에는 그 어떤 흔적도 남아 있지 않았다.

이윽고 온몸에서 흘러나오던 자광이 사라진 현악이 가볍게 바닥에 내려섰다. 그는 가볍게 고개를 끄덕이며 중얼거렸다.

"쓸 만하군."

그가 어떤 종류의 검법을 전개했는지는 그 자신만이 알고 있을 뿐이다.

현악은 천일각주의 전각에서 밖으로 나와 낮게 흐르는 구름처럼 유성원 안으로 쏘아갔다.

쏘아가면서 슬쩍 주위를 둘러보니 천일각 고수들이 한 명도 보이지 않았다. 유성원이라면 경비가 더 삼엄해야 할 텐데 이상한 일이었지만 그는 크게 개의치 않았다.

그는 유성원 한복판에 있는 폭 십여 장 정도의 청석이 깔려 있는 원형의 공터에 진입했을 때 그 이유를 알게 되었다.

그곳에는 한 명의 유삼노인이 현악이 쏘아오고 있는 방향을 향해 표표히 서 있었다.

반백의 수염이 가슴에 이르렀고, 육 척의 키에 청수한 용모인데 어떠한 기도나 위엄 같은 것도 뿜어지지 않는, 마치 산책이라도 나온 듯한 모습의 노인이었다.

그가 바로 유성보주인 유성검협 혁련중도였다.

그가 왼손에 푸르스름한 빛이 감도는 한 자루 보검을 쥐고 있지 않았다면 영락없는 노학자의 모습이었다.

혁련중도는 이미 현악의 방문을 알고 있었다. 그래서 천일각 고수를 모두 물리치고 현악을 기다리고 있었던 것이다.

현악은 혁련중도의 맞은편 오 장 거리에 가볍게 내려섰다. 아니, 가볍다는 표현으로는 그의 착지를 설명할 수 없다. 그는 원래부터 그곳에 서 있었던 것처럼 그렇게 내려섰다.

그는 혁련중도를 쳐다보기 전에 천천히 사위를 둘러보았다. 그러다가 문득 그의 표정이 크게 흔들렸다. 오른쪽 돌계단 위에 서 있는 단우옥을 발견한 것이다.

그녀가 이곳에 있으리라고는 추호도 예상하지 못했던 현악이었다. 이것은 계획에 없던 일인 것이다.

현악을 발견한 단우옥의 얼굴에는 반가움보다는 절박함이 가득했다. 그녀는 현악에게 오려 했지만 강초련이 그녀의 팔을 힘겹게 붙잡고 있었다.

혁련중도의 시선이 단우옥에게 향했다. 그녀를 쳐다보는 그의 얼굴에는 자애로움이 가득했다.

"옥아, 무룡은 어디에 있느냐?"

단우옥은 가볍게 몸을 떨었다. 대답할 수가 없었다. 그녀에게 있어서 혁련중도는 또 한 명의 아버지 같은 존재였다.

문득 혁련중도의 눈빛이 가벼이 흔들렸다. 자신의 심상한 질문에 대해서 단우옥이 대답하지 못할 이유를 생각하다가 하나의 결론에 도달한 것이다.

"무룡이… 죽었느냐?"

"……."

단우옥은 가늘게 몸을 떨 뿐 여전히 대답하지 못했다.

"하아… 죽었구나, 그 아이가……."

혁련무룡은 나직한 탄식을 흘려냈다. 그는 자신의 직감이 틀림없다고 생각했다.

당금 무림의 천하제일인이라고 할 수 있는 거목이 잠시 고개를 숙인 채 자신만의 슬픔에 잠겼다.

현악은 두 여자를 쳐다보았다. 두 여자도 거의 동시에 현악을 바라보았다.

강초련은 현악의 시선이 자신을 향해 있지 않은 것을 알고 당연하다고 여기면서도 쓸쓸한 마음을 떨칠 수가 없었다.

한 번에 두 사람을 쳐다볼 수는 없다. 그럴 수만 있다면 현악은 두 여자를 다 쳐다봤을 것이다. 두 여자는 다른 의미에서 그에게 너무도 소중한 사람들이므로. 그러나 그 어쩔 수 없음을 알면서도 강초련은 마음이 아팠다.

휘익!

"악 가가!"

단우옥은 강초련을 뿌리치며 현악에게 날아갔다. 강초련은 깜짝 놀랐지만 급작스러운 일이라서 단우옥을 잡지 못했다.

그녀의 외침에 혁련중도는 아들을 잃은 상심을 접고 고개를 들었다. 그가 쳐다보고 있는 가운데 단우옥이 돌계단 위에서 한 번에 날아가 현악에게 안겨들었다.

단우옥의 출현과 그녀의 안겨듦이 너무 급작스러운 일이었지만, 반갑기로 친다면 그녀 못지않은 현악이었다. 그는 두 팔을 벌려 단우옥을 힘껏 안았다.

두 사람은 잠시 동안 그렇게 서로를 힘주어 안고 있었다. 그 포옹에는 아무것도 아무도 끼어들 수 없었다. 시간도 멈춘 듯했고 정원의 수목들조차 숨을 죽였다.

강초련은 단우옥에 대한 현악의 사랑이 너무도 확고하다는 사실을 그 포옹에서 발견했다.

그제야 비로소 그녀는 지금이 자신의 이루어질 수 없는 사랑을 단념해야 할 때라는 것을 깨달았다.

혁련중도는 두 사람의 포옹을 보며 마치 동경 속의 거울을 들여다보듯이 일의 전말을 명확하게 꿰뚫을 수 있었다.

그는 방금 전까지만 해도 의제인 남해신검 단우헌의 딸 단우옥이 자신의 아들과 연인 사이이며, 그 두 사람의 관계는 금석과도 같아서 결코 깨질 리가 없다고 믿고 있었다.

그러나 아니었다. 아들의 여자에겐 다른 사내가 생긴 것이다. 언제, 어째서 그렇게 됐는지는 모를 일이지만, 그것 때문에 아들은 몹시 상심했을 터이고, 절망했을 것이다.

아들이 단우옥을 얼마나 사랑하는지 아비인 그가 너무나 잘 알고 있기 때문이다.

혁련중도는 이날까지 표면적으로는 단 한 번도 공명정대함을 잃지 않았었다. 그가 저지른 표리부동한 행위들은 세상에 전혀 알려지지 않았으므로 상관없는 일이었다.

그러나 지금 이 순간만은 속으로도 겉으로도 모든 허울을 훌훌 벗어던진 채 아들의 복수를 해주리라 결심했다.

"악 가가……."

"아무 말도 하지 마라."

단우옥은 현악의 품에 안긴 채 그를 바라보며 말을 하려다가 입을 다물었다.

그가 아무 말도 하지 말라고 해서가 아니라, 그의 눈빛을 보았기 때문이었다.

현악은 빙그레 미소 지으며 손을 들어 단우옥의 뺨을 매만졌다.

"옥아, 백정도 천하제일인이 될 수 있는 거겠지?"

단우옥의 두 눈에 눈물이 차 올랐다. 그 말에는 현악이 하고 싶은 말이 모두 담겨 있었다.

"그럼요……."

"잠시만 기다려라. 내가 전설을 만들겠다."

이후 현악은 미소 지으며 가볍게 고개를 끄덕였다. 물러나 있으라는 뜻인 줄 알지만 단우옥은 발길이 떨어지지 않았다.

그녀의 허리를 감고 있던 현악의 왼팔이 풀렸다. 그녀의 뺨을 어루만지던 따스한 감촉의 손이 거두어진다.

그리고 끝으로 그의 눈길이 그녀에게서 혁련중도에게로 옮겨가고 있었다.

이제는 운명이 알아서 할 터이다. 단우옥이 할 일은 없다. 한 사내를 위해서 모든 것을 버렸던 것처럼, 지금부터는 그를 위해서 기도하는 것밖에는.

두 사내가 마주 섰다. 한 사람은 이 시대 최고의 거인이고, 또 한 사람은 전직 백정인 풍운아이다.

서로를 응시하는 두 사람의 몸에 긴장이 감돌고 두 눈에서는 불꽃이 뿜어지기 시작했다.

◆제74장◆
파천쾌(破天快)

놀라운 일이 벌어지고 있었다.

무림인들이 난봉으로 모여들고 있었다.

처음에는 하나둘씩 모여들더니 그 숫자가 점차 많아져서 난봉은 현이 생긴 이래 최초의 인산인해를 경험하고 있는 중이었다.

그 소문이 어떻게 사람들에게 퍼졌는지는 모를 일이다. 하지만 그 소문은 입에서 입으로 삽시간에 무림 전역으로 퍼져 나갔다.

―산서 안택현의 백정 소년이었던 쾌검왕 현악이라는 청년이 천하제일인 유성검협 혁련중도에게 도전했다.

수많은 사연들이 있겠지만, 평범했던 사람들이 손에 칼을 잡게 되는 목적의 대부분은 천하제일인을 꿈꾸기 때문일 것이다.

그러나 영원히 천하제일인은 한 명일 수밖에 없다. 그곳으로 오르는 길은 많으나 성공하는 사람 역시 한 명뿐이다. 소위 선택받은 인물인 것이다.

유성검협 혁련중도는 지나치게 오랫동안 천하제일인의 자리에 군림하고 있었다.

사람들은 이미 식상할 대로 식상했다. 유성보가 천하무림의 질서를 유지하고 있는 것도 지겨웠다.

그들은 천편일률적인 그 질서의 틀을 누군가 깨주기를 원하고 있었다. 이 질식할 것만 같은 획일적인 규칙의 보이지 않는 거대한 그물을 누군가 거두어주기를 갈망했다.

그러나 천하인들의 가장 큰 희망하고 있는 것은 따로 있었다.

쾌검왕이 유성검협을 이겨주기를 원하고 있는 것이었다.

백정이 천하제일인이 된다.

그것은 가장 천대받는 시궁창 신분에서 최고 지위로의 신분 격상을 의미했다. 그것은 골짜기 깊은 곳에 웅크리고 있던 상처 입은 한 마리 짐승이 산 정상에 올라 가장 큰 소리로 포효하는 것을 의미했다.

천하인들은 자신들이 이루지 못하는 위업을 쾌검왕이 대신 이루어주기를 소원하고 있었다.

유성보 외성의 고수들은 내성 유성원에서 자신들의 하늘과 쾌검왕이 대치하고 있다는 사실도 모른 채 난봉으로 몰려드는 구름 같은 인파를 제지하기 위해서 거리로 쏟아져 나갔다.

그러나 그들은 혼비백산하여 다시 유성보 안으로 달려들어 올 수밖에 없었다.

수천, 아니, 수만 명일지도 모르는 무림인들이 유성보를 겹겹이 둘러싼 채 인간 벽을 이루고 있었기 때문이다.

"자네는 누군가?"
"이름은 현악. 사람들은 쾌검왕이라고 부르오."
"들어보지 못한 별호로군."
혁련중도는 가볍게 눈살을 찌푸렸다. 천일각주는 쾌검왕을 자신의 손에서 처리하려고 했으므로 보주에게 보고하지 않았다.
그래서 혁련중도는 지금 이름도 들어보지 못한 신출내기와 맞서게 된 것이었다.
"자네가 내 아들을 죽였나?"
그렇게 묻는 혁련중도의 음성은 분노하고 있지 않았다. 드러나지 않는 분노가 더 무서운 법이다. 그는 천지쌍각주가 죽었다는 사실을 이미 알고 있었다.
천지쌍각주와 혁련무룡을 죽였다면 강자가 분명했다. 하지만 혁련중도는 긴장하지 않았다.
천하제일은 긴장 따위를 하지 않는다. 보통은 긴장 대신 여유를 즐기지만, 지금은 분노에 휩싸여 있었다.
"왜 죽였는지 대답해 주겠나?"
현악의 대답은 간단명료했다.
"내가 가고자 하는 길을 그가 막고 있었소."
대답은 충분했다. 그리고 혁련중도의 마음에 들었다. 현악이 만약 단우옥 때문에 죽였다고 했다면 그는 더 분노했을 것이다. 아들을 죽인 놈이지만, 마음에 드는 놈이기도 했다.

"마지막으로 묻지. 자네 사문은 어딘가?"

현악의 입가에 고졸한 미소가 떠올랐고, 입으로는 조용한 음성이 흘러나왔다.

"사문은 자령신문(紫靈神門). 사부는 영세제일검(永世第一劍) 염승천. 사형은 쾌검마 하동."

"너!"

현악의 말 중에서 사람들이 알고 있는 것은 쾌검마라는 혈살성의 별호뿐이었다.

물론 자령신문이라는 문파는 무림에 없다. 또한 영세제일검이라는 별호도 존재하지 않는다. 그것들은 현악이 만들어낸 문파고, 별호였으므로.

하지만 혁련중도는 그중에 염승천이라는 이름과 쾌검마라는 별호를 알고 있었다.

현악의 입술 끝이 말려 올라가며 흐릿한 조소가 피어났다.

"안심하시오. 나는 당신이 십여 년 전에 묵영검과 자령신공, 그리고 쾌검마류를 탈취하기 위해서 당신과 백무신 중 두 명이 합세하여 사부를 중상 입혔던 일을 따지러 온 것이 아니니까."

혁련중도의 안색이 가볍게 흐려졌다. 단 한 번도 드러나지 않은 그의 이중성이 드러나는 순간이었다.

단우옥은 적잖이 놀라는 얼굴로 혁련중도를 바라보았다. 그녀는 오늘날까지 혁련중도를 진심으로 존경했었다.

만약 현악의 말이 사실이라면, 그녀는 더 이상 혁련중도를 존경하지 못할 것이다.

그리고 혁련중도의 약간 찌푸려진 얼굴 표정은 현악의 말이 사실이라고 대답하고 있었다. 거짓말을 못한다는 것은 그의 여러 장점 중에 하나였다.

"나는 강해져야만 했다."

그는 원래 변명이나 설명을 싫어하는 사람이지만 지금은 그래야 할 것 같았다.

"강해야지만, 천하제일인이 돼야지만 안전하게 무림을 이끌 수 있기 때문이다. 나는 나보다 강한 자가 출현하는 것을 원하지 않았다. 그런 자는 강하기만 할 뿐, 협의를 모르기 때문에 무림에 해악만 끼치기 때문이다."

"아집이오."

"닥쳐라! 어린 놈이 무얼 안다는 게냐?"

혁련중도는 오늘 여태 해보지 않았던 여러 가지를 선보이고 있었다. 변명이나 노성은 그가 해보지 않았던 행동들이었다.

"강하면서도 협의심이 투철한 사람은 천하에 나 하나뿐이다! 다른 자들은 무림을 영도할 자격이 없다!"

애기는 끝났다. 더 들어봐야 헛소리만 나올 뿐이다.

단우옥은 놀란 얼굴로 혁련중도의 얼굴에서 시선을 떼지 못했다.

혁련중도는 그런 그녀의 따가운 시선도 못마땅했다.

"네 아비도 내 뜻에 동조해 주었다. 그래서 나와 함께 염승천 그자를 죽이려고 했었던 것이지."

"설마……."

단우옥은 혁련중도와 함께 염승천을 죽이려고 했던 백무신의 두 명 가운데 한 명이 자신의 부친일 줄은 꿈에서조차 상상하지 못했기에 경악할 수밖에 없었다.

천일각 고수들의 모습이 보이지 않는다 뿐이지 그들이 아주 사라진 것은 아니었다.

그들은 만약의 사태에 대비하여 은둔하고 있으며 자신들의 하늘 혁련중도의 외침을 고스란히 들었을 것이다. 세상에 영원한 비밀이란 없다.

이 사실은 어떤 경로를 통해서든 머지않아 천하로 퍼져 나가게 될 것이 분명했다.

"핫핫핫핫핫!"

갑자기 현악이 명랑한 웃음을 터뜨렸다. 그 웃음에는 비애와 조롱이 가득 담겨 있었다.

이윽고 그는 웃음을 멈춘 후 혁련중도를 보며 엄숙한 표정으로 말했다.

"됐소. 당신은 이제 그만 그 위선의 하늘에서 내려오시오."

"발칙한!"

"나는 오래전부터 싸울 준비가 되어 있었소. 설마 당신은 내가 두려운 것이오?"

그 말은 혁련중도의 입을 완전히 막아버리는 데에 성공했다. 대신 그가 지니고 있던 모든 분노를 이끌어 내는 데에도 성공했다.

"옥아, 초련아, 멀찍이 물러나거라."

현악은 단우옥과 강초련에게 즉시 전음을 보냈다. 그녀들은 즉시 오류 장 밖으로 훌쩍 물러났다.

그우우우—

현악의 전음은 약간 늦고 말았다. 혁련중도가 이미 공력을 극한으로 끌어올렸기 때문에 그를 중심으로 투명한 극음지기가 사방으로 빠르게 퍼져 나갔다.

쩌쩌쩌쩡!

그의 주위에 있던 것들이 순식간에 얼음으로 화했다. 그가 딛고 선 청석 바닥도, 정원의 수목들도, 심지어 공기마저도 빙결(氷結)되어 버렸다.

"아앗!"

강초련은 엄청난 한기가 자신의 전면에서 확 끼쳐 오는 것과 동시에 몸이 빠르게 얼어붙는 것을 느끼고 뾰족한 비명을 질렀다.

그 순간 단우옥이 그녀의 팔을 잡고 번개같이 뒤로 신형을 날리지 않았다면 강초련은 얼음덩어리로 화했을 것이다.

"어서 운공하세요."

강초련은 즉시 그 자리에 앉아서 자령신공을 운공했다. 이가 마구 마주쳐지고 온몸이 사시나무 떨듯이 떨려왔다. 내장은 물론 뼛속까지 얼어붙는 것 같은 강추위였다.

하지만 자령신공은 극양지공이므로 운공과 동시에 서서히 한기가 체외로 빠져나가기 시작했다.

단우옥과 강초련은 혁련중도로부터 십여 장가량 물러난 상태인데도 살을 에는 듯한 한기를 느꼈다.

반면에 현악에게선 아무런 변화도 일어나지 않았다. 겉으로 보기에 그는 아예 공력을 끌어올리지도 않은 것 같았다.

문득 혁련중도의 눈빛이 가볍게 흔들렸다. 그가 뿜어내는 극음지기는 십여 장 밖에 있는 두 여자에게까지 한기를 느끼게 할 정도인데 오 장 거리에 있는 현악은 아무 일 없다는 듯이 조용히 서 있었기 때문이다.

혁련중도의 눈빛이 조금 더 강하게 흔들렸다. 그는 발견했다. 현악 주위의 경물들이 겉으로 보기에는 아무런 변화가 없는 것 같지만 이미 극양지기에 의해 타버려 재가 됐다는 사실을.

그때 두 사람이 거의 동시에 검을 잡았다.

미풍만 살랑 불어와도 모든 것이 한꺼번에 폭발해 버릴 듯한 극도의 긴장이 감돌았다.

단우옥과 강초련은 눈도 깜빡이지 않고 두 사람을 주시했다.

혁련중도는 더 이상 여유로운 얼굴이 아니었다. 그는 처음에 현악을 대수롭지 않게 여겼지만 지금은 아니었다. 그러나 현악이 자신을 이길 것이라고는 눈곱만큼도 생각하지 않았다.

두 사람은 이 대결을 결코 길게 끌고 싶지 않았다. 아니, 길게 갈 대결이 아니었다.

싸움은 길어야 이삼 초 이내에 끝날 것이다. 아니, 어쩌면 일 초식에 승패가 나뉠 수도 있다.

그러므로 다음 기회라는 것은 없다. 이 싸움에서의 패배는 곧 죽음이니, 죽은 후에 무슨 다음 초식을 발휘하겠는가.

침묵은 이어지고 있었다.

먼저 발검하는 사람이 유리하다는 사실을 너무나 잘 알면서도 두 사람은 쉽사리 먼저 발검하지 못했다.

현악은 얼마 전 천일각주 때처럼 모험을 시도하지 못했다. 섣부른 모험을 하기에는 상대가 너무 강했다. 그저 필생의 전력을 다할 뿐이었다.

그는 이 갑자 반에 육박하는 공력을 극한으로 끌어올렸다.

만약 그가 혁련중도를 이긴다면, 그는 무림의 전설이 될 것이다. 무림사에 전무후무한 전설이 말이다.

불과 사 년여의 무공 연마로 천하제일인과 상대한다는 자체만으로도 충분히 전설이라고 불릴 만하지만, 그가 원하는 것은 영세불멸의 전설이었다. 그 누구도 깨지 못할 전설…….

문득, 현악이 가볍게 움찔했다. 그는 느꼈다, 혁련중도가 뿜어낸 십여 장 반경의 극음지기가 미미하게 균열하는 것을.

그것은 그가 발검하려 한다는 예고였다.

"단천강(斷天罡)—!!"

"파천쾌(破天快)—!!"

순간 혁련중도와 현악이 동시에 우렁차게 외치면서 발검했다.

원래 현악은 자령신공의 극양지기를 사방으로 뿜지 않고 거대한 학의 날개처럼 좌우로 활짝 펼치고 있었다.

그가 발검하는 순간 거대한 학의 날개에서 수십 줄기의 무심쾌가 혁련중도라는 한 점을 향해서 집중적으로 뿜어져 나갔다.

그 순간 현악은 무공에 입문한 이후 가장 빠른 신법을 전개하여 수직으로 솟구쳤다. 발검과 동시에 솟구쳐서 혁련중도의 공격을 피하려는 계산이었다.

팍!

찰나간에 현악의 미간 어림에서 아주 미약한 음향이 터져 나왔다.

꿍!

그의 몸이 뒤로 붕 날아갔다가 등을 아래로 한 채 묵직하게 청석 바닥에 떨어져 내렸다.

"악 가가—!!"

"사부님—!!"

두 여자가 찢어지는 듯한 비명을 지르면서 현악을 향해 동시에 몸을 날렸다.

현악의 미간에 죽은 하동과 똑같은 완두콩 크기의 백색 점 하나가 생겨났다.

혁련중도가 발출한 것은 검강이었다. 검에서 발출할 수 있는 것의 최고봉이라는 검강인 것이다.

기(氣)가 공력을 바탕으로 체내에서 만들어 분출하는 인공적인 것이라면, 강(罡)은 공력과 천지간의 기운이 조화를 이루어 만들어낸 삼라만상 중에서 가장 강력한 힘이었다.

그러므로 혁련중도가 발출한 검강은 천지간에서 가장 차가운 극음지강이라고 할 수 있었다.

단우옥이 현악의 몸뚱이를 부둥켜안고 그의 가슴에 귀를 대봤지만 심장이 뛰지 않았다.

또한 그의 온몸은 얼음보다 더 차가워서 그를 안은 단우옥의 몸도 얼어버릴 것 같았다.

"안 돼요……."

단우옥의 입에서 한숨 같은 탄식이 흘러나왔고, 그녀의 온몸은 격렬하게 떨어댔다.

주루루—

현악 옆에 꿇어앉은 강초련은 넋이 나간 얼굴인데 입에서 핏물이 흘러내렸다. 너무도 격심한 심적 충격으로 내상을 입은 것이다.

"헛헛헛!"

그때 혁련중도가 웃음을 터뜨렸다. 그의 얼굴에는 승자의 득의함이 가득 떠올라 있었다.

“……!”

단우옥의 눈이 커졌다. 그녀의 동그랗게 커진 눈동자는 현악의 미간에 생겨난 완두콩 크기의 백색 점에 못 박혀 있었다.

그 백색 점이 서서히 사라지기 시작한 것이다. 그녀가 보고 있는 동안에 백색 점은 깨끗이 사라져 버렸다.

단우옥의 등 뒤에서 혁련중도의 득의에 가득 찬 음성이 들려왔다.

“천하제일인은 아무나 하는 게 아니지!”

“아무래도 당신 말이 맞는 것 같소.”

“……!”

느닷없이 들려온 현악의 음성에 혁련중도의 안색이 확 굳어졌다.

슥—

그때 현악이 느릿하게 일어서더니 당당하게 우뚝 버티고 섰다.

“너…….”

혁련중도는 놀란 얼굴로 왼팔을 들어 현악을 가리켰다.

푸스스—

순간 그의 왼팔이 손가락 끝에서부터 먼지처럼 부서져 내렸다.

그는 안색이 확 돌변하여 자신의 왼팔을 쳐다보았다. 그가 쳐다보고 있는 동안에도 팔은 점차 스러져서 결국 왼팔 전체가 깡그리 사라져 버렸다.

현악의 좌우에서 단우옥과 강초련이 비 오듯이 기쁨의 눈물을 흘리며 그를 바라보았다.

현악은 혁련중도를 보며 빙그레 미소 지었다.

“반년 전에 당신이 죽인 쾌검마 형, 아니, 내 사형의 미간에 당신이 새겨준 백색 점에 대해서 많이 생각해 보았었는데 도무지 당신의 극음지기에 대한 대책이 서지 않았소.”

“으으으… 이놈…….”

“그래서 나는 골치 아프게 끙끙거리지 말고 간단하게 생각하기로 했소. 내겐 극양지기가 있으니 그것으로 극음지기를 상대하기로 말이오.”

“으으… 죽이겠다…….”

혁련중도는 얼굴이 더할 수 없는 분노로 물들어 수중의 검을 치켜들었다.

푸스스―

그러자 들어올린 그의 오른팔이 역시 가루로 화하면서 스러져 갔다.

“흐윽?!”

그는 졸지에 양팔이 없는 병신이 되고 말았다. 자령신공의 극양지기가 그를 태웠으나 그의 체내의 극음지기가 워낙 강하여 움직이기 전에는 형체를 유지하고 있는 것이었다.

“하하하! 조금 전에 나는 극양지기로 온몸을 보호했소. 당신의 검강이 일시적으로 내 몸을 얼렸지만 결국 극양기기가 극음지기를 몰아내고 날 소생시킨 것이지.”

현악은 명랑하게 웃었다.

혁련중도는 보기 싫게 얼굴을 일그러뜨렸다.

“내게 쓴 수법은 무엇이냐?”

그는 움직이지 않았다. 움직이는 부위가 스러져 버린다는 사실을 알았기 때문이다.

“그 수법 역시 간단하오. 내가 창안한 무심쾌와 사부의 쾌검마류를 합친 것이오! 무심쾌는 빠르고 쾌검마류는 강하오! 거기에 자령신공을 더하니까 쓸 만한 검법이 나오더군!"

"으으… 믿을 수 없다… 내가… 내가 당하다니……!"

혁련중도는 현악에게 저주하듯이 외쳤다.

"으으으… 네가 천하제일인의 자리에 있어 보아라… 네놈은 아마 하루도 버티지 못할 것이다……."

현악의 얼굴이 점차 밝아졌다.

"하하! 당신 말은 맞는 것 같소! 그래서 나는 아주 잠시만 천하제일인이라는 자리에 있을 생각이오!"

그는 단우옥을 쳐다보았다. 그의 눈빛은 사랑으로 가득했다.

"옥아, 나와 혼인해 주겠어?"

"바보……."

"하하하! 뭐야? 나 같은 바보하고는 혼인을 못하겠다는 거야?"

"한 번만 더 소녀를 놀라게 하면 두 번 다시 악 가가를 상대하지 않을 거예요!"

"승락인가?"

단우옥은 단호하게 고개를 가로저었다.

"싫어요."

현악의 표정이 급변했다. 그는 초조하게 물었다.

"응? 왜… 그러는 거야?"

단우옥은 얼굴을 붉히며 눈을 내리 깔았다.

"천하제일인의 청혼은 받아들이지 않겠어요. 소녀는 그저 현악이라는 사내를 사랑할 뿐이에요."

"그… 런 건가?"

현악은 혁련중도를 보며 호방하게 웃었다.

“핫핫핫! 옛소! 천하제일인은 당신이 다시 가져가야겠소!”

움직이지도 못하는 혁련중도는 그제야 모든 것의 허망함을 절감했다.

“사부님, 저기…….”

강초련이 가볍게 놀라며 한쪽 방향을 가리켰다.

그곳에서 청라가 아들 현백의 손을 잡고 이쪽으로 걸어오고 있었다.

“라야!”

현악은 반갑게 외쳤다.

이어서 그의 시선은 청라가 데려오고 있는 아이의 얼굴로 향했다가 고개를 갸우뚱했다.

“저 녀석, 어디서 많이 본 얼굴인데… 아얏!”

그는 느닷없이 비명을 질렀다. 단우옥이 그의 옆구리를 세게 꼬집었기 때문이다.

“당신 얼굴을 빼다 박았군요?”

“그, 그럼 내 아들인가?”

잠시 빼앗겼다가 다시 천하제일인이 된 혁련중도는 지금 같은 철저한 무시에 그리 익숙하지 않았다.

그래서 그는 스스로 두 발자국을 내딛었다.

푸스스스—

왼발을 내딛고, 오른발을 채 내딛기도 전에 그의 몸은 미세한 가루로 화해 스러지기가 무섭게 흩어져 버렸다.

그러나 그의 스러짐을 아는 사람은 아무도 없었다.

그렇게 '천하제일'이라는 것은 무상(無常)한 것이었다.

그때 초곤과 곽정, 강일조, 흑궁녀, 적사, 채엽 등이 현악을 향해 달려왔다.

유성보의 전 고수들은 혁련중도가 죽기도 전에 칼 한 번 휘둘러 보지 못하고 이미 와해됐나. 파도처럼 밀려들이 오는 수만의 무림인들을 당해낼 재간이 없었던 것이다.

"하하하! 이봐 천하제일인! 기분이 어떤가?"

초곤은 현악에게 걸어오며 껄껄 웃었다.

현악은 휘이 휘이 손을 내저었다.

"예끼, 이 사람! 천하제일이라는 소리 입 밖에도 내지 말게! 누구 파혼당하는 꼴 보고 싶어서 그러나?"

초곤은 어리둥절해서 물었다.

"그럼 뭐라고 부르나?"

현악 대신에 샐쭉한 표정의 단우옥이 예쁜 목소리로 노래하듯이 대답했다.

"바람둥이라고 부르세요."

"엥?"

"뭐시여? 바… 람둥이?"

이젠 가루가 되어 허공 중에 흩날리고 있는 천하제일인 유성검협 혁련중도 아래에서 명랑한 웃음소리가 퍼져 올랐다.

"핫핫핫핫핫!"

"호호호호홋!"

"푸핫핫핫! 자네에게 정말 잘 어울리는군! 멋진 별호네! 바람둥이라니!"

흑궁녀는 나란히 서 있는 단우옥과 청라 사이에 아무도 모르게 슬며시 끼어들었다.

그렇게라도 하면 불가능한 사랑이 이루어지기라도 하려는가.

[大尾]

사실 쾌검왕은 내 본래의 스타일이 아니다.

구태(舊態)를 벗어던져 보려고 발버둥을 치다가 집필하게 된 새로운 개념의 작품인 셈이다.

그러나 쾌검왕을 집필하는 내내, 벗어던지려던 '구태'가 내게는 더 잘 어울린다는 어이없는 사실을 깨닫게 되었다.

그래서 앞으로는 구태, 즉 옛 스타일을 더 갈고 다듬으려고 한다. 옛것에서 새로움을 창조하겠다는 뜻이다.

쾌검왕을 '졸작'이라고 폄하하지는 않겠다. 어느 작품이든 심혈을 기울이기 때문이다.

그러나 '완성'이란 없는 것 같다. 다만 '완성'을 향해 끝없이 도전하고 전력투구를 할 뿐이다.

쾌검왕을 끝까지 애독해 주신 독자제현께 진심으로 감사한다.

그분들에게 더 나은, 완성도 높은 작품으로 보답하겠다.

이 작품이 있기까지 애써주신 청어람 서경석님과 문혜영님, 그리고 아내이자 나의 보람에게 진심으로 감사한다.

2005年 10月 7日 林榮基

FANTASTIC
ORIENTAL
HEROES